D0916537

ELLA, ÉL... Y EL DANÉS

Ella, él... y el danés

Ana Álvarez

Barcelona • Bogotá • Buenos Aires • Caracas • Madrid • México D.F. • Miami • Montevideo • Santiago de Chile

1.ª edición: octubre, 2017

Travessera de Gràcia, 47-49. 08021 Barcelona
Sipan Barcelona Network S.L. es una empresa
del grupo Penguin Random House Grupo Editorial, S. A. U.

Printed in Spain
ISBN: 978-84-16076-15-4
DL B 18687-2017

Impreso por QP Print

Para Pepa, con todo el cariño que siento por ella. Porque es especial: alegre, divertida, cariñosa y además una de las mejores personas que conozco. También un poquito hiperactiva, pero nadie es perfecto.

1

Cris

—Necesito otro trabajo —dijo Cristina mientras introducía el tenedor en el enorme plato de pasta carbonara que tenía delante y se llevaba una generosa porción a la boca.

Amanda, su amiga íntima, que estaba sentada enfrente con una simple ensalada delante, movió la cabeza dubitativa.

—¿Otro? ¿Y cuándo piensas realizarlo?

—Tengo algunos ratos libres y me vendría bien un poco más de dinero. Si queremos ir a Escocia en un par de años, necesito ahorrar.

—Y yo también, pero tú no tienes tiempo, no paras de la mañana a la noche.

Era cierto. Cristina Durán se levantaba todos los días a las cinco y media de la mañana para salir a correr, actividad que jamás, salvo enfermedad muy grave, dejaba de realizar, fueran cuales fuesen las condiciones meteorológicas reinantes o las circunstancias de la jornada.

Después de una ducha rápida y tras un suculento desayuno se marchaba al trabajo, andando, por supuesto, y recorría los más de dos kilómetros que distaban desde su casa hasta la inmobiliaria donde trabajaba. Desde allí comenzaba un largo periplo enseñando casas por toda la ciudad. A mediodía, o media tarde, según se diera el trabajo, sacaba del enorme bolso que siempre la acompañaba un *tupper* con comida o un bocadillo que tomaba sentada en cualquier parque antes de continuar su recorrido. Mientras, había ido sobreviviendo a base de fruta, caramelos, chocolate o cualquier cosa comestible entre visita y visita. Solía llegar a casa alrededor de las nueve de la noche y se dedicaba a las tareas domésticas y a cocinar para el día siguiente.

Los fines de semana oficiaba bodas y recorría los supermercados de la ciudad buscando ofertas, cargada con la propaganda que había ido recogiendo de los buzones de las casas que enseñaba a lo largo de la semana, amén del suyo propio.

Amanda comió un poco de ensalada sin dejar de observar a su amiga, que continuaba dando cuenta de su cena con un apetito rayano en la obsesión.

—Si yo comiera todo eso antes de dormir, moriría de indigestión —comentó.

—Yo no tengo ningún problema.

—Ya lo sé. Tampoco de sobrepeso. Algún día me gustaría que, aunque fuera solo por un mes, te engordara todo lo que tragas, para que supieras lo que sentimos el resto de los mortales al tener que dejar de lado las comidas que más nos gustan. O al menos dosificarlas.

Estaban cenando en casa de Cristina, como tantas veces, porque era imposible coincidir a otra hora, debido al apretado horario de esta. Amanda trabajaba en una cadena de zapaterías como administrativa y salía más temprano que su amiga.

—¿Y en qué has pensado trabajar? Porque no me cabe la menor duda de que ya tienes alguna idea al respecto.

—Se me ha ocurrido aprovechar mis ratos libres.

—Ah... ¿pero tú tienes eso?

—Algunos domingos por la mañana y horas sueltas entre una visita y otra a pisos de la inmobiliaria.

—¿Y por qué no aprovechas esas horas libres para meterte en un cine a ver una película, leer un libro o simplemente descansar?

—Ya descansaré cuando sea vieja. Ahora tengo treinta años y me falta vida para todo lo que quiero hacer.

Amanda sacudió la cabeza. No iba a convencerla, tratar de hacerlo era misión imposible. Conocía a Cristina desde hacía quince años y jamás la había visto quieta más de diez minutos.

—También podrías aprovechar ese rato para echar un buen polvo, ya que no para descansar.

—A eso no le diría que no, pero no hay ningún candidato a la vista.

—Pues emplea tus energías en buscarlo; seguro que será más productivo y te dará más satisfacciones que otro trabajo.

Cristina negó con la cabeza y se levantó para dirigirse a la cocina a buscar el postre. Colocó una fuente con fruta y una lata de gallegas caseras sobre la mesa.

—¡Serás arpía! ¿Cómo me pones una caja de mis galletas favoritas delante a estas horas de la noche?

—Por eso, porque son tus favoritas.

—Son casi las once, me voy a ir a la cama en poco rato y todo el azúcar y la mantequilla se van a posar en mi tripa y mis caderas mientras duermo.

—¡No será para tanto!

—¿Que no? Cogí tres kilos el verano pasado y no consigo soltarlos por mucha dieta que haga.

Sin fuerza de voluntad, Amanda alargó la mano y cogió una galleta, mientras su amiga colocaba un puñado en su plato y se llevaba la caja de vuelta a la cocina.

—¿Vas a decirme en qué otra cosa piensas trabajar? —preguntó mordisqueando despacio la galleta para que le durase más.

—Voy a registrarme en una página web como acompañante turístico.

—¿Y concretamente eso es...?

—Pues más o menos guía turístico a pequeña escala. Se trata de acompañar a grupos reducidos, a veces una pareja o una familia, a recorrer la ciudad, recomendarles dónde comer o algunas actividades y resolverles problemas si surgen.

—¿Y para eso no es necesario cursar estudios de turismo?

—No, basta con hablar con fluidez un segundo idioma y conocer la ciudad. Yo domino el francés y un poco de danés que me enseñó mi abuela paterna, así que cumplo el perfil.

—Y la ciudad te la conoces de un extremo a otro, de eso no tengo ninguna duda. ¿Y lo de buscar pareja? ¿No lo consideras?

—Es complicado, Amanda.

—Que hayas tenido una mala experiencia en el pasado no significa que vuelva a suceder.

—No es eso.

—¿Entonces?

Cristina se encogió de hombros.

—No tengo tiempo para un hombre, ni para buscarlo ni para mantenerlo a mi lado.

—Pero prométeme que no saldrás corriendo si aparece.

—No lo haré.

—Entonces me voy ya para que puedas descansar.

—Todavía tengo que planchar una lavadora.

—Cris, son las once y media... ¿De verdad vas a ponerte a planchar ahora?

—No tengo otro momento.

Amanda se levantó y cogió platos y cubiertos para llevarlos a la cocina y empezó a colocarlos en el lavavajillas. Después de dejarlo todo recogido, contempló cómo su amiga desplegaba la tabla de la plancha en el salón. Se acercó a ella y atisbó en la cesta de ropa.

—Prométeme que plancharás solo lo imprescindible y vas a pasar de las bragas.

—Siempre las plancho.

—Pero es muy tarde ya. Y Cris... son de licra, no se arrugan. Cuando las extiendes sobre tu bonito y delgado trasero quedan perfectas. Además... no hay nadie que las vaya a ver.

Cristina no respondió y Amanda miró al techo, impotente.

—Está bien, haz lo que quieras. Dame un beso.

Ambas amigas se abrazaron, y mientras acompañaba a Amanda hasta la puerta alargó la mano y encendió el ordenador.

—¿Qué haces?

—Mientras se calienta el depósito de vapor voy a registrarme en la página de acompañantes.

—Me marcho ya, que me estás estresando.

La puerta se cerró detrás de Amanda y, mientras bajaba hasta la calle, se dijo una vez más que lo que Cris necesitaba era un tío que la tuviera anclada a la cama durante dos días seguidos a base de polvos. Que le hiciera quemar esa energía desbordante que dedicaba al trabajo.

Cuando llegó a su casa, situada varios números más abajo en la misma calle, se dijo que, si su amiga no hacía nada por buscar pareja, ella iba a darle el empujón que necesitaba.

Se sentó ante el ordenador y buscó entre las páginas de contacto una que le pareció seria y abrió un perfil a nombre de Cris.

Estatura: 1,78 cm.

Peso: 67 kg.

Edad: 30 años.
Color de pelo: Pelirroja natural.
Color de ojos: Verdes.
Complexión: Delgada.
Estudios: Medios.
Profesión: Agente inmobiliario.
Aficiones:

Aquí Amanda se quedó pensativa. Para hacer honor a la verdad debería poner «todo», porque en realidad no había nada de lo que Cris no disfrutara con la excepción de estar sentada, pero no podía poner eso. Se decidió por: «Pasear, viajar, *footing* y senderismo.»

Hubiera podido añadir «planchar las bragas», pero eso solo asustaría a los posibles candidatos.

Luego buscó una foto sexi de Cris y la añadió al perfil.

A propósito, dejó en blanco las casillas sobre el tipo de hombre que buscaba, para no reducir las posibilidades, y rellenó solo la referente a la edad. Entre treinta y treinta y cinco años. Y le dio a aceptar.

2

Eric

Eric Arévalo se instaló ante el ordenador como cada noche después de regresar del trabajo, dispuesto a seguir su rutina habitual. Con una copa de buen vino en la mano para relajarse de la dura tarea que llevaba a cabo como fisioterapeuta en un conocido hospital cordobés. Tarea más dura en el aspecto emocional que en el físico, puesto que había escogido su profesión de un modo totalmente vocacional y se entregaba a ella en cuerpo y alma, por lo que pasaba en el hospital más horas de las necesarias.

Sufría con sus pacientes cuando el dolor de los ejercicios les arrancaba lágrimas, se alegraba con ellos ante los pequeños y lentos logros y se implicaba mucho más de lo razonable. Pero cuando llegaba a casa trataba de dejar el trabajo fuera de ella, aunque no siempre lo conseguía, sobre todo si Moisés no estaba y no tenía con quién charlar.

Compartía piso con él desde hacía ocho años, se habían conocido en el hospital cuando aquel, policía secreta, había sufrido una caída persiguiendo a un delincuente, se había fracturado el brazo y él se había ocupado de su rehabilitación.

Se habían hecho amigos de inmediato y habían acabado compartiendo piso y gastos, además de innumerables tardes de charla y buena compañía.

Después de dar un sorbo a su copa de vino miró el correo, donde comprobó que no tenía ningún mensaje importante y, antes de continuar viendo la serie que seguía desde hacía unos días, decidió dar un vistazo a la página de contactos donde se había registrado un par de semanas atrás.

Se había creado un perfil a instancias de Moisés, que se había emparejado hacía dos años y desde entonces no dejaba de ponderarle las maravillas de tener novia. A sus treinta y cuatro años Eric no había tenido ninguna relación seria, no había pasado de algunas aventuras que duraron pocos meses y que acabaron muriendo por sí solas sin ningún daño para el corazón.

No era de sexo de una noche ni se iba a la cama con desconocidas, por lo que pasaba por periodos más o menos largos sin acostarse con una mujer. Moisés opinaba que eso no era sano, y para no seguir escuchándole la misma cantinela de siempre había accedido a registrarse en una página de contactos para buscar pareja, aunque no ponía mucho empeño en ello. Había dado un ligero vistazo a las fotos de las mujeres que encajaban con las características requeridas por él y no le habían llamado la atención. Tampoco ninguna había contactado con él.

Esa noche decidió pasarse a ver si había alguna cara nueva, aunque sin muchas esperanzas. Mujeres excesivamente maquilladas o demasiado escasas de ropa eran lo habitual, y entre sus expectativas estaba que el hombre en cuestión tuviera una buena posición económica. Nadie se interesaba demasiado por un fisioterapeuta con un sueldo medio a pesar de su cuerpo atlético y sus ojos azules, que atraía todas las miradas femeninas cuando entraba en un local de esparcimiento.

Una cara nueva llamó su atención al entrar: una chica pelirroja con el cabello que le caía en mechones desordenados sobre los hombros y unos preciosos ojos verde oscuro que le daban un atractivo especial a su cara. Unas cuantas pecas le salpicaban las mejillas y la nariz, lo que le confería un aspecto adorable.

Pinchó en la foto para ver el perfil: treinta años, se llamaba Cristina, un nombre que le iba como anillo al dedo, y algo extraño: no tenía ninguna especificación sobre el tipo de hombre que buscaba, ni física ni de ningún tipo. No tenía aspecto de estar desesperada para no tener preferencias... y eso le llamó la atención.

En aquel momento escuchó a Moisés que abría la puerta. Pocos segundos después entró en el salón con aspecto cansado y se desplomó en el sofá a su lado.

—Hola. ¿Qué tal el día?

—Desastroso. Un asesinato con muy mala leche. Han apaleado a un anciano hasta matarlo para robarle lo poco o lo mucho que pudiera tener. Un día cojonudo, ya lo ves. Para colmo, Olga tiene cena familiar y como no me pueden ni ver, paso de ir. Ni siquiera un polvo podré echar hoy.

Eric le palmeó la espalda con afecto.

—Bienvenido al gremio, macho. No es el fin del mundo no echar un polvo, las pajas también relajan mucho.

—¡Bufff! Soy muy viejo ya para eso.

—Estás muy mal acostumbrado, querrás decir.

—Eso será. ¿Y tú qué haces? —preguntó acercándose a Eric y mirando la pantalla del portátil por encima de su brazo.

—Echándole un vistazo a la página de contactos.

—¿Y hay algo interesante?

—Podría ser.

—¡Hombre! Escuchar eso me anima, porque hasta ahora les has puesto pegas a todas las que han contactado contigo. Enséñame...

—Mira esta chica... es preciosa.

—Tiene una cara muy simpática, sí.

—Y no pone ninguna especificación sobre el tipo de hombre que busca.

—Ninguna mujer que te vea va a ponerte pegas, Eric. Según mi novia y mi compañera de trabajo eres un bombón.

—Será por eso por lo que no me como una rosca.

—Tú tampoco pones mucho de tu parte, admítelo.

Eric se echó a reír. Reconocía que Moisés tenía razón, que si quisiera cada vez que salía podría volver a casa con una chica, pero no le iba eso. También había salido una noche con la compañera de su amigo y se había aburrido como una ostra, no compartían nada y era evidente que los dos estaban deseando que la noche terminara.

—¿Qué vas a hacer con la pelirroja? ¿Vas a llamarla?

—Le mandaré un e-mail.

—Tiene un número de teléfono, lánzate.

—¿Tú crees? ¿No será muy directo?

—¡Eric, tienes treinta y cuatro años, macho; no eres un crío de quince! Está registrada en una web para buscar pareja y ha puesto su número de móvil. ¿Será que quiere que la llamen? Venga, ahora mismo —dijo cogiendo el teléfono de su amigo de encima de la mesa y alargándoselo.

—Está bien —respondió levantándose dispuesto a salir del salón.

—¡Ah, no! Ni sueñes que te vas a ir y me lo voy a perder... que todavía lo puedes estropear.

Riendo volvió a sentarse y marcó el número de contacto. Una agradable voz femenina respondió cuando ya pensaba colgar después de que sonaran varios timbrazos.

—¿Diga?

—¿Eres Cristina?

—Sí, soy yo.

—Yo soy Eric... ejem... me he tomado la libertad de tomar tu número de la página web.

Cristina cerró la puerta de la casa que acababa de enseñar y guardó la llave en el bolso.

—Oh... disculpa un segundo, estoy trabajando. ¿Puedo llamarte yo en una media hora?

—Claro.

—Bien, pues luego hablamos, Eric.

Volvió su atención a la pareja que acababa de ver la casa, alabando las cualidades del vecindario, buena situación y perfecto estado de conservación de esta. Si conseguía esa venta supondría una comisión jugosa, que buena falta le hacía. Y si además el asunto de acompañante turístico también se empezaba a mover, sería genial. No esperaba que nadie la llamase tan pronto, hacía solo unos días que se había registrado.

Volvió su atención a los compradores en potencia aparcando el otro trabajo hasta más tarde.

Eric cortó la llamada ante la mirada ofuscada de Moisés.

—¿Ya está? ¿Eso es todo?

—Me ha dicho que está ocupada y que me llamará ella más tarde.

—¿Y no has insistido?

—Está trabajando... se oían voces. A lo mejor no lo está, pero no quiere que nadie sepa lo de la web. Esperaré a que llame.

—¿Y si no lo hace?

—Asumiré que no le ha gustado mi voz, o que no quería que la telefonease. Debí mandarle el correo.

—Si no te llama, insiste tú. Para una vez que te hace tilín una mujer...

—No voy a ser un pesado, Moisés, no es mi estilo. Si no me llama, paso.

Estaban cenando cuando se produjo la llamada. Ambos amigos pegaron un respingo y Eric se apresuró a mirar el número.

—¿Es ella?

—No lo sé, no lo he registrado.

—¡Contesta, vamos!

—¿Sí?

—¿Eres Eric?

—Sí... y tú Cristina.

Se tuvo que dar media vuelta para no ver la cara de Moisés ni el gesto de su mano con el pulgar levantado.

—Perdona que antes no pudiera atenderte, estaba trabajando.

—No te preocupes, lo entiendo. Aunque si te soy sincero pensaba que no ibas a llamar, que no te había gustado mi voz o algo.

—¡No están las cosas para rechazar una oferta! Hace poco que estoy en la web y pensaba que iba a llevar más tiempo que alguien me contactara. Me ha dado mucha alegría que me llamases.

La chica desbordaba entusiasmo y Eric se empezó a relajar.

—¿Por qué pensabas eso?

—Porque, seamos sinceros, la web está llena de ofertas de personas con más experiencia y que llevan más tiempo en esto.

—Sí, lo sé. He entrado varias veces y buscaba un perfil más natural, algo diferente.

—Entonces yo soy lo que buscas. Porque, aunque llevo poco en esto, como ya te he dicho, tengo la suficiente cultura como para cumplir tus expectativas. Dime... ¿Vendrías solo?

Eric frunció el ceño.

—¿Solo? Claro...

—Es que hago precios especiales a grupos; vamos, que no cobro por persona sino por tiempo.

—¿Cobras por esto?

—Por supuesto, no pensarás que lo hago gratis. Tengo que vivir y las cosas están muy difíciles, no se gana mucho vendiendo casas, que es mi actividad principal; pero soy de las más baratas, te lo aseguro, y muy buena.

—Mira, Cristina, creo que no nos vamos a entender —dijo Eric resoplando.

Cristina sintió venirse abajo las expectativas que se había hecho mientras llegaba a casa y decidió venderse de la misma forma que vendía los inmuebles.

—No, por favor, escucha... deja que te diga mis tarifas y mis cualidades. Dame diez minutos, por favor.

—Tus tarifas... —dijo en voz alta para que Moisés le oyera. Este enarcó las cejas—. Vale, diez minutos.

—Cobro por horas.

—Como todas —cortó seco. Sentía que le habían tomado el pelo y se estaba empezando a enfadar.

—No, como todas no, porque además mis tarifas varían según lo que enseñe.

—¿Y qué enseñas?

—Lo que el cliente pida, en eso no pongo pegas.

—Ajá. ¿Y qué es lo habitual?

—Lo normal que quieren ver es el centro, claro.

—Claro. Y al decir centro, te refieres al... centro.

—Sí.

Eric sintió que su enfado incipiente se estaba empezando a convertir en algo jocoso y decidió seguirle la corriente. No iba a aceptar, por supuesto, no estaba tan desesperado como para contratar los servicios de una puta, pero si la chica le quería explicar sus habilidades, le daría la oportunidad.

—Continúa, aún te quedan cinco minutos.

—Domino a la perfección el francés, el inglés y me las apaño un poco con el danés.

—¡¿El danés?!

Era la primera vez que Eric oía hablar de esa práctica sexual.

—Sí, aunque no soy muy experta... me lo enseñó un poco mi abuela cuando era adolescente.

—¿Tu abuela también se dedicaba a esto?

—No, ella era ama de casa, pero vivió un tiempo en Dinamarca y allí tuvo que aprenderlo.

—Ah. Vaya con tu abuelita... ¿y qué edad tenías cuando te lo enseñó?

—Doce o trece años. Me resultó un poco difícil, sobre todo

porque no podía practicarlo, pero ella insistió en que nunca se sabe qué puedes necesitar en la vida, el mercado de trabajo está complicado.

—Vaya que sí. Estoy seguro de que el «danés» te ayudará a conseguir algún que otro cliente.

—Eso espero. Bueno, ahora te digo mis tarifas. Por enseñar, veinte euros la media hora.

—No es caro.

—¿Verdad que no? Es tarifa de promoción, cuando ya tenga una clientela subiré los precios. Y si quieres entrar en algún sitio, sube el precio.

—Lógico. E imagino que el precio varía según dónde quieras entrar.

—Así es. Y si quieres comer también es otro precio.

—¿Y tú no comes?

—Si el cliente quiere, por supuesto.

—Eres completita, chica.

—No hay más remedio, es complicado hacerte un hueco en esto. O haces de todo o no llegas a ningún sitio.

—Lo imagino. Aunque a mí lo que más me llama la atención es lo del «danés».

—Entonces, ¿estás interesado?

—No, creo que no.

—Por favor, piénsatelo... Te mando por correo las tarifas completas si quieres... Eres mi primer cliente, y soy supersticiosa, es mala cosa si el primero te falla... Te hago una buena rebaja.

—Está bien, me lo pensaré, pero no te prometo nada.

—Dame tu correo.

—No me mandes las tarifas, si me decido ya te llamo y lo hablamos.

—Vale, gracias, Eric. Ha sido un placer conocerte y... me encantaría hacer negocios contigo.

Apenas colgó alzó los ojos hasta Moisés, que lo miraba expectante.

—¿Dónde me has aconsejado que me registre? Es una web de prostitutas.

—¡Qué va! Es de contactos, para buscar pareja. Un primo mío conoció ahí a su novia, es un sitio serio y con muchas opiniones favorables.

—Pues esta mujer es prostituta y me ha ofrecido sus servicios.

Me quiere mandar sus tarifas, pero le he dicho que no lo haga. A propósito, ¿tú sabes qué es un danés?

—Sí, claro, un tío que ha nacido en Dinamarca.

—Como práctica sexual.

Moisés abrió mucho los ojos.

—¡Ni idea! Yo creía que las conocía todas, pero en mi vida he oído hablar de esa.

—Pues Cristina la hace. Parece ser que es una de las cosas que la convierten en especial.

Moisés se sentó a su lado.

—Suena bastante pervertido. ¡Vamos a buscarlo en Internet!

Durante un rato se movieron por la red, pero lo único que encontraron fueron referencias a los habitantes de Dinamarca y al idioma.

—¡Nada! Debe de ser algo tan guarro que ni siquiera aparece en Internet.

—Pues al parecer es una práctica frecuente en Dinamarca. Dice que se lo enseñó su abuela, que vivió allí una temporada, a la edad de doce años.

—Jolines con la señora. ¡Tienes que quedar con ella y averiguarlo!

—¡Ni lo sueñes! No voy a ir con una prostituta, Moisés.

—¿No tienes curiosidad?

—Muchísima, pero no voy a pagar por sexo... Y a saber qué me puede pegar, soy muy escrupuloso.

—A mí me encantaría saberlo, a Olga le gusta probar cosas nuevas.

—Pues ve tú —dijo empezando a irritarse, y no por la insistencia de su amigo sino porque una vocecilla en su interior le decía que le encantaría probar el «danés» fuera aquello lo que fuese.

—Yo tengo novia, Eric.

—Y a mí no me van las putas. Por mucho que diga que soy su primer cliente.

—¿En serio? ¿Eso te ha dicho?

—Sí, pero yo no me lo creo.

Moisés se inclinó sobre el portátil y rescató la foto de Cristina.

—No lo parece; quizás sea cierto y las cosas le vayan mal y necesite dinero. Pero sea lo que sea, lo que hace es ilegal. No debe buscar clientes en ese tipo de páginas, si la descubren puede tener problemas.

Eric miró con fijeza a su amigo.

—¿Se los vas a buscar tú? Ya sé que eres policía, pero no me gustaría que le causaras inconvenientes.

—Por supuesto que no, pero quisiera investigarla un poco y avisarla. Hay otros sitios donde ofrecer sus servicios.

—En la web está su número... llámala y házselo saber.

—No; si la llamo y averiguo algo que deba denunciar, mi obligación es hacerlo. Pero si vas tú... yo no sé nada.

—¡Que me quieres liar, vamos!

Moisés le miró con aire inocente.

—No tienes que acostarte con ella, ni siquiera hacer el «danés», aunque sé que te mueres de ganas.

—¡No digas tonterías! —protestó indignado.

—Proponle quedar a tomar un café para conocerla y que te explique sus tarifas. Y cuando lo haga adviértele que alguien podría denunciarla y que para ejercer su profesión se registre en otro tipo de páginas. Y si de paso averiguas de qué va el tema, me lo cuentas.

—De acuerdo, tú ganas —dijo sin ofrecer más resistencia—. La llamaré en unos días, no quiero parecer ansioso.

—Bien. Y ahora terminemos de cenar.

3

La cita

Cristina había aguardado un par de días la llamada de Eric, pero esta no se había producido, lo que supuso una pequeña decepción. Se había hecho a la idea de tener un cliente y, además, para qué negarlo, le había gustado mucho la voz de aquel hombre. Aunque estaba claro que pretendía que le enseñara la ciudad gratis, pero eso no era posible.

Desechó su decepción y, optimista por naturaleza, se dijo que ya vendrían más clientes. Era sábado y tenía una boda que celebrar. Debía desplazarse a un pueblo cercano, por lo que había tomado el autobús. Se llevó un libro, incapaz de permanecer la media hora que duraba el trayecto mirando por la ventanilla y sin hacer nada.

Cuando estaba en plena ceremonia, le sonó el móvil. Azorada, porque había olvidado desconectarlo, lo sacó del bolsillo y lo apagó ante la mirada irritada de novios e invitados.

—Disculpen —dijo. Y retomó su cometido.

Cuando terminó se despidió de los contrayentes y lo volvió a conectar. Estaba casi segura de que se trataba de Amanda para que comieran juntas, pero se sorprendió al ver el nombre de Eric en la pantalla. Devolvió la llamada.

—Hola, Eric... —dijo cuando respondieron—. ¿Me has llamado?

—Sí.

—Perdona que te cortara, pero estaba en una boda.

—¿Se casa algún familiar?

—No, estaba trabajando.
Él lanzó un silbido.
—¿En una boda?
—Sí. Me has pillado en plena faena. Olvidé apagar el móvil y no veas qué apuro he pasado.
—Lo lamento. ¿Y quién te ha contratado, si no es mucho preguntar?
—Los novios, por supuesto.
—¡Caray! ¿Es un servicio que se ofrece ahora en las bodas? Cada vez hay más cosas raras.
Cristina se echó a reír.
—Raro no es, pero sí es cierto que hace poco que somos mujeres las que nos ocupamos de esto. Pero solo en las bodas civiles, claro, en las religiosas ni pensarlo.
—Claro, ya lo supongo. ¿Antes lo hacían hombres? —preguntó incrédulo.
—Siempre. Y no es justo, las mujeres también tenemos derecho.
—Caray, la de cosas que uno ignora. ¿Has terminado ya de trabajar o aún te queda? Si quieres puedo llamarte en otro momento.
—No, ya he acabado; dime.
—Pues respecto a la conversación que tuvimos el otro día...
—¿Sí?
—He pensado que antes de contratar tus servicios me gustaría conocerte. Ver cómo eres en persona, tomar un café...
Cristina se quedó un poco perpleja.
—Si no tienes inconveniente —añadió Eric al ver que no respondía.
—No, claro, si es lo que quieres...
—Pues quedamos mañana si te parece. ¿O estás ocupada?
—De momento no tengo ningún compromiso.
—¿A las cinco en el centro?
—De acuerdo... ¿Si te parezco bien me contratarás?
—Primero tengo que verte.
—Soy buena en lo mío y no creo que mi aspecto sea importante.
—Para mí lo es, por muy buena que seas.
—De acuerdo. ¿Debo ir preparada o no será mañana?
—No lo sé —dijo Eric sin querer comprometerse demasia-

do. Pero intuía que si ella sospechaba que no la iba a contratar no aparecería—. Ve preparada por si acaso.

—De acuerdo. Hasta mañana —dijo después de dar el nombre de una conocida cafetería donde deberían encontrarse.

Cristina cortó la llamada y se quedó mirando el aparato.

—Me pareces un poco raro tú —le dijo como si la pudiera escuchar—, pero un cliente es un cliente y no puedo rechazar al único que me ha contactado.

Iba a guardar el móvil para dirigirse de nuevo a la parada del autobús cuando la llamada que esperaba se produjo.

—Hola, Amanda.

—Hola, Cris. ¿Qué haces?

—Acabo de casar a dos tórtolos. ¿Y tú?

—De limpieza. Te llamaba para quedar mañana a pasar el día.

—No puedo, he quedado para tomar café.

Amanda esbozó una sonrisa complacida.

—¿Tienes una cita?

—No exactamente. Se trata de un cliente en potencia, alguien que quiere ver la ciudad.

—¡Oh, vaya! Yo pensaba... ¿Nadie más te ha llamado?

—Nadie. Si quieres podemos quedar hoy, en un rato estaré en Córdoba, hay un autobús que sale en media hora y llega sobre las tres menos diez.

—De acuerdo, me encanta tener una excusa para dejar la fregona. Podemos comer juntas.

—Me parece genial.

—Te espero a las tres en la estación entonces.

—Estupendo. Nos vemos en un rato.

Cuando a la hora indicada Cristina salió de la estación de autobuses buscando a su amiga, Amanda vio que llevaba dos bolsas de plástico en las manos.

—¿Qué traes ahí? No voy a sentarme a comer en un parque, hoy pienso hacerlo en un sitio decente.

—No es comida, es suavizante para la ropa.

Amanda levantó los ojos al cielo y suspiró. Miró el contenido de las bolsas.

—¿Cuatro botellas de dos litros de suavizante?

Cristina alzó los hombros.

—Déjame adivinar: había una oferta.

—En un supermercado justo al lado de la parada del autobús. La segunda unidad a mitad de precio.

Amanda sabía que su amiga era incapaz de resistirse a una oferta o a un artículo que considerase por debajo de su precio habitual. Y se sabía los precios de todo.

—¿Puedo preguntarte cuántos litros tienes ahora mismo en casa? Porque estoy segura de que no te hace falta.

—Algunos —dijo acomodándose en el coche.

—¿Tres, cuatro?

Cristina no respondió.

—¿Más? —preguntó, mirándola incrédula—. ¿Cuántos, Cris?

—Con estos, quince.

—¡Dios bendito! Desde luego que si entramos en guerra te vas a hacer de oro con el estraperlo. No me extraña que siempre andes corta de dinero, todo lo tienes invertido en mercancía.

—A ver, lo voy a gastar de todas formas y me ahorraré un dinero.

—No vamos a volver al mismo tema de nuevo. Comamos en paz —bufó Amanda, cansada ya de explicarle que si gastaba el dinero en cosas que no necesitaba, le volvería a faltar para terminar el mes.

Poco después, cómodamente sentadas a la mesa de su restaurante favorito, Amanda comentó:

—De modo que tienes un cliente.

—Eso parece, aunque es más raro...

—¿Por?

—Insiste en conocerme antes de contratar la ruta. Dice que, si no le gusta mi aspecto, no lo hará. Hemos quedado para tomar un café antes.

—¿En serio?

—Sí. Además, parece un machista, me ha llamado en plena ceremonia y le ha parecido muy raro que yo oficiara la boda, imagino que por ser mujer.

—Ese tío me da mala espina, no vayas, Cris.

—No me lo puedo permitir, no voy a rechazar el único cliente que me ha llamado.

—Si te hace falta dinero, vende suavizante y llegarás a fin de mes sin problemas.

—No voy a hacerlo, voy a tomar café con él mañana y si me contrata le haré un recorrido. Si me niego puede poner un comentario negativo en la web y adiós mi carrera como acompañante turístico.

—En ese caso, voy contigo.

—No sé, Amanda.

—No voy a dejarte ir sola, suena a pervertido.

—De acuerdo, pero le preguntaré antes. No me parece profesional presentarme contigo sin avisar.

—Hazlo ahora, y si no acepta cancela la cita.

Cristina cogió el móvil, buscó en la agenda y marcó el número de Eric.

—Hola, Cristina.

—Hola, Eric.

—¿Algún problema?

—No, no, solo quería preguntarte una cosa.

—Dime.

—Esto... ¿Te importaría si una amiga se uniera a nosotros?

—¿Una amiga?

Eric sintió que empezaba a sudar ante la idea de montar un trío. Aquello estaba yendo más lejos de lo que pensaba.

—Sí, es que le apetece conocerte... ¡Como eres mi primer cliente!

—Cliente en potencia, aún no he aceptado.

—Claro, claro.

—Una pregunta, ¿ella también cobraría?

—No, solo viene a echarme una mano.

—Ajá. ¿Tiene algo que ver con «el danés»?

Cristina suspiró. Aquel tipo parecía estar especialmente interesado en ese idioma. Ya se veía teniendo que repasarlo, porque lo tenía bastante olvidado.

—No, ella no lo domina. Solo se uniría a nosotros.

—¿Va a mirar?

—Va a acompañarnos y, por supuesto, no le voy a tapar los ojos.

—De acuerdo, que venga.

—Otra cosa, Eric. Te veo muy interesado en el danés. ¿Debo llevarlo preparado? Porque lo tengo un poco oxidado y debería refrescar la memoria.

—Sí, prepáralo por si acaso.

—Hasta mañana, entonces.

Colgó ante la mirada escrutadora de Amanda.

—Acepta.
—Genial, tengo curiosidad por saber cómo es.
—Más raro que un perro verde. Está empeñado en que haga la visita en danés. Y no sé por qué, puesto que habla él español a la perfección. Es tan cordobés como tú y como yo.
—¿En danés? ¿Y por qué en ese idioma?
—En el perfil que me hice en la web puse que lo hablo un poco y parece obsesionado con él. Estoy segura de que no va a entender ni dos palabras, pero en fin, el cliente manda... Debe de ponerle cachondo o algo así, vete a saber.
—Menos mal que voy a ir contigo. Suena a pervertido total.

Eric colgó y lanzó un hondo suspiro. Se miró la entrepierna con una erección brutal, producida por la conversación. No iba a aceptar, por supuesto, pero no había podido evitar excitarse. La chica desde luego era una profesional de tomo y lomo, por mucho que insistiera en que era su primer cliente, y sabía cómo poner cachondo a un hombre.

Necesitaba contárselo a alguien y marcó el número de Moisés aun a riesgo de ser inoportuno. Había salido con Olga y no sabía si estaría ocupado. Cuando este respondió al momento, le soltó a bocajarro:

—Me ha llamado Cristina. Quiere que una amiga se una a nosotros, para mirar.
—Joder, Eric, eso cada vez pinta más guarro.
—Y yo cada vez estoy más acojonado, amén de otras cosas —dijo mirándose la bragueta.
—Habrás aceptado, ¿no?
—Para el café, no pienso ir más allá.
—Pues consigue que al menos te explique... ya sabes.
—Sí, me ha dicho que lo va a traer preparado.
—¿Lo tiene que preparar? ¡Debe de ser tremendo!
—Sudores tengo nada más que de pensar en tomarme un café con ella. Y la amiguita.
—Te dejo, me he apartado para responder y Olga no hace más que mirarme. Hablamos luego.
—Hasta luego.

4

El encuentro

Amanda dormía cuando el sonido insistente del móvil la sacó con brusquedad de un sueño profundo. Por unos breves segundos se maldijo por no haber desconectado la alarma la noche anterior, pero apenas la bruma del sueño se disipó comprendió que no se trataba de la musiquilla del despertador, sino de una llamada entrante. Alargó la mano y miró la pantalla. Cris, y el reloj marcaba las siete y diez de la mañana.

Con mala uva descolgó.

—Dime que te estás muriendo o no respondo de mí.

—¿No has visto los *whatsapp* que te he mandado?

—Difícilmente, puesto que estaba durmiendo. Dur-mien-do. Es domingo y son las siete y diez de la mañana, y la gente normal duerme.

—Ufff, lo siento, no me he dado cuenta de la hora.

—¿Qué quieres?

—Te he mandado unas fotos con la ropa que me voy a poner esta tarde, para que me ayudes a decidir, pero no respondías.

—Porque le quito el sonido al *whatsapp*, que te conozco. ¿No tienes horas en el día para decidir qué te pones? Has quedado a las cinco, Cris.

—Pero tengo muchísimas cosas que hacer hasta entonces. Lo quería dejar preparado antes de irme a correr.

—¡Duérmete, joder, en vez de irte a correr! Es domingo.

—No puedo, tengo la hora cogida. Bueno, ¿vas a mirar las fotos o no?

Suspirando miró los mensajes y las fotos.

—Ninguna de ellas. Ponte un traje de buzo, con un pervertido como ese será lo más aconsejable.

—Seguiré buscando en el armario.

—¡Pero no me llames para pedirme consejo antes de las doce de la mañana! —bufó de nuevo.

—De acuerdo, perdona.

Se volvió hacia la cama donde tenía esparcidos varios conjuntos, los guardó en el armario y continuó rebuscando en él. Quizás, debería optar por el traje de chaqueta que constituía el uniforme de la inmobiliaria, elegante y sobrio. Eso le daría un aire de profesionalidad y, si Amanda tenía razón, disuadiría a aquel hombre de otras posibles ideas.

Eric salió de su habitación ya vestido para ir a reunirse con Cristina y su amiga. Moisés lo miró con ojo crítico. Los vaqueros negros y la camisa blanca cuello mao abierta hasta el pecho.

—¿No voy bien? —preguntó.

Moisés movió la cabeza, dubitativo.

—No sé si es lo más adecuado.

—Es que no tengo ni idea de cómo se viste uno para ir a ver a una puta.

—Ten cuidado de no llamarla así, podrías ofenderla; si tienes que hacer referencia a su profesión di prostituta. Suena más elegante, más fino.

—Perdona, pero no tengo costumbre. Y hago esto por ti.

—Por supuesto, por supuesto... —dijo con sorna.

—¿Y por qué no voy bien? ¿Qué le pasa a mi ropa?

Moisés entrecerró los ojos antes de decir:

—Esa camisa es difícil de quitar. Se saca por el cuello y tú eres muy alto, casi seguro que ella no va a llegar.

—¡No voy a acostarme con ella! Solo a advertirle del riesgo que corre.

—Y a preguntar sobre lo que nos intriga...

—No te preocupes, que no se me olvida el interés que tienes en averiguar lo del «danés».

—¿Solo yo? —Rio.

—Yo también tengo curiosidad, no te lo niego; pero el que está deseando practicarlo eres tú.

—Ya, ya... —Volvió a reír.
—Me voy o llego tarde.
—Llámame en cuanto puedas.
Eric se echó a reír.
—Pareces mi madre.
Caminó hasta el lugar de la cita. Ya desde lejos vio a las dos mujeres sentadas a una mesa en la terraza de la cafetería y reconoció a Cristina al instante. Vestía un traje de chaqueta negro y una camisa blanca solo abierta en el botón del cuello, elegante y sobria. Nada de escotes ni de ropa ajustada, nada de «enseñar la mercancía», como era lo habitual. Sintió que se excitaba contra su voluntad. Aquella mujer sabía lo que hacía. Por suerte la camisa holgada cubría la evidencia, porque los ojos expertos de ella se darían cuenta de inmediato y no le permitiría rechazar su oferta.
Se acercó despacio a la mesa. Los ojos de ambas mujeres se clavaron en él al comprobar que se dirigía hacia ellas, y pudo leer la admiración que su físico despertaba en el sexo femenino.
—Hola, soy Eric.
Los ojos de Cristina lo miraban con asombro, como si no le conociera. ¿Sería posible que ni siquiera le hubiese echado un vistazo a su foto de perfil?
—Cristina. Y ella es Amanda —dijo tendiéndole la mano.
Eric se la estrechó. Una mano bonita y cuidada, que apretó la suya con determinación. Amanda hizo lo mismo, sin dejar de observarle. Eric sintió que empezaba a sudar. Si aquella mujer iba a mirar, lo iba a poner muy nervioso. Luego, tuvo que recordarse que solo iba a avisarlas de que estaban cometiendo un delito.
—Siéntate. ¿Qué te apetece tomar?
—Un café. ¿Y vosotras?
—También café —dijo Cristina.
—Un té —pidió Amanda.
Eric le hizo una seña al camarero, que se acercó presuroso para tomar nota de la comanda.
—¿No queréis un dulce? —preguntó Cristina mirando con avidez los platos de la mesa colindante.
—Yo no.
—Tampoco yo, pero pide uno si te apetece.
—Voy a ver qué tienen —dijo levantándose y entrando en la cafetería. Eric la siguió con la mirada. Alta y delgada, elegante

con su traje de chaqueta, no pudo evitar preguntarse si llevaría ropa interior debajo. Y si su pelo rojo se extendería a otras partes de su cuerpo.

Percibió la mirada de Amanda sobre él y se sintió pillado en falta, como si hubiera adivinado sus pensamientos.

—De modo que quieres contratar a Cris.

—Así es.

—Es una buena profesional.

—No lo dudo.

Amanda contuvo las ganas de preguntarle qué quería de su amiga, porque no se le había pasado por alto la mirada que le había dedicado mientras entraba en la cafetería. Una mirada que no se le dedicaba a un guía turístico.

Cris volvió y se sentó de nuevo a la mesa.

—Tienen un surtido enorme, me ha resultado muy difícil elegir.

Casi detrás de ella apareció el camarero con el pedido, y al fin se encontraron los tres frente a frente, con un incómodo silencio entre ellos.

—Bueno, creo que es el momento de hablar de negocios —propuso Cristina.

—Tú vienes muy elegante —dijo Eric por decir algo—. Yo me he vestido informal.

—Es mi uniforme de trabajo; tú eres el cliente, puedes vestir como quieras.

—Claro... es que yo, es la primera vez que hago esto. Aunque supongo que eso lo dicen todos.

—También es la primera vez que lo hago yo, de modo que no sé qué suelen decir. Aunque no veo por qué deberían ocultarlo, no es ninguna vergüenza.

—Depende de cómo se mire. Y puede constituir un delito.

—Si lo dices por las agencias, esto está debidamente tipificado, es un servicio entre particular y particular. Y reglamentado a nivel fiscal, yo voy a pagar los impuestos que me correspondan, de modo que las agencias no deberían suponer un problema.

Eric ladeó la cabeza, mirando a Amanda, que no apartaba los ojos de él.

—¿Tampoco lo de tu amiga?

—¿Qué pasa con ella? Solo quería conocerte y tú estuviste de acuerdo en que viniera.

—Y mirar.

—¿Qué tiene de malo? Si el cliente acepta, no veo el problema.

—No, claro.

Eric se sentía cada vez más confundido. La chica no aceptaba su aviso, y no sabía qué hacer a continuación. Pero lo último que quería era levantarse de aquella mesa y poner fin a la conversación; la cara graciosa, la voz suave y el bonito cuerpo que adivinaba bajo el sobrio traje de chaqueta le tenían subyugado. Le gustaba mucho aquella chica, lástima que no fuera solo una mujer buscando pareja.

—Dijiste que me enseñarías tus tarifas.

—Por supuesto. ¿Qué quieres ver exactamente? ¿El centro?

Eric levantó los ojos hasta sus pechos. Y a pesar de tratarse de una prostituta dispuesta a mostrar sus encantos por dinero, se sintió como si la estuviera ofendiendo con su mirada.

—También algunos... alrededores. Y, por supuesto, «el danés».

Cristina levantó los ojos al cielo.

—Ya lo suponía. Lo traigo preparado.

Eric sintió que su entrepierna daba un nuevo tirón y contuvo un suspiro.

—Pues el centro, y algunos alrededores, con el danés incluido, cincuenta euros la media hora. Aunque no creo que dé tiempo, pero ya sabes, si es una hora se duplica el precio. ¿Estás interesado? Si sois un grupo os saldrá más económico porque cobro por tiempo.

—No es barato porque sería yo solo.

—Es algo especial, y las cosas especiales hay que pagarlas.

—Si pudieras explicarme un poco el «danés» antes de decidirme...

—De acuerdo. *God eftermiddag Córdoba Center er meget gamle men byen nået sin maksimale pragt i den arabiske periode sine vigtigste matinales Tempus-kontorer monme svarer til denne periode.**

Eric la miraba estupefacto.

—No lo entiendes, ¿verdad?

* Buenas tardes. El centro de Córdoba es muy antiguo, pero la ciudad alcanzó su máximo esplendor en la época árabe. Son de este periodo sus principales monumentos.

—Ni una palabra. Bueno, Córdoba sí.

—Ya lo suponía. ¿Por qué entonces ese empeño en que te hable en danés?

—Yo no me refiero al idioma, sino al otro «danés».

—¿A qué otro?

—A la práctica sexual.

—¿Existe una práctica sexual que se llama así?

—Dímelo tú. Tú eres la profesional.

—Te estás pasando. Que esté dispuesta a hacer la visita en un idioma poco convencional no significa que incluya ninguna práctica sexual en ella.

—¿Pretendes cobrar cincuenta euros la media hora solo por enseñar el chumino y pronunciar unas cuantas frases en danés? Menuda estafa. ¿Y te permites llamarte profesional?

Cris sintió que la rabia se apoderaba de ella y cogió la taza de café dispuesta a arrojársela a la cara, pero su amiga le detuvo el brazo.

—¡El chumino lo va a enseñar tu madre! Así decía Amanda que eras un pervertido. Yo no estafo a nadie, mis tarifas están claras.

—¡Con razón no tienes ningún cliente! Por muy mona que seas, ningún tonto va a pagar por lo que ofreces.

—Te he dejado muy claro por teléfono lo que ofrezco y lo que cobro, y si no estás interesado no sé qué haces aquí. Te recuerdo que eres tú quien me ha llamado.

—Te llamé porque vi tu foto en la página, y quería conocerte. Pero me empezaste a hablar de tus tarifas y que debía contratarte y aquí estoy.

—No hay ninguna foto mía en la página, solo mi currículum y mis capacitaciones.

Amanda apretó los labios con fuerza y se encogió un poco sobre sí misma.

—Claro que la hay. Y no venía exactamente a contratarte, mi compañero de piso es policía y me dijo que estabas cometiendo un delito al utilizar la página de contactos en la que estás registrada para ejercer la prostitución.

—Para empezar, yo no estoy registrada en ninguna página de contactos.

Amanda intervino.

—Ejem... sí lo estás.

Cristina desvió la mirada hacia su amiga.
—¿Esto es cosa tuya?
—Pensé que...
—Cállate, lo hablamos luego —dijo volviendo a centrar su atención en Eric—. Bueno, admitimos que estoy registrada. ¿Qué te hace pensar que quiero ejercer como prostituta? ¿Tengo acaso pinta de serlo? ¿O eres de los que piensan que las mujeres que buscan pareja son todas unas putas?
—Yo no pienso nada de eso, pero tú dirás qué podía pensar si me hablaste de tarifas, de enseñar y de una amiga que venía a mirar... Y del «danés», que creímos que era una práctica sexual extraña, porque en Internet no la encontramos.
Aquí Amanda no pudo controlar una carcajada, pero Cris estaba enojada de verdad.
—Ya entiendo. Y tú, como un salido, te apresuraste a venir a averiguar de qué se trataba, ¿no?
—No. Bueno, sí, teníamos curiosidad, pero en realidad vine para evitarte problemas.
—¡Y yo me lo creo! Mira, será mejor que te vayas si no quieres que te suelte de corrido toda la jerga en «danés» que me he estado aprendiendo durante una larguísima noche. ¡Media hora de explicación!
—Antes me gustaría preguntarte algo. ¿A qué se refieren tus tarifas? ¿Qué es lo que enseñas?
—No lo que tú piensas. Córdoba, enseño Córdoba: la mezquita, el alcázar, Medina Azahara... El centro.
—A eso te referías cuando hablabas del centro.
—Pues claro... ¿Qué pensabas tú?
—Bueno... ya te lo puedes imaginar.
Amanda ya no pudo contener más la risa. Se tapó la boca con la mano para que Cris no lo advirtiera. Pero su amiga estaba demasiado enfadada para darse cuenta.
—¿De verdad pensabas que te iba a enseñar...? ¡Hay que tener la mente sucia! ¡Largo de aquí, pervertido, no quiero volver a verte en mi vida!
—No te pongas así, mujer, solo ha sido un malentendido.
—¡¡Largo!!
Comprendiendo que estaba muy enfadada, Eric decidió marcharse. Sacó un billete que cubría de sobra el precio de las consumiciones, lo dejó sobre la mesa y se marchó. Pero aquella mu-

jer le gustaba y había sido una agradable sorpresa que no fuera prostituta. La llamaría cuando se le pasara el enfado.

Cuando lo vio alejarse, Cristina se volvió hacia Amanda, que se cubría la cara con las manos y lloraba de risa.

—¿Y tú de qué te ríes?

—Por Dios, Cris, ¡no me digas que no tiene gracia!

En aquel momento el enfado de Cris se disipó y estalló también en carcajadas.

—Bueno, quizás un poco —dijo empezando a apreciar el lado cómico de la situación.

—¡No dejo de pensar qué se creería que era el «danés»!

—Y lo ha buscado hasta en Internet.

—Jolín, Cris, desde luego que te pasan unas cosas...

—Creo que para compensar el sofocón me voy a pedir otro pastel. Invita el señor pervertido. Y ya hablaremos tú y yo de ese perfil en una página de contactos.

Eric se alejó de la cafetería y a medida que lo hacía su mente iba repasando las conversaciones telefónicas mantenidas con Cristina, y acabó también riéndose a carcajadas. Cuando se serenó llamó a Moisés tal como le había prometido. Este respondió al instante.

—¿Cómo ha ido?

—La he advertido, tal como acordamos.

—¿Es tan guapa como en la foto?

—Mucho más.

—¿Habéis hecho algo?

—Solo tomar café. Y el ridículo más grande de mi vida.

—¿No has podido? ¿O te has acojonado?

—Ya te comento luego.

—Pero al menos le habrás preguntado...

—Sí.

—¿Y te ha contado de qué va?

—Con pelos y señales.

—Cuenta, cuenta...

—No seas impaciente, cuando llegue a casa. Es largo de explicar.

—Vale, vale... ¿Es tan pervertido como pensamos?

Eric contuvo una carcajada.

—¡Vas a alucinar! —dijo imaginando la cara de decepción de Moisés cuando se lo dijera.

—¿Puedo irle diciendo a Olga que se prepare para algo especial esta noche?

—Sí, sí, que se prepare. ¡Va a flipar cuando se lo enseñes!

—Bueno, ya hablamos.

5

Magdalenas

Durante días el tema principal de las conversaciones entre Cristina y Amanda fue el malentendido con Eric. Juntas revivieron cada conversación y cada palabra tratando de adivinar lo que la imaginación calenturienta del hombre habría conjeturado.

También revisaron el perfil creado en la web de contactos y, tras retocarlo un poco, Cristina decidió mantenerlo, lo que causó en su amiga una enorme alegría. No tenía especial interés en encontrar pareja, pero tampoco le hacía ascos a un amigo con derecho de vez en cuando, siempre que no le pidiera nada raro.

Y por supuesto, al terminar, miraron el perfil de Eric: treinta y cuatro años, soltero, fisioterapeuta, aficionado a la música, las series y los viajes.

—¡Qué pena que sea un salido! —dijo Amanda suspirando al contemplar la foto donde una sonrisa de lo más sexi destacaba aún más sus ojos azules. Amén del cuerpazo que había podido apreciar cuando se reunieron.

—Tiene una voz preciosa —reconoció Cristina.

—¿Solo la voz? Es un regalo para todos los sentidos, de arriba abajo y pasando «por el centro».

Ambas amigas rieron a carcajadas.

—Creo que con un ejemplar así habría mirado con gusto —añadió.

Estaban en casa de Amanda; Cris había pasado un rato de vuelta de la inmobiliaria y había aceptado la copa de vino que su amiga le ofrecía mientras retocaban el perfil. De pronto, e incapaz de continuar sentada más tiempo, Cristina se levantó.

—Me voy.

—¿Dónde vas con tanta prisa? ¿Te espera alguien?

—Bien sabes que no, pero tengo muchas cosas que hacer.

—Relájate, Cris, y toma otra copa. O mejor quédate a cenar.

—No puedo, tengo que hacer magdalenas. Mañana es el cumpleaños de Olivia, mi compañera de la inmobiliaria, y como le encantan voy a llevarle unas cuantas para desayunar. Si quieres puedo traerte algunas.

—Un par de ellas, no más. Ya sabes mi guerra contra los kilos.

—Bueno, las que quieras. Hasta mañana, pásate por casa cuando salgas del trabajo y te las llevas.

Se apresuró a llegar a su piso, y en cuanto abrió la puerta conectó el ordenador. Después se cambió de ropa y empezó a cocinar el almuerzo del día siguiente a la vez que se servía la cena. Estaba hambrienta, había sido un día intenso y eso siempre le daba apetito. Mientras daba buena cuenta de la tortilla de patatas buscó una receta de magdalenas que no fuera muy complicada. Era buena repostera, pero a veces la paciencia le fallaba y procuraba elegir recetas sencillas. Al fin encontró una y con los ingredientes que se podían duplicar, porque si tenía que llevar al trabajo, y darle a Amanda, que seguro no se iba a comer solo dos, debía hacer suficientes para quedarse también algunas ella misma.

Estaba mezclando los ingredientes cuando le sonó el móvil. Dudó si responder al ver el nombre de Eric en la pantalla. Al fin se decidió.

—Hola, Cristina. Soy Eric.

—Sí, lo sé. ¿Qué quieres?

—Qué brusca... charlar un poco, mujer. Disculparme si te ofendí, aunque en realidad pienso que se trató solo de un malentendido.

—Bien, acepto tus disculpas, buenas noches —dijo escueta y dispuesta a cortar la llamada.

—Espera, no cuelgues, me gustaría contratarte.

—¡Vete al diablo! Te cachondeas de tu abuela.

—Para que me enseñes Córdoba... y en español.

—No.

—¿Por qué no? Antes estabas dispuesta a aceptarme como cliente.

—Antes no sabía que me considerabas una puta.

—Ya sé que no lo eres, que eres una buena chica que se dedica a enseñar la ciudad para sacar un poco de dinero extra. Y a mí me gustaría hacer una visita turística contigo.

—¿Por qué? No te voy a dar lo que quieres.

—Porque me gustas, y no sabes lo que quiero.

—Sí que lo sé, querías que te hiciera el maldito «danés», que ni me imagino qué pensabas que era. ¡Olvídalo, no me gustan los puteros!

—No lo soy.

—¡Por supuesto que lo eres! ¿Habrías quedado conmigo de haber sabido que era una simple acompañante turística?

—Pues claro que sí. Te llamé pensando que eras agente inmobiliaria, que es la profesión que consta en tu perfil. Y por cierto, ¿qué hacías en la boda? ¿Tratabas de venderles una casa a los novios? ¿Aún no tenían? —dijo riendo.

—Los estaba casando, listillo.

—¿Casando? ¿Tú?

—Soy oficiante de bodas los fines de semana. Hago muchas cosas para ganar dinero, incluidos los sábados y domingos. ¿De verdad pensabas que me habían contratado para acostarme con los asistentes a la boda? ¿Como un servicio de *catering* sexual?

—Algo así, pero cuando de verdad aluciné fue al decirme que antes solo lo hacían los hombres.

—¡Qué fuerte!

—¿Estás trabajando ahora?

—Estoy haciendo magdalenas —dijo.

Eric soltó una carcajada.

—¿Magdalenas?

—Sí, unos dulces que van en un papelito... ¡A saber qué va a imaginar tu mente calenturienta!

—Sé lo que son las magdalenas.

—Pues entonces, déjame que siga, que tengo para un buen rato.

—Podemos quedar para tomar un café y conocernos mejor.

—No quiero conocerte mejor. No me gusta la clase de hombre que eres y te agradecería que no me volvieras a llamar.

—Cris...

Exasperada colgó. Aquella conversación ya había durado más de la cuenta. No tenía tiempo para andar de charla y si tenía una cosa clara era que no iba a quedar con un hombre al que le iban las prostitutas y las cosas raras.

Regresó a la cocina y al cuenco de los ingredientes. ¿Había echado una o dos veces las cantidades requeridas? La llamada la había desconcentrado. Volvería a echarlos, no quería quedarse corta.

Terminó de mezclar y empezó a rellenar los moldes de papel. Cubrió la bandeja del horno y comprobó que apenas había bajado el nivel de la masa en el enorme cuenco. Iba a tener muchas magdalenas.

A las tres de la madrugada terminó de sacar del horno las últimas. Un intenso olor a dulce se extendía por toda la casa y le impregnaba las ropas y el pelo. Dio un vistazo a la cocina... había *tuppers* con magdalenas enfriándose por todos lados: en la encimera, sobre el microondas, encima de la tabla de la plancha que había tenido que abrir para disponer de más espacio, además de las que había sacado al salón. Sin lugar a dudas, Amanda iba a tener que comerse más de dos.

Se dio una ducha y se acostó, en apenas unas horas debería levantarse para empezar su jornada habitual, pero no sin antes comerse un par de magdalenas calentitas. Estaban buenísimas, había valido la pena trasnochar.

Cuando se levantó por la mañana se permitió el lujo de correr menos tiempo del habitual, aunque no prescindió de la actividad. Tras una nueva ducha, llenó de magdalenas la enorme bolsa y se marchó a la inmobiliaria.

—Buenos días... ¡feliz cumpleaños! —dijo saludando a Olivia, la compañera que se encargaba de la oficina.

—Gracias, Cris.

—Para desayunar —añadió colocando un *tupper* sobre la mesa.

—¡Hummm, qué ricas!... pero has traído muchas...

Cristina alzó los ojos pensando que seguía teniendo el bolso lleno y que con seguridad se iba a alimentar de ellas durante varios días, porque al no tener conservantes, o las consumía rápido o se iban a poner duras sin remedio. Y ella no tiraba comida.

—No te preocupes, tengo más.

«Unas doscientas más», pensó.

—Voy por unos cafés y nos las tomamos.

—Pero date prisa, tengo una visita en tres cuartos de hora.

—Coge el autobús.

—¡El autobús! ¿Para qué tengo las piernas?

Poco después ambas empezaban a desayunar en una esquina de la mesa de Olivia despejada para la ocasión. Esta, cómodamente sentada en su sillón, mientras que Cristina se limitaba a estar de pie haciendo malabarismos con la taza de café y una magdalena en la otra mano, el bolso colgado del hombro y dispuesta a salir corriendo apenas terminara de comer.

—Vas a tardar lo mismo en desayunar sentada que de pie. A la boca le da lo mismo, Cris, mastica igual en cualquier posición.

—No puedo, tengo mucha prisa. Si no fuera tu cumpleaños me habría ido directamente a la casa, pero he hecho las magdalenas para ti.

—¡Muchas gracias! Eres un encanto. Pero algún día tendrás que relajarte y parar ese ritmo infernal de vida que llevas.

—No puedo. Necesito dinero y debo aprovechar ahora que soy joven. Quiero ir a Escocia antes de que me lo impida la artritis.

—Pues a ese paso no vas a llegar a vieja.

—¡No seas agorera! Otra como Amanda.

—Es que te queremos.

—Bueno, me voy, no puedo quedarme más tiempo —dijo limpiándose con prisas la boca y tirando los moldes de papel vacíos a la papelera.

—Disfruta del día, loca... Y gracias por el desayuno.

Cristina agarró con fuerza el bolso y salió. Pesaba más de lo habitual porque contenía tres *tuppers* con magdalenas que pensaba ofrecer a los clientes en potencia con la esperanza de ablandarlos y de paso ir deshaciéndose de ellas. Cuando volviera a casa les repartiría a los vecinos unas cuantas. ¡Jamás en su vida volvería a duplicar una receta! ¿Por qué no podía pensar un poquito las cosas antes de hacerlas? Ya se imaginaba lo que Amanda se iba a burlar de ella cuando se lo contara; tendría magdalenas para rato.

Amanda pasó por casa de Cristina aquella noche después del trabajo a recoger su postre. Su amiga le había pedido a media mañana que no dejase de hacerlo, e imaginaba que tendría algo que contarle. Quizás de Eric, porque, aunque Cris lo negara y no quisiera saber nada de él, no tenía ninguna duda de que a su amiga le gustaba el hombre. ¡Como para no gustarle!

Cris le abrió la puerta masticando y Amanda entró resuelta.

—¿Ya estás comiendo otra vez? ¡Cómo te odio!

—Por necesidad.

—¡No irás a decirme que de nuevo no has tenido tiempo de almorzar como es debido y te has pasado el día a base de chucherías, fruta y chocolate!

—De magdalenas.

—¡Cris, por favor! Aunque seas joven y tengas un metabolismo odioso que te permite tragar como una lima sin poner un gramo, tienes que cuidarte y comer sano.

—Pasa y lo entenderás —comentó Cristina precediéndola a la cocina.

Amanda vio la encimera llena de *tuppers* apilados unos sobre otros. Estos ocupaban la mayor parte del espacio disponible.

—¿Qué debo entender?

En silencio, Cris cogió uno de los recipientes y lo abrió mostrando el interior.

—¿Todos contienen lo mismo?

—Sí, aún me quedan unas ciento cincuenta.

—¿Ciento cincuenta? —exclamó con estupor—. ¿Cuántas magdalenas has hecho?

—Más de doscientas. He repartido a los vecinos, a los clientes, a Olivia... y me he comido unas dieciocho yo misma.

—Déjame adivinar: los ingredientes estaban al tres por dos.

—No, qué va. Es que dupliqué las cantidades, o las tripliqué, no estoy muy segura. Me llamó Eric y me desconcentró.

—¡Ajá! Eso lo explica todo. ¿Qué quería?

—Contratarme para que le enseñara Córdoba. «En español», añadió para que no hubiera dudas.

Amanda lanzó una carcajada.

—Estupendo. Habrás aceptado, ¿verdad?

—No. De hecho, le colgué y le dejé con la palabra en la boca.

—¿Por qué?

—Porque tenía que hacer las puñeteras magdalenas y se me estaba haciendo tarde. Y porque no quiero saber nada de él.

—No seas obcecada. ¿Por qué no le das una oportunidad? Está como un queso.

—No te lo voy a negar, y tiene una voz preciosa, pero no, gracias.

—¿Ves? Te gusta su voz, eso ya es algo. No digo que te cases con él, pero un revolcón con un hombre así tiene que dejarte el cuerpo la mar de relajadito. Y si está insistiendo después de cómo le despediste en la cafetería es porque le atraes.

—Le atraen las guarradas que piensa que pueda hacerle.

—A lo mejor no. ¿Por qué no lo averiguas? Acepta enseñarle Córdoba, cobra por ello y de paso lo invitas a magdalenas —añadió mirando de reojo la encimera—. Matas tres pájaros de un tiro.

Cris alargó el brazo y cogió dos de ellas, puso una en la mano de Amanda mientras se metía la otra en la boca.

—No creo que sea buena idea.

—¿Quieres que vaya con vosotros? Yo encantada de mirar —dijo con una sonrisa pícara en la cara.

—No voy a aceptar. No quiero quedar con él, Amanda. La idea de la página de contactos fue tuya, no mía. No necesito un hombre en mi vida, ni siquiera para echar un polvo.

—Eso lo necesitamos todas. Por mucho que nos apañemos con un juguetito, de vez en cuando nos hace falta un abrazo, una caricia, una frase bonita. Enamorarnos...

—No me quiero enamorar. Nunca más, ¿me oyes? Nunca más.

—Cris, lo que pasó con Adolfo no tiene por qué repetirse. Todos los hombres no son iguales.

—Eric no tiene pinta de ser mucho mejor.

—Eso solo lo sabrás si le conoces.

—¿Tú crees que yo llego a conocer a los hombres? No, solo me enamoro como una tonta, lo doy todo y luego... me toca sufrir.

Amanda abrazó a su amiga sintiendo el temblor en su voz que presagiaba una crisis de llanto. Por algún motivo, Eric había removido viejos fantasmas y temores en la mente de Cris.

—Bueno, ya está. Cómete otra magdalena, anda, y vamos a olvidarnos de Eric. Me quedo a cenar.

Cristina carraspeó un poco para aliviar la tensión y comentó:

—Estupendo. Iba a preparar una ensalada... ¿Tú crees que podríamos echarle unas magdalenas?

—Esa es mi Cris. Operación magdalena en marcha —dijo riendo.

En aquel momento sonó el timbre de la puerta. Alzando una ceja se apresuró a abrir.

—No espero a nadie.

Una chica morena estaba al otro lado del umbral y la miraba con expresión compungida.

—Perdona que te moleste, sé que es un poco tarde, pero mi novio y yo nos acabamos de mudar al piso de enfrente. Tenemos todo en cajas y no consigo recordar dónde he guardado los cubiertos. Hemos pedido una pizza para cenar y no podemos cortarla. ¿Te importaría prestarme un cuchillo? Te lo devuelvo en seguida.

—Claro que no, pasa.

Entró en la cocina, y agarró un cortapizzas y un par de juegos de cubiertos que le alargó.

—Me alegro de tener al fin compañía en la planta, yo soy Cris y ella es Amanda.

—¿Compartís piso?

—No, yo vivo unos cuantos números más abajo, pero paso mucho por aquí.

—Yo me llamo Rocío, y mi novio, Fernando. Nos hemos venido a vivir juntos y estamos muy ilusionados.

—Entonces esta es vuestra noche de bodas...

La chica rio.

—Tanto como eso, no. Ya hemos viajado juntos en alguna ocasión.

—Es estupendo tener compañía de nuevo, y gente joven, además. Ya te darás cuenta de que el bloque está lleno de personas mayores.

—Sí, he visto alguna que otra mujer que me ha preguntado hasta la talla de las bragas.

—¡No les cuentes nada! Son unas cotillas de tomo y lomo. Yo vivo sola y no paran de preguntarme si al fin me he echado novio. Ahora te tocará a ti.

—Yo no pienso contar mucho de mi vida. La verdad es que apenas paro en casa, soy peluquera y trabajo con jornada partida. Salgo temprano por la mañana y regreso a última hora de la tarde.

—Yo tampoco suelo estar mucho en el piso.

—¿También trabajas por la mañana y por la tarde?

Amanda lanzó una carcajada.

—Y por la noche, y a mediodía...
—No le hagas caso, siempre bromea porque soy una mujer muy ocupada. Pero seguro que encontramos algún rato para tomar un café. Y hablando de café... —Se giró y cogiendo un plato colocó en él unas cuantas magdalenas—. Para el postre. Son caseras, las he hecho yo.
Rocío las cogió con una sonrisa.
—Muchas gracias. Yo no soy muy buena cocinando, pero si necesitas que te corte el pelo...
—¡No se lo digas, que te toma la palabra!
—Será un placer. Y ahora os dejo que Fernando está muerto de hambre y la pizza se enfría.
—Pasa por aquí cuando quieras.
—Encantada.
Rocío se marchó y Cris y Amanda levantaron los pulgares.
—¡Por fin una vecina maja! Ya era hora.
—Sí. Y nosotras vamos a por nuestra ensalada.
—Después de escuchar la palabra «pizza», no me apetece.
—¡Cris...!
—Vale, vale, ensalada.

6

La visita turística

—¿Vas a llamarla o no? —preguntó Moisés al comprender que su amigo no tenía intención de volver a telefonear a la chica de la web.

Después de llegar, Eric se había puesto a ver la televisión sin hacer intento de coger el móvil.

—No quiere hablar conmigo.

—Es normal, está ofendida, pero insiste un poco.

—Ya he insistido, y ni siquiera me ha cogido el teléfono. Está claro, Moisés, no quiere saber nada de mí. La última vez que hablamos me colgó y me dejó con la palabra en la boca.

—Pero te gusta.

—Sí, eso no te lo voy a negar; es divertida, chispeante, además de muy guapa, pero yo no le gusto a ella.

—¿Por qué no intentas hacerte el encontradizo o algo así? Estoy seguro de que, si te conociera mejor, se daría cuenta de la clase de hombre que eres.

—No sé dónde vive o trabaja ni los lugares que suele frecuentar, hacerme el encontradizo va a ser un poco difícil, ¿no te parece?

—¿Y si le encargas una visita guiada?

Eric suspiró.

—Ya lo intenté, pero me dijo que no.

—Podría contratarla yo y te presentas tú. A mí no me conoce.

—No sé si es una buena idea. Quizás sería mejor dejarlo estar.

—¿Cómo vamos a dejarlo estar? ¿Tienes idea del tiempo que hace que no te oigo decir que te gusta una mujer?

—Mucho, lo sé.

—Pues entonces... Si abandonas a la primera dificultad, ¿cómo vas mañana a pedir a tus pacientes que sean perseverantes?

—No es lo mismo.

—Por supuesto que lo es, ellos quieren conseguir algo que les resulta difícil y tú también. Además, eso da emoción a la cosa, ¿no?

Eric volvió a suspirar. Conocía a su amigo y era pesado hasta la exasperación, de modo que se dio por vencido.

—De acuerdo, llama tú.

—¿Qué quieres ver?

Eric se echó a reír.

—Aparte del «centro», que eso ya lo supongo. Tiempo al tiempo, amigo.

—Pues la mezquita, por ejemplo. En realidad, me da igual.

—Mejor un paseo por el casco histórico, así podréis charlar.

—Eso si no me manda a paseo a mí —comentó, escéptico. Seguía sin estar convencido, pero no perdía nada por probar.

—No, porque voy a pagarle por su tiempo, y si ya ha cobrado no puede echarse atrás.

Moisés marcó el número que le proporcionó Eric y le respondió una voz agradable.

—Hola, ¿eres Cristina Durán, acompañante turística? —preguntó asegurándose de dejar claro lo que deseaba de ella.

—Sí, soy yo.

—Quería contratar una visita por el centro de Córdoba.

Ella sonrió de oreja a oreja. ¡Por fin se empezaba a mover el tema de las visitas!

—Estupendo. Tú me dices qué quieres concretamente y ya te doy los precios.

—Soy nuevo en la ciudad y me gustaría ver un poco del centro, para empezar —dijo alzando una ceja, ante la mirada divertida de Eric—. Monumentos por fuera y casco antiguo.

—¿Durante cuánto tiempo?

—No sé. ¿Cuánto crees que nos llevará?

—Depende de si eres de los que se recrean o de los rapiditos.

Moisés aguantó la risa, y pensó que realmente las palabras de la chica se prestaban a malas interpretaciones.

—Término medio.
—Entonces entre cuarenta y cinco minutos y una hora.
—De acuerdo. ¿Cuánto vale una hora de tu tiempo? —Volvió a pensar en los malentendidos que se podrían derivar de sus palabras.
—¿Vas a venir solo? Es un poco caro para una persona... Cincuenta euros. Pero cobro por tiempo, si quieres traer a alguien te costará lo mismo y podréis compartir el precio de la visita.
—No me parece caro por una dedicación exclusiva, pero de todas formas intentaré convencer a un amigo de que me acompañe. ¿La visita incluye explicación histórica?
—Por supuesto.
—Entonces hecho, te contrato una hora. Imagino que debo pagar por adelantado, ¿no?
—Sí, debes ingresar el dinero en la cuenta corriente de la web y ya ellos se encargan de hacerme la liquidación.
—Perfecto. ¿Cuándo?
—Si pudiera ser el sábado por la tarde, me vendría genial. Entre semana me resultaría más complicado.
Moisés miró a Eric mientras repetía la información.
—¿El sábado por la tarde? —Este asintió—. Perfecto.
—Pues, ¿quedamos en la puerta de la mezquita a las seis? Y desde allí comenzamos el recorrido.
—Estupendo. ¿Cómo te reconozco?
—Llevaré traje de chaqueta negro.
—Bien. Hasta el sábado entonces.
—Eh, Moisés... ¿Te gustan las magdalenas?
—Sí, ¿por qué? ¿Va incluida la merienda?
—Me gusta llevar un detalle para mis clientes, y tengo unas magdalenas caseras muy ricas.
—Me encantará probarlas.
Moisés cortó la comunicación y miró a su amigo.
—Contratado. Tienes una horita para convencerla de que eres un gran tipo.
—¿Una hora? ¿Cuánto me va a costar la broma? Va a ser la cita más cara de mi vida.
—Cincuenta.
Eric frunció el ceño.
—A mí me pidió el mismo dinero por media hora.

Moisés sonrió con picardía.
—Pero yo no he pedido idiomas raros, imagino que eso sube el precio. A las seis en la puerta de la mezquita; llevará traje de chaqueta negro.
—¡Bufff!
—¿Qué te pasa? ¿No te parece bien el sitio?
—No es eso... es que me pone el traje de chaqueta. Ya lo llevó en el anterior encuentro, y a pesar de que es muy sobrio yo me imaginaba que no llevaba nada debajo; como mucho un liguero. Estuve empalmado todo el rato
Moisés lanzó una carcajada.
—Pues esta vez es de prever que sí llevará ropa interior, así que controla las hormonas, Eric, que no tienes quince años.
—¡Es que estaba tan sexi!
—Porque pensabas que era prostituta, hombre, pero ahora debes verla como guía turística y nada más. O lo vas a estropear todo.
—No, no quiero estropearlo. Me va a costar cincuenta euros volver a verla, y quién sabe si alguna bofetada cuando vea el engaño. Me da la impresión de que no se lo va a tomar bien.
—Saca a relucir tu encanto, tu sonrisa de niño bueno, esa que dedicas a los pacientes difíciles.
—Lo intentaré.

Eric la vio antes que ella a él. Estaba parada a un lado de la puerta principal de la mezquita, con su sobrio traje de chaqueta negro tal como había vaticinado, una carpeta en una mano y una bolsa de papel en la otra. Pensó que los cómodos zapatos de tacón bajo y cuadrado estropeaban el conjunto. El complemento ideal eran unos altos tacones de aguja y unas medias negras de esas con costura detrás... sujetas por un liguero. Y nada más.
Sacudió la cabeza ante la reacción física que esos pensamientos despertaban en él; nunca le había pasado antes, excitarse con una mujer que apenas conocía, ni que esta despertara su imaginación de la forma en que lo hacía Cristina Durán. Respiró hondo para calmarse antes de que ella advirtiera su presencia y se acercó despacio hasta situarse a uno de sus costados.
—¡Hola! —saludó jovial.
Ella giró la cabeza y por un momento sus ojos se encontraron.

—¡Vaya, hombre! —se lamentó—. ¡Qué pequeña es la ciudad! Eres la última persona que esperaba ver.

Eric sacudió la cabeza antes de responderle, consciente de que no le gustaría lo que iba a decir. En aquel momento tuvo más claro que nunca que había sido un error hacer caso a Moisés y contratar aquella visita con subterfugios.

—No es casualidad, habíamos quedado.

—Yo no he quedado contigo, tengo una ruta apalabrada.

—Con Moisés Hernández.

Cristina arrugó el ceño, enfadada.

—¿Tú eres Moisés? ¿Me has mentido?

—Es mi compañero de piso y amigo. Íbamos a venir los dos, pero al final él no ha podido.

—No cuela, Eric.

—Está bien, él contrató la visita en mi nombre, puesto que tú no me aceptaste como cliente.

—¿Se puede saber qué clase de fijación tienes conmigo? No soy lo que tú crees, ni te voy a dar lo que quieres.

—En este momento lo único que deseo es que me enseñes el centro... de Córdoba —aclaró—. Ya he pagado, de modo que soy dueño de una hora de tu tiempo. Eres una profesional, ¿no?

Ella apretó ligeramente los labios.

—Por supuesto.

—Vamos, entonces.

A regañadientes, Cristina alargó la mano y le tendió la bolsa de papel.

—Unas magdalenas, cortesía de la casa.

Él la aceptó y, abriéndola, curioseó en su interior.

—¿Es eso lo que estabas haciendo la otra noche cuando te llamé? ¿Magdalenas para regalar a los clientes? En verdad eso es un detalle que hace diferentes tus visitas, deberías ponerlo en la web; seguro que los golosos te escogen entre el resto de acompañantes.

Sin responder, Cristina comenzó a andar y a explicar la historia de la ciudad. Para eso le habían pagado y a eso se iba a limitar el encuentro. Eric la siguió en silencio y cogiendo una de las magdalenas empezó a comerla a pequeños bocados.

Durante cuarenta y cinco minutos la siguió por la ruta trazada, intentando poner atención en sus explicaciones, pero sin conseguirlo. No podía apartar la mirada de sus piernas enfundadas en unas medias corrientes bajo la falda, ni de su cuerpo delgado, que apenas se adivinaba bajo el sobrio atuendo. Pero a él ese traje de chaqueta le resultaba tremendamente sexi y le despertaba la imaginación mucho más que si hubiera llevado minifalda o un escote generoso.

Cristina aparentaba ignorarle, hablando sin parar y soltando el texto preparado de forma mecánica y como si lo expusiera para ella misma, texto que Eric apenas escuchaba. Al fin, cuando faltaba apenas un cuarto de hora para finalizar la visita, se volvió hacia él y, tratando de ignorar la mirada intensa de sus ojos azules, le dijo:

—La visita que tenía preparada ha concluido, pero aún dispones de quince minutos. ¿Alguna pregunta?

Él esbozó la sonrisa más bonita que Cristina había visto nunca, mostrando unos dientes blancos y perfectos.

—Sí... ¿Puedo invitarte a un café hasta que agotemos el tiempo?

Ella se puso seria, más aún que durante el recorrido, tiempo en el que no se había permitido ni un solo comentario fuera de contexto, y rechazó:

—Confraternizar no está incluido en la visita.

—Sí que lo está. Si no recuerdo mal, en una de nuestras conversaciones telefónicas hablaste de «comer» como una posibilidad.

Cristina apretó los labios en un claro gesto de contrariedad.

—Palabra que tú interpretaste de forma errónea.

—Pero ahora no, te estoy hablando de sentarnos en esa terraza a tomar un café. Tú me has invitado a magdalenas, permíteme corresponder.

—De acuerdo, pero solo hasta que acabe el tiempo que has pagado, ni un minuto más.

—Gracias.

Se dirigieron a una terraza y, tras sentarse, Eric llamó al camarero para encargar las bebidas.

Una vez con las tazas humeantes sobre la mesa, Cristina preguntó:

—¿Puedes decirme por qué tienes tanto interés en quedar conmigo? Ya sabes que no soy lo que pensaste ni te voy a dar lo que en un principio querías.

—Porque me gustaste cuando vi tu foto en la web, por eso te llamé, para quedar contigo y que nos conociéramos. Te equivocas al pensar lo que quería de ti, de hecho, el saber que no eras prostituta supuso un alivio tremendo.

Ella movió la cabeza, escéptica.

—No me lo creo.

—Cris...

—Cristina, por favor. El diminutivo solo se lo permito a mi familia y amigos.

—De acuerdo. Dame una oportunidad. Sé que hemos empezado con mal pie, pero podemos rectificar. Vamos a hacer como si nos acabáramos de conocer en esta visita.

—No, Eric. Cuando acaben tus quince minutos, siete en concreto en este momento —dijo mirando el reloj—, nos diremos adiós y no volveremos a vernos. Te agradecería mucho que no intentaras más subterfugios para quedar conmigo.

—Ahora soy yo el que pregunta. ¿Qué tienes contra mí? Aparte de un lamentable malentendido que estoy dispuesto a corregir. Estás en una página de contactos para conocer hombres... ¿Por qué no yo?

—Yo no fui la que creó el perfil, Amanda lo hizo sin consultarme.

—Pero no lo has borrado, lo comprobé esta mañana, y eso me hace entender que sí buscas pareja.

—Voy a ser sincera como lo has sido tú, aunque creo que ya te lo he dicho antes. No me gustas, es tan simple como eso.

Él levantó las manos en un gesto desolado.

—En ese caso, poco puedo hacer. Puedes tener la seguridad de que no volveré a molestarte. Apura tu café, que se agota el tiempo.

Había un punto de abatimiento en su voz y Cristina no pudo evitar sentirse un poco culpable. Aun así, no dijo nada, se tomó lo que quedaba en la taza y se levantó dispuesta a marcharse.

—Adiós, Eric.

—Adiós. La visita ha estado muy bien, recomendaré tus servicios a mis conocidos.

Por un momento la palabra «servicios» quedó flotando entre ambos y un ligero malestar se apoderó de Cristina. Eric se dio cuenta y se apresuró a añadir:

—Como acompañante turístico.

—Es todo un honor, si tenemos en cuenta que apenas has prestado atención a lo que decía.

Eric reconoció que tenía razón, que había pasado la mayor parte del tiempo mirándola y que la historia de la ciudad no le interesaba lo más mínimo. No obstante, se defendió.

—Por supuesto que sí; ha estado de lo más interesante.

—Si tú lo dices... Tengo que marcharme ya, me esperan.

—Adiós de nuevo.

Cristina dio media vuelta y se alejó con paso rápido, dejando a Eric en la acera contemplando su figura vivaracha, que se perdía calle abajo. Después se marchó él también hacia el aparcamiento subterráneo donde había dejado el coche. Sentía un ligero pesar, pero estaba decidido a dejarla en paz. No sabía qué le pasaba con aquella mujer, la había visto dos veces y hablado con ella por teléfono en cuatro ocasiones, todas muy brevemente, pero la idea de no volver a verla, de decirle adiós de forma definitiva, le tenía abatido. Pero le había prometido dejarla en paz y lo iba a cumplir.

Aquella noche cuando Amanda pasó por casa de Cristina para preguntarle por su primer trabajo como acompañante turístico, la encontró en pantalón corto y con el pelo recogido con una goma. Un penetrante olor a lejía lo invadía todo.

—¿Qué estás haciendo? —preguntó arrugando la nariz con desagrado.

—Fregando los azulejos de la cocina.

—¡Madre de Dios! ¿A estas horas? Son las nueve y media de la noche.

—No tengo otra.

—A ver... ¿Qué ha pasado? Porque eso solo lo haces cuando estás muy estresada o muy cabreada. ¿Cuál de las dos cosas?

—La segunda —dijo entrando en la cocina y comenzando a restregar los azulejos con todas sus fuerzas.

—Sea lo que sea que te ocurre, estoy segura de que no es culpa de los azulejos; no lo pagues con ellos.

—La culpa es del tipejo ese...

—¿Qué tipejo?

—Eric, el salido de la web de contactos. Me está acosando.

—¿Cómo que te está acosando?

—Se ha presentado en la visita que tenía programada para esta tarde. La contrató un amigo en su nombre para despistarme.

Amanda parpadeó. Era insistente el hombre, había que reconocerlo.

—¿Se ha propasado de alguna forma? Porque en ese caso lo puedes denunciar.

—No, si no tengo en cuenta que miró mucho más mis piernas que los monumentos que le enseñaba.

—Realmente le has impactado.

—Buf —resopló restregando con tanta fuerza que la esponja salió disparada de su mano.

—¡Vamos, Cris! ¿No te halaga? Ese tío está cañón... Si un hombre con esas espaldas y esa sonrisa se fijara en mí no le diría que no a un buen revolcón. Seguro que un polvete con él te dejaría de lo más a gusto, y no tendrías que andar fregando azulejos a horas intempestivas para quemar energías. ¿Te imaginas lo que sería agarrarte a esos hombros mientras te...?

—Buf —volvió a gruñir—. Te lo regalo.

—Pero no soy yo quien le interesa, sino tú.

Cristina hundió la esponja en el cubo y volvió a enjabonar la pared.

—Chica, te dejo —dijo Amanda dando un salto atrás para evitar un salpicón—. Me voy a mi casa o acabaré teniendo que tirar esta ropa, y me gusta demasiado. Yo que tú terminaría de limpiar esto mañana, me tomaría una buena tila o una botella de vino y me iría a la cama, ya que no quieres optar por una forma más agradable de relajarte.

—Buf.

Amanda salió del piso de su amiga sacudiendo la cabeza con pesar. Cris no cambiaría nunca, esa energía contenida que trataba de echar fuera a toda costa debería canalizarla de otra forma. Estaba realmente enfadada y empezaba a intuir que no era solo por la insistencia del hombre, sino porque también ella se sentía atraída por él. Pero estaba empecinada y no daría su brazo a torcer. Se aferraría a cualquier excusa, y Eric le había dado una muy buena para no volver a salir con un hombre. El capullo de Adolfo había hecho un trabajo impecable para castrarla emocionalmente.

7

El accidente

Eric se resignó a no saber más de Cristina. Después de que ella le dejara muy claro que no quería que la volviera a llamar, hizo oídos sordos a la insistencia de Moisés y no le permitió amañarle más citas. Trató de concertar alguna con otras mujeres de la web, pero cuando tenía el teléfono en la mano para llamarlas se acordaba de la cara pecosa de Cristina y de sus piernas espectaculares, y se echaba atrás.

Cris, por su parte, lo apartó de su mente, inmersa en su ajetreada vida laboral. Las visitas turísticas iban incrementándose poco a poco, lo que hacía aumentar sus ingresos en la misma proporción que disminuía su ya escaso tiempo libre. De nada servían los avisos de Amanda de que ese ritmo de vida iba a acabar pasándole factura.

Aquella mañana la visita turística se había alargado más de lo previsto. Los clientes, sobre la marcha, habían decidido ampliarla media hora más, lo que hizo que se viera apurada para acudir a enseñar un piso a considerable distancia. Tendría que tomar el autobús, en vez de ir caminando, si quería llegar a tiempo.

Desde lejos lo divisó acercándose a la parada y sin pensarlo echó a correr con todas sus ganas dispuesta a tomarlo. No se dio cuenta de que invadía el carril para bicicletas y que una de ellas se acercaba por su derecha sin posibilidad de esquivarla. No fue consciente hasta que sintió el encontronazo y se vio catapultada hacia el suelo.

Aturdida por el golpe, trató de levantarse y alcanzar el autobús, que ya estaba en la parada. La bicicleta, tras un giro brusco se perdía calle abajo dejándola tirada y a su suerte.

—Mi autobús... —balbució.

Unas manos solícitas la ayudaron a alzarse, pero nada más poner el pie en el suelo se tornó lívida y una sensación de náusea la invadió.

—Tranquila, tranquila, señorita —dijo un hombre que la sostenía por un brazo—. Deje el autobús, ya llegará otro.

Una señora le alargaba el bolso, que había quedado en el suelo.

—No puedo perderlo —gimió— o llegaré muy tarde.

—No creo que esté en condiciones de ir a ningún sitio. De hecho, creo que donde debería ir es al hospital.

—¡No! Estoy bien, solo ha sido un pequeño golpe.

La señora que también ayudaba a sostenerla movió la cabeza de forma dubitativa.

—¿Un pequeño golpe? ¿Se ha mirado el pie?

Cris sabía que se había hecho daño, le dolía como mil demonios, pero hasta que no bajó la vista no se percató de cuánto. El pie aparecía negro y tan inflamado que el tobillo había desaparecido por completo.

—¡Mierda! Tengo que ir...

—Al hospital —dijo de nuevo la mujer—. Voy a llamar a una ambulancia.

—No, no, ambulancias no. Cogeré un taxi.

—La acompaño. —La señora, resuelta, detuvo un taxi que pasaba y obligó a Cristina a entrar en él.

—Debería llamar a algún familiar.

—Esperaré hasta estar en el hospital, a ver qué me dicen.

—Dudo mucho que pueda irse sola a casa... como mínimo se va a volver con una bonita escayola. Yo no puedo quedarme mucho tiempo.

—¡No me diga eso!

La mujer le agarró la mano.

—Ánimo. Podría haber sido peor.

Cris recordaba un episodio de su infancia en el que había sufrido un esguince y tuvo que permanecer en reposo relativo quince días como una de las peores experiencias de su vida.

Cuando llegaron al hospital, la mujer la dejó en manos de un celador, acomodada en una silla de ruedas, y se marchó.

En admisión, donde le tomaron los datos, le recomendaron de

nuevo que avisara a alguien, y suspirando marcó el número de Amanda.

—Hola, Cris.

—Amanda, tengo que pedirte un favor.

—No, lo siento; hoy no puedo pasarme por el supermercado a comprarte ninguna oferta.

—No se trata de eso... estoy en el hospital.

—¡¿Cómo?! ¿Qué te ha pasado? Ay, Cris, ¿qué has hecho?

Cristina suspiró.

—Me ha atropellado una bicicleta, o yo a ella, no lo sé muy bien. El caso es que me he fastidiado un pie. No sé si está roto o se trata solo de un esguince, pero no creo que me pueda marchar a casa sola.

—Voy para allá.

—Gracias, eres la mejor.

Veinte minutos más tarde, Amanda cruzaba a toda prisa las puertas del Hospital Reina Sofía. Miró a su alrededor buscando un cartel indicador que la llevara hasta las urgencias de traumatología, donde imaginaba que habían trasladado a Cristina. No se dio cuenta de que la llamaban hasta que alguien la agarró del brazo.

—¿Amanda? ¿Dónde vas tan deprisa?

Giró y se encontró con los ojos azules de Eric que le sonreían. Estaba ataviado con una bata blanca, lo que lo hacía más atractivo aún de lo que recordaba.

—Eric... Estoy buscando las urgencias de traumatología.

—No es por aquí. ¿Es para ti? ¿Te ocurre algo?

Ella sacudió la cabeza.

—No, se trata de Cris. Me ha llamado que ha tenido un pequeño accidente y la han traído al hospital.

Eric frunció el ceño.

—Ven, te acompañaré. —Echó a andar mientras Amanda trataba de seguir las largas zancadas—. ¿Qué le pasa?

—Tiene mal un pie, pero creo que aún no le han dicho si está roto o es algo más leve. Al parecer la ha atropellado una bicicleta. Va como loca de un sitio a otro, cualquier día va a tener un percance serio —añadió pesarosa.

—Es un poco intensa, ¿no?

—¿Un poco? No para quieta un minuto.

Enfilaron una serie de corredores, que a Amanda se le antojaron todos iguales, hasta llegar al ala de urgencias.

—Hemos llegado.
—Gracias.
Entraron en la sala de espera y no tardaron en divisar a Cristina sentada en una silla de ruedas en un rincón. El tobillo se veía hinchado y amoratado sobre el reposapiés.
—¿Cómo estás? —preguntó Amanda, solícita, pero Cris solo tenía ojos para Eric.
—¿Qué hace él aquí? —preguntó a su amiga, como si el hombre no estuviera delante.
—Trabajo en el hospital —dijo inclinándose y palpando con cuidado la articulación dañada.
—¡Maldito seas! Duele...
Él no hizo caso y continuó con su examen.
—Creo que está roto. ¿Te han hecho ya una radiografía?
—No, solo me han tomado los datos y me han dicho que espere aquí.
Eric se levantó.
—Veré si puedo agilizarlo. Las urgencias están muy saturadas con los recortes de presupuesto.
—Gracias —murmuró Amanda. Luego, cuando Eric hubo desaparecido, se volvió hacia su amiga—. Me lo encontré mientras vagaba por los pasillos buscando esto. Si no es por él, aún estaría perdida por ahí. Y a ti, ¿qué te ha pasado?
—Iba corriendo...
—Para variar.
—Porque llegaba tarde a enseñar un piso, el autobús se acercaba y eché a correr. No vi una bicicleta que venía por el carril bici y antes de que me diera cuenta estaba en el suelo.
—¿Solo te has lastimado el pie?
—Ahora me está empezando a doler todo el cuerpo, pero no tanto como el pie. —Miró hacia abajo con aire abatido—. Si lo tengo roto va a ser una faena. Ahora que las visitas turísticas empiezan a ser regulares.
—Puedes hacerlas en silla de ruedas. Seguro que a los clientes les da morbo. ¡Y ya si les hablas en danés, ni te cuento!
—Muy graciosa.
Eric regresaba en aquel momento, se colocó tras la silla y la empujó hacia la sección de radiología.
—Vamos a saltarnos el protocolo de admisiones. He dicho que eres mi prima, si alguien te pregunta no lo desmientas.

—Gracias.

Llegaron ante unas puertas abatibles y la cogió en brazos sin esfuerzo. Un intenso olor a colonia masculina le llenó los sentidos haciéndola marearse, no sabía muy bien si a causa del dolor o de otra cosa. Hacía mucho que no estaba tan cerca de un hombre y mucho menos de uno tan atractivo como aquel. Las palabras de Amanda sobre cómo se sentiría aferrada a sus hombros mientras hacían el amor la hizo suspirar ruidosamente.

—Sé que te duele —dijo él casi en su oído—. Aguanta un poco.

Con cuidado la depositó sobre la camilla y con la mayor suavidad posible le colocó el pie en la posición idónea para hacer la radiografía.

—Puedes quejarte, no te hagas la chica dura.

—Soy una chica dura.

—Bien, ahora no te muevas: será cuestión de un momento.

Cristina aguantó estoicamente mientras le hacían la radiografía, y de nuevo Eric la levantó en brazos para llevarla hasta la silla de ruedas. Luego empujó esta hacia la sala de espera, donde la aguardaba Amanda.

—No os mováis de aquí, voy a echarle un vistazo a la radiografía. En seguida os llamarán —dijo en un susurro para que no le oyesen el resto de pacientes de la sala.

—Gracias.

—Se está portando, ¿eh? —musitó Amanda.

—Sí.

—Quizás ahora le quieras dar una oportunidad... Está como un tren, Cris,

—Apenas me he fijado. Estoy muy fastidiada, Amanda, lo que menos me interesa ahora es pensar en hombres ni en cómo están.

Queriendo sacarle una sonrisa a su dolorida amiga, bromeó:

—Tiene unos bíceps enormes... Imagina la cantidad de latas de conservas en oferta que puede acarrear.

—Me temo que me van a venir muy bien las que tengo en casa, porque no creo que pueda salir a comprar en un tiempo.

Amanda apretó el hombro de su amiga infundiéndole ánimos.

—Ya verás como no es para tanto.

—Buf.

En aquel instante el sistema de megafonía nombró a Cris y Amanda empujó la silla hacia la consulta donde la habían derivado. Eric estaba dentro, de pie al lado de una mujer de mediana edad, y ambos observaban su radiografía en la pantalla de un ordenador.

—Bien, Cristina —dijo esta—. Me temo que no puedo darte buenas noticias. Tienes el tobillo roto.

—Ya me lo imaginaba. Eric me lo ha dicho al palparlo.

—Pero dentro de lo malo has tenido suerte. Es una rotura limpia que no necesitará cirugía. Eso sí, me temo que vas a estar escayolada al menos mes y medio.

Cris sintió que el alma se le caía al suelo.

—¿Tanto?

—Sí, tanto. Se trata de una articulación, lo que complica las cosas. No podemos correr el riesgo de que la fractura se desplace, porque entonces sí que te daría muchos problemas. Quiero ver la escayola limpia cuando vuelvas.

—¿Qué significa la escayola limpia?

—Que no podrás caminar ni apoyar el pie en el suelo bajo ningún concepto. Te proporcionaremos una silla de ruedas y te desplazarás en ella. Nada de ponerte de pie y andar a saltos —intervino Eric.

—¿Tengo que estar sentada mes y medio?

Amanda suspiró.

—¡No sabéis lo que estáis pidiendo!

La doctora movió la cabeza, consciente de que, en los escasos minutos que llevaba allí, la paciente se había movido varias veces en la silla.

—Sé que es difícil permanecer quieto tanto tiempo, y que el cuerpo te va a doler bastante por la inmovilidad...; pero tienes la suerte de contar con un primo fisioterapeuta, y de los buenos. Estoy segura de que Eric acudirá con regularidad a darte masajes para evitar calambres y otras molestias.

Él levantó una ceja, divertido.

—Ella sabe que lo haré con mucho gusto.

Cris lo fulminó con la mirada, pero no pronunció palabra. Era consciente de que si se había evitado horas de espera en la sala de urgencias se lo debía a él. Aun así, su mirada socarrona le dijo que aún la consideraba una prostituta a la que le encantaría meter mano. Y eso sucedería por encima de su cadáver. Por muy bien que oliera y por muy anchos que tuviera los hombros, según la opinión de Amanda. Ella ni siquiera se había fijado... bueno, solo un poco.

—Deberás pincharte heparina una vez al día —seguía aconsejando la doctora—, para prevenir problemas circulatorios. E, insisto, todo el reposo que puedas.

—Lo hará —aseguró Amanda—. Aunque tenga que atarla a la silla.

Con su informe en la mano y sintiéndose la persona más desgraciada del mundo, abandonó la consulta. Eric se hizo cargo de empujar la silla hacia la sala de yesos. Antes, se ocupó de que le inyectaran un calmante que atenuara el dolor que le aguardaba para reducir la fractura correctamente. Cristina apretó con fuerza los labios durante el proceso, pero no emitió un gemido. Él se sorprendió de la fortaleza de esa mujer aparentemente frágil; había visto gritar de dolor a hombres que se las daban de duros. Solo una intensa palidez delató el sufrimiento que estaba padeciendo, a pesar del calmante. Eric le agarró la mano y Cristina se la apretó con fuerza. Al final, cuando el dolor remitió un poco y la venda con escayola recubrió la pierna hasta debajo de la rodilla, se relajó un poco.

—Ya ha pasado, cariño —susurró.

Cris levantó la cabeza y retiró la mano inmediatamente.

—No soy tu cariño.

—Solo pretendía darte ánimos. ¿Por qué estás tan a la defensiva conmigo?

—Tú sabes por qué.

Eric suspiró y, agarrando la silla de nuevo, la llevó hasta la sala donde Amanda esperaba jugueteando con el móvil.

—Aquí la tienes. Recuerda las instrucciones de la doctora.

—Muchas gracias, Eric. Por todo —dijo Amanda con efusividad.

—No hay de qué. —La voz sonó un poco más tensa de lo acostumbrado y Cristina se sintió mal por su exabrupto de minutos antes.

—Lamento lo de antes, estaba un poco dolorida y eso me pone de mal humor.

Él esbozó una sonrisa franca y abierta.

—Acepto tus disculpas porque sé que estabas mucho más que un poco dolorida.

—Sé que, de no haber sido por ti, aún estaría en la sala de espera. Gracias.

—De nada. Aceptaría unas magdalenas en agradecimiento, si es que aún te quedan. Porque lo que es hacer otras te va a llevar un tiempo.

Amanda movió la cabeza de forma dubitativa.

—Ya se buscará las mañas. No pienses ni por un momento que va a estar sentada en esa silla mes y medio.

Eric se puso muy serio.

—Debes hacerlo, Cristina. De lo contrario las consecuencias pueden ser muy graves e irreversibles. ¿Quieres quedarte coja para el resto de tu vida?

—¡No me digas eso!

—Pues entonces aguanta un mes y medio. Luego podrás desquitarte. —Se agachó a su lado, alargó la mano y le acarició con suavidad la mejilla. Sus ojos azules ahondaron en los de ella pidiendo una promesa—. ¿Lo harás?

Cris asintió a regañadientes. Esa mano fuerte le transmitía un calor que paliaba de forma considerable el dolor de la fractura.

—Así me gusta. Si tienes alguna molestia, dolor de espalda, calambres... no dudes en llamarme. Tener un «primo» fisioterapeuta debe servir para algo.

Cristina imaginó esas manos fuertes masajeando su cuerpo y sintió un escalofrío.

—No creo que haga falta.

—Bueno, quizás no... pero me gustaría que lo tuvieras en cuenta si lo necesitas.

—Por supuesto que lo tendrá en cuenta. —Rio Amanda. Y dirigiéndose a su amiga advirtió—: Ya verás cuando empieces a sentir tirones y contracturas.

Eric retiró la mano de la cara de Cris y se levantó.

—Debo volver al trabajo. Mis pacientes se preguntarán dónde me he metido.

—Lo siento... no sabía que estabas trabajando. Pensaba que habrías terminado ya tu jornada.

—No, salía a comer algo. —Miró el reloj de pulsera—. Pero ya hace rato que debería haber vuelto. De todas formas, avisé a un compañero para que me cubriese si me retrasaba.

—¿Te vas a quedar sin comer? —preguntó Cristina con aire compungido.

—No pasa nada.

Alargó la mano hacia el gran bolso que solía llevar y del que Amanda se había hecho cargo y lo abrió.

—Te puedo ofrecer unas manzanas... y galletas... y chocolate.

Amanda se echó a reír a carcajadas.

—Y dale gracias a Dios de que no había ofertas de comida para gatos, si no te la ofrecía también.

Eric rio.

—¿Tienes gato?

—No —continuó Amanda—, pero si está de oferta, está de oferta.

—¿Comes comida para gatos?

—Claro que no —protestó, ofendida—. Amanda es una exagerada. Es verdad que me gusta comprar las cosas cuando están bien de precio, pero nunca lo que no voy a consumir.

Un leve pitido sonó dentro del bolsillo de Eric.

—Me reclaman; debo irme ya.

—Adiós, Eric... y gracias de nuevo.

Se alejó por un largo pasillo y Amanda colocó la silla de ruedas de Cris al lado de la puerta de salida.

—A ese hombre le gustas un montón.

—Solo trataba de ser amable.

—No, es algo más.

—Pues lo siento por él, porque a mí no me interesa lo más mínimo.

—Voy por el coche, ¡no te muevas de aquí!

—¡Como si pudiera! El calmante que me han inyectado me está dando un sueño de muerte.

Cuando Amanda regresó con el coche minutos después, a duras penas mantenía los ojos abiertos. La ayudó a acomodarse en el asiento delantero y la llevó a su casa, tratando de pensar en cosas que pudieran tener a Cris entretenida y sentada en una silla durante mes y medio. Tarea ardua y difícil.

8

Inválida

Amanda llevó a Cris a su casa y volvió al trabajo, que había abandonado precipitadamente. Regresó por la tarde, a la salida, para prepararle la cena. A mediodía, Cris había sobrevivido con lo que le ofreció a Eric, por lo que debería estar hambrienta.

La encontró tal como la dejara: sentada en el sofá con la pierna estirada sobre una silla y muy abatida.

—¿Cómo estás?

—Fatal. Me duele bastante, ya se ha pasado el efecto del calmante que me inyectaron en el hospital, pero eso no es lo peor.

—Lo peor es que llevas sentada cinco horas y además no has comido en condiciones, ¿verdad?

—¡Cómo me conoces!

—No puedo hacer que te levantes, pero voy a prepararte la cena. ¿Qué te apetece?

—Patatas fritas con dos huevos, pimientos y beicon.

—¡Que solo te has saltado una comida, Cris! No vienes de ayunar un mes. Menos mal que no eres musulmana y tienes que hacer el ramadán.

—Me habría convertido al cristianismo, donde todo se celebra comiendo.

Amanda se dirigió a la cocina.

—Ayúdame a sentarme en la silla, tengo que entrar al baño. Después me voy contigo a la cocina y te echo una mano. Seguro que hay algo que puedo hacer y necesito un poco de calor humano y charla insustancial.

—Venga.

—Aunque mejor lo intento yo sola. No vas a pasarte aquí mes y medio y no puedo esperarte para ir al baño. O hacer cualquier otra cosa. No quiero depender de ti para todo.

—Yo intentaré venir todo lo que me sea posible, pero tienes razón. A pesar de eso vas a pasar mucho tiempo sola y necesitas valerte un poco por ti misma. Si Rocío tuviera otro horario podría echarte una mano, pero ella suele llegar a la misma hora que yo.

La nueva vecina había resultado ser una chica encantadora. Cuando tenía tiempo, o su novio estaba entretenido con algún programa de televisión que no le gustaba, pasaba a charlar un rato con ella.

Con esfuerzo, Cristina consiguió sentarse en la silla de ruedas y con la energía acumulada durante horas de estar quieta se impulsó con las manos en las ruedas, chocando casi con la pared del salón.

—¡Para... para que te matas! Ve despacio.

—La silla de ruedas no cabe por el vano. Para entrar al baño voy a tener que usar muletas.

—Sí, eso parece. El corredor es estrecho y la silla no gira. Además, tampoco cabe por la puerta. De momento te ayudo yo.

—Voy a tener que conseguir unas muletas, aunque solo sea para esto. ¿Tienes idea de cómo? ¿Se compran? ¿Se alquilan?

—No lo sé, Cris. Quizás deberíamos preguntarle a Eric.

—Creo que no deberíamos molestarle más. Se ha portado genial esta mañana... pero le dimos las gracias y es mejor que lo dejemos ahí.

—¿De verdad que no te gusta?

—Es atractivo, no te lo voy a negar..., pero no me gusta —dijo sin mucha convicción.

Amanda estudió a su amiga. Sus palabras no la habían engañado; aunque no quisiera admitirlo, Eric le gustaba. No sabía si su negativa a seguir conociéndole se debía al mal comienzo que habían tenido o al miedo a una nueva relación. Adolfo, su ex, la había dejado muy tocada cuando se marchó y le había costado mucho salir del bache. Entendía que estuviera asustada de volver a enamorarse, había sufrido mucho.

—Entonces... —preguntó con cautela—, ¿no te importa si lo intento yo?

—¿Te gusta?

—Pues claro, es un bombón. Pero a él parece que le interesas tú.

Cristina frunció el ceño levemente y no respondió. Entró en el baño y cuando poco después estuvo sentada de nuevo en la silla de ruedas y acompañó a Amanda a la cocina, esta volvió a retomar el asunto.

—Volviendo a lo de Eric... ¿Puedo intentarlo? No quisiera meterme en medio si te interesa.

—En absoluto —dijo demasiado deprisa—, pero... ya has dicho que parece que viene por mí.

—Pero si tú no le das pie, y me trata a mí... quizás...

—Todo tuyo.

Amanda estudió a su amiga con detenimiento. Había colocado un cuenco sobre las rodillas y se afanaba en pelar patatas con demasiado ímpetu. El pelador cortaba la piel y parte de la carne con tajos despiadados.

—Tendrás que ayudarme.

—¿Cómo? ¿Diciéndole lo buena chica que eres?

—Claro que no, eso se lo iré demostrando yo poco a poco. Necesito que lo traigas a tu casa.

—Amanda...

—¡Por favor, Cris! Si lo intento yo me dará una excusa, seguro, porque de momento no le intereso. Pero si le llamas tú para que te dé un masaje, que de todas formas vas a necesitar, no sospechará nada. Luego aparezco yo arregladita y mona, le doy conversación y... ¿quién sabe?

Cristina pensó que iba a estar mes y medio dependiendo de su amiga para muchas cosas y se merecía que hiciera eso por ella. Pero la idea de tener a Eric por allí, con su sonrisa pícara, su colonia y sus anchos hombros, no le hacía gracia. Algo en ese hombre despertaba en ella cosas que no deseaba. Aunque si le gustaba a Amanda, era suficiente para que dejara de pensar en tonterías.

—Yo te pago los masajes —ofreció Amanda viéndola titubear.

—No, los pagaré yo. Probablemente los necesitaré. Ya bastante voy a abusar de ti durante el tiempo que esté escayolada.

—¿Eso es un sí?

—Sí —suspiró resignada—. Es lo menos que puedo hacer por ti.

—Gracias, Cris. Puedes llamarle ahora y preguntarle por las muletas.

Como si se hubiera establecido algún tipo de telepatía, el móvil de Cristina sonó en el salón. Amanda se apresuró a salir a cogerlo para llevárselo a su amiga.

—Hablando del rey de Roma...

—¿Eric?

Asintió entregándole el aparato.

—Hola...

—Hola, Cristina. Espero no ser inoportuno...

—No, solo estaba pelando patatas.

—¿De pie? —inquirió con un punto de alarma en la voz.

—Tranquilo, sentada en la silla de ruedas. Recuerda que en las manos no tengo nada.

—De acuerdo. Te llamaba para preguntarte cómo te encuentras, espero que no te moleste.

—No me molesta, yo estaba a punto de telefonearte también.

Eric se quedó perplejo al escuchar la frase y no pudo evitar que una sonrisa aflorase a sus labios.

—¿En serio?

—Sí. —Cris titubeó un poco antes de seguir—. Quería preguntarte una cosa. Es... bueno... tengo un pequeño problema de espacio. La silla de ruedas no cabe por determinados... sitios.

—¿Como cuáles?

—Ejem... el cuarto de baño. Necesito ayuda para entrar.

—¿Quieres que te lleve en brazos al baño? —Rio.

—Noooo... no es eso. Necesito ser independiente... no puedo esperar a que venga Amanda para... ya sabes.

—Entiendo. Y si no quieres que te lleve en brazos, que yo estaría encantado, ¿eh?, ¿qué querías pedirme?

—Unas muletas —dijo brusca—. Que me digas cómo conseguirlas.

Las carcajadas de Eric llegaron hasta Amanda, que estaba al otro lado de la cocina.

—Vale, cuenta con ellas. Te las llevo mañana, ahora mismo no las tengo disponibles. En este momento solo puedo ofrecerte mi persona para solucionar el problema. ¿Es urgente?

—Nooooo. Amanda está aquí. Con que las traigas mañana estará bien.

—De acuerdo, mándame un *whatsapp* con tu dirección y me

acercaré después del trabajo. ¿Podrás sobrellevarlo hasta entonces?

—Seguro que sí.

—Si me necesitas me llamas.

—Podré apañármelas —dijo apretando los dientes.

—Bien. ¿Cómo estás? ¿Te duele mucho?

La voz de Cristina continuó sonando brusca cuando contestó.

—Un poco. Es normal, está roto, ¿no?

—Por supuesto. Solo trataba de ser amable, mujer; no te pongas así.

—Estoy hambrienta, dolorida y tú acabas de burlarte de mis problemas con las necesidades fisiológicas. ¿Cómo quieres que esté?

—Vale, lo pillo. Te dejo y hablamos mañana.

—Hasta mañana.

Cristina cortó la llamada y volvió a sus patatas ante la mirada enigmática de Amanda.

—¿Qué te ha dicho que te ha molestado tanto?

—Se ha ofrecido con sorna a llevarme al baño en brazos. Ya ves lo romántico que es tu Eric.

—No es mi Eric... aún. Y a mí no me gustan los hombres románticos. Pero no me digas que no tiene su punto eso de estar sentada haciendo tus necesidades y que él esté mirando.

—¡Amanda, por Dios! Es... repugnante.

Su amiga soltó una sonora carcajada.

—A lo mejor eso está relacionado con lo que él pensaba que era el «danés».

—¡No me recuerdes eso! Me mortifica mucho que pensara que yo era prostituta y que me eligió por ello. Más vale que no me lo menciones o puedo replantearme lo de contratarle para que me dé masajes. La sola idea de imaginar sus manos tocándome me da...

No quería pensar en el calor que había comenzado a sentir ante esa idea. El olor de la colonia de Eric volvió a su cerebro; no comprendía por qué ese aroma se le había fijado en la mente y salía a flote a cada momento.

—¿Morbo?

—No, repugnancia. Voy a hacer un gran sacrificio por ti, que lo sepas.

—Te estaré eternamente agradecida.

Cristina estaba deseando cambiar de tema. Aceptaría a Eric en su entorno, porque haría cualquier cosa que Amanda le pidiera, pero esperaba que no consiguiera sus propósitos. No lo consideraba digno de su amiga; seguía pensando que era un pervertido a pesar de su mirada dulce. ¿De verdad pensaba Amanda que a él le gustaría mirar mientras ella...? Se estremeció.

—¿Le falta mucho a la comida? —preguntó para sacarse esos pensamientos de la cabeza.

—Ya casi está. Si has terminado con las patatas, empezaré a freírlas

—Pues date prisa, mi estómago no aguanta más.

Con una risa divertida, Amanda terminó de preparar la cena.

Se sentaron a la mesa y Cris devoró el enorme plato de comida en un santiamén.

—Tranquila, come despacio, que no te la voy a quitar. El plato es todo para ti. —Amanda comía su tortilla francesa con calma, mirando a su amiga y lamentando la ansiedad que iba a padecer durante un mes y medio.

—¿No quieres un poco? —preguntó Cris hundiendo una sopa de pan en la yema de uno de los huevos.

—No, gracias; ya sabes que ceno ligero. No podría pegar ojo si me comiera todo eso a estas horas.

—A mí me está sentando de maravilla.

—Ya. Creo que me voy a quedar aquí esta noche, por si necesitas ir al baño de madrugada. A menos que quieras llamar a Eric.

—Nooo. Dijo que me traería las muletas mañana. Procuraré que sea a última hora de la tarde para que estés presente.

—Estupendo. Gracias.

—De nada.

Terminaron de cenar y se acostaron en la cama de Cristina.

—Hace mucho que no dormimos juntas.

—Sí —comentó Amanda—. Desde que el capullo de Adolfo se fue dejándote hecha unos zorros.

Cris recordó aquellas noches terribles en las que lloró hasta quedarse sin lágrimas en los brazos de su amiga. Noches en que Amanda había tenido que prepararle infusiones relajantes que le permitieran conciliar el sueño, otras en que se había despertado sobresaltada por terribles pesadillas. Su amistad, ya de por sí estrecha e inquebrantable, se había hecho mucho más fuerte. Cris haría cualquier cosa por su amiga, se arrancaría la piel a tiras si ella la necesitara.

—Te quiero mucho, Amanda.

—Lo sé. Yo también a ti.

—Es una pena que no nos gusten las mujeres, haríamos la pareja perfecta.

—Pero nos gustan los hombres. Mucho.

—Te voy a conseguir al señor *fisio*, te lo prometo.

Amanda soltó una carcajada.

—Tú solo tráelo a casa, que yo haré el resto. Y ahora duérmete, que mañana tengo que madrugar.

—Buenas noches.

—Buenas noches, Cris.

9

La visita de Eric

Cuando Cris se levantó al día siguiente, Amanda se encontraba en la cocina preparando el desayuno.

—Lamento despertarte tan temprano, pero el trabajo no entiende de amigas con escayola.

—No te preocupes, de todas formas estoy acostumbrada a madrugar. Voy a echar de menos correr.

—Vas a echar de menos muchas cosas, pero será temporal. Tómate el café y las tostadas mientras yo me arreglo. Puedo usar tu maquillaje, ¿verdad?

—Por supuesto, pero si con el del armario no tienes suficiente, hay más en el cajón de la cómoda del dormitorio.

—¿También hacen ofertas de maquillaje?

—Por supuesto.

—¿Te ayudo a vestirte?

—Voy a intentarlo sola.

Amanda contempló cómo con esfuerzo Cris se ponía un pantalón de chándal y una camiseta blanca y ajustada que marcaba sus pechos y hacía destacar su pelo rojo. Inconscientemente había buscado una de las prendas que más la favorecían.

Después de dejarla instalada en el sofá con la silla de ruedas al lado, se marchó, mientras su amiga se disponía a pasar un día de aburrimiento cambiando a cada momento los canales de la televisión.

Se sobresaltó cuando poco después de que se marchase Amanda sonó el timbre de la puerta. Creía recordar que Eric había dicho que iría por la tarde, pero aun así se levantó con trabajo y se sentó en la silla, moviéndose hasta la puerta del piso.

—¿Qué te ha pasado? —inquirió Rocío al verla.

—Me atropelló una bicicleta. Tengo el tobillo roto.

—¿Por qué no me lo has dicho? Ya sabes que estoy al lado para lo que necesites.

—Muchas gracias, pero sucedió ayer.

—En breve me voy al trabajo, pero si puedo ayudarte en algo a la vuelta... hacer la compra, cocinar... De hecho, vengo a traerte un trozo de bizcocho que hice ayer, para corresponder a tus magdalenas —añadió mostrando un plato.

—Comida tengo en casa de sobra y Amanda vendrá luego para preparar la cena, pero el bizcocho se agradece. Y un poco de compañía también, me voy a morir de aburrimiento —suspiró, resignada.

—¿Te gusta leer?

—Sí, pero apenas tengo tiempo. Bueno, ahora voy a tener mucho, me temo.

—A mí me encanta la novela romántica, si quieres te puedo prestar algunas.

—Yo también soy de romántica, de adolescente estaba enganchada a los *highlanders*. Ahora tengo menos tiempo, pero sigo leyendo siempre que puedo. Te agradezco si me prestas alguna, hace tiempo que no compro libros nuevos.

—Espera.

Entró en su casa y regresó con tres novelas en la mano.

—Son de mi autora favorita. Si te gusta la aventura te van a encantar.

—Muchas gracias.

—Ahora me tengo que ir, ya voy justa.

Rocío se despidió y Cris regresó al sofá. Se acomodó, abrió una de las novelas y se dispuso a sumergirse en la historia.

Eric se estaba terminando de afeitar cuando escuchó las llaves de Moisés en la puerta. Había pasado la noche en casa de Olga, por lo que no le había visto desde hacía más de veinticuatro horas.

—Buenos días. Traigo churros.

—Hummm, estupendo.

La cafetera ya estaba preparada, y ambos amigos se sentaron a desayunar.

—¿Esta tarde nos echamos una partida de algo hasta que entre de turno esta noche? Olga trabaja.

—No sé si llegaré a tiempo. Cuando salga del hospital voy a ir a casa de Cristina.

—¿Cristina? ¿La del «danés»?

—Sí —dijo mojando un churro en el café y llevándoselo a la boca.

—¿Has quedado con ella? ¡No me habías dicho nada!

—No se trata de una cita. Voy a llevarle unas muletas; ayer tuvo un pequeño accidente y se ha roto un pie. Coincidí con ella y su amiga en el hospital y le eché una mano agilizando la espera. Le proporcionaron una silla de ruedas, pero tiene dificultades para moverse con ella por la casa. Necesita además unas muletas.

—Pues si vas, aprovecha y no le hagas la visita del médico.

—No, espero hacerle la del fisioterapeuta —dijo divertido.

—Un masaje bien dado puede abrirte muchas puertas. Las del «centro», por ejemplo.

—De momento me conformo con que me vaya conociendo y no piense que le voy a saltar encima a la primera de cambio. Le llevaré unas muletas y algo para merendar. Por lo que pude apreciar el día que quedamos le gustan los pasteles, de modo que le llevaré alguno para endulzarle la convalecencia.

—Creía que era a los hombres a los que se nos conquistaba por el estómago.

—Me parece que a Cris también. Suele llevar comida en el bolso.

—Pues entonces llévale el pastel más grande que encuentres y gana puntos.

—Es la idea.

Se levantó de la mesa y se preparó para marcharse al trabajo.

—Hasta la noche, si es que vuelves antes de que me vaya.

—Hasta luego.

Cuando llegó al hospital, lo primero que hizo fue gestionar la salida de las muletas. Las llevó al coche y se dispuso a comenzar su turno de trabajo.

Tuvo que esforzarse para concentrarse en él. Hacía tiempo que el quedar con una mujer no le distraía de sus ocupaciones, pero tenía que reconocer que aquel día estaba deseando terminar para dirigirse a casa de Cristina.

Eran las seis y media cuando tocó el timbre en la dirección que ella le había dado. Tardó sus buenos cinco minutos en recibir respuesta y empezó a preocuparse por si hubiera sufrido algún contratiempo en su camino hacia la puerta.

—¿Sí?

—Fisioterapeuta a domicilio.

Cris no pudo dejar de sonreír y pulsó el botón del portero. A continuación, abrió la puerta y esperó.

Eric llegó pocos minutos después portando dos muletas y una bandeja cubierta con el papel de una conocida pastelería.

—Aquí llegan los refuerzos.

—Se agradecen —dijo Cris apartando la silla de ruedas del paso, para permitirle la entrada. Eric la siguió hasta un salón grande en el que se había apartado uno de los sillones hacia un rincón para dejar espacio suficiente para la silla de ruedas. Un sofá enorme cubría casi toda una pared y Cristina lo señaló con una mano y alargó la otra.

—Siéntate... Yo, si no te importa, voy a... usar las muletas y en seguida vuelvo.

Eric sonrió divertido y se las acercó, ayudándola a incorporarse y apoyarse en ellas.

—Si necesitas ayuda, no dudes en pedirla. Lo digo en serio, trabajo con personas impedidas a veces y estoy acostumbrado a echarles una mano a la hora de hacer sus necesidades fisiológicas.

—No será necesario, gracias. Puedo apañármelas sola. Ya he ido un par de veces a la pata coja. Amanda se fue a las ocho de la mañana y como comprenderás... Las muletas serán de gran ayuda.

Eric aguantó la risa imaginándosela y se sentó a esperarla. Poco después Cris regresó y se sentó junto a él, que señaló el paquete que había colocado sobre la mesa.

—Me he permitido traerte algo para merendar. He ido a lo seguro y he comprado el pastel que tomaste el día que quedamos para conocernos, aunque no fuera un día muy afortunado.

—Gracias, pero no era necesario; con las muletas habría bastado.

—Me apetecía hacerlo. Tú me ofreciste magdalenas, pero yo, aunque cocino, no soy repostero y quería corresponder a tu amabilidad. Por eso he buscado tu dulce favorito.

—No es mi favorito, simplemente era el más grande que había.

—¿Y cuál es tu favorito? Por si se me presenta la ocasión de invitarte de nuevo.

Cristina se encogió de hombros.

—Todos. Me encanta comer.

—¿También salado?

Ella asintió.

—En ese caso, te traeré croquetas, son mi especialidad. Si me das la oportunidad de venir en otra ocasión, claro.

—Creo que te la has ganado —dijo señalando las muletas—. ¿Me echas una mano para preparar un café y merendar, o tienes prisa?

Eric sintió que el corazón se le expandía ante la invitación.

—Ninguna.

—¿Entonces no te importará esperar a que llegue Amanda sobre las ocho? Estoy aburridísima aquí sola —propuso pensando en la petición de su amiga.

—Me quedaré todo el tiempo que desees.

—Es estupenda, simpática, buena persona, cariñosa...

—¿Quién?

—Amanda, claro.

—Ah, una joya de chica.

—Pues sí.

Cris le precedió a la cocina y allí le indicó dónde encontrar lo necesario para preparar una cafetera. Después regresaron al salón y se acomodaron para tomarlo tranquilamente.

—¿Tu amiga viene todos los días?

—Casi siempre. Vive varias casas más abajo y con frecuencia cenamos juntas. Ahora, con esto de mi pie se ha mudado aquí, pero no aguantará mucho.

—Se ve que tenéis una relación de amistad muy especial. ¿Cómo no vivís juntas? ¿Acaso ella sí tiene pareja?

—No, no es eso. Hace años que nos conocemos y juntas hemos pasado por muchas cosas, entre ellas el intento de compartir piso. Pero no funcionó, porque no es fácil vivir conmigo. Dice que soy un poco intensa y supongo que tiene razón.

—Yo vivo con Moisés, también él es mucho más que mi amigo y compañero de piso.

—¿Tenéis una relación amorosa? ¿Eres bisexual?

—No, no me refería a eso. Es algo como lo que tenéis Amanda y tú. Aunque quizás vosotras sí la tenéis...

—¡Qué va! —Rio con fuerza ante la idea—. A las dos nos van los hombres. De hecho, a ella le gusta uno en concreto.

—¿Y a ti?

—No, yo no quiero una relación. Estoy muy bien sola.

—Entonces ¿por qué tienes un perfil en una página de contactos?

Cris alzó los hombros.

—Es cosa de Amanda, me la hizo sin consultarme, ya te lo dije. Ella piensa que necesito un hombre en mi vida, pero no es verdad. Ya tuve uno y no quisiera repetir la experiencia.

—¿Tan mal te fue?

—No quiero hablar de eso.

—Claro, disculpa. Pero si no quieres una relación, ¿por qué mantienes el perfil?

—Para que Amanda me deje en paz. Si lo cancelo, con toda seguridad me abrirá otro o me buscará citas más o menos a ciegas. Cuando alguien me llama me limito a poner cualquier pega referente al perfil del hombre en cuestión y asunto zanjado.

Eric la miró ahondando en sus ojos.

—Que es lo que estás haciendo conmigo, ¿no? Escudándote en el malentendido de nuestro primer encuentro para mantener a raya mi insistencia.

Cristina rio con ganas.

—No lo había pensado, pero es posible. Lo que no entiendo es esa insistencia.

—Me gustas.

Cristina sintió algo derretírsele dentro ante las sencillas palabras de Eric. Luego pensó en Amanda confesándole lo mismo hacia él.

—Tampoco entiendo que tú busques pareja a través de una página web. Eres muy atractivo, y por lo que puedo apreciar nada tímido. ¿No tienes una legión de mujeres tirándose a tus pies?

—No, no la tengo.

Cris no se lo creía. Esos ojos azules limpios y chispeantes y esa preciosa sonrisa debían atraer mujeres a montones.

—¿Dónde está el problema? ¿En tus gustos sexuales? ¿Por eso buscabas una prostituta?

Eric suspiró.

—¿Cómo tengo que decirte que yo no buscaba una prostituta? De hecho, era lo que me hacía dudar. Pero tu cara pecosa, tu sonrisa en la foto y tu voz me gustaron desde el principio.

—Di que te morías de ganas de que te hiciera el «danés».

—Me moría de curiosidad por saber qué era, eso no te lo voy a negar. Jamás había oído hablar de una práctica sexual llamada así. Moisés y yo... —De repente se quedó callado.

—Moisés y tú, ¿qué?

—Lo buscamos en Internet, pero solo había referencias del idioma y de los habitantes de Dinamarca. Él decía que debía ser algo muy guarro para que ni siquiera hubiera referencias en la red.

Cris estalló en carcajadas.

—¿Y qué pensabas que podía ser? ¿Qué esperabas?

—En realidad no lo sé. Quizás algo que no hubiera hecho nunca.

—¿Como qué? Puedes decírmelo, somos adultos. He vivido en pareja cinco años y tengo una mentalidad abierta.

La cara aniñada e ingenua de Cris hacía pensar lo contrario. Eric sintió despertarse su libido ante las palabras de la chica. La sola idea de imaginarla cumpliendo su fantasía le excitó.

—Quizás algo relacionado con tacones de aguja y medias negras de esas que tienen una costura detrás —dijo. Y calló el resto: «debajo de un traje de chaqueta negro y sin nada más».

—¿Dominación? ¿Látigo? ¿Esposas?

—No, no... solo medias negras.

—Entiendo. —Lo anotó mentalmente para contárselo a Amanda.

Eric dio un sorbo al café que se le había quedado frío y sacudió la cabeza, divertido.

—No me puedo creer que viniera aquí a traerte unas muletas y haya acabado contándote mis fantasías sexuales.

—Tampoco yo.

—Ahora deberías hablarme de las tuyas. Es lo justo, ¿no?

Cris dio un bocado al dulce y eludió la pregunta.

—¿Cris?

—Yo no tengo —se apresuró a responder. Eric sonrió, era la primera vez que usaba el diminutivo de su nombre y ella lo aceptaba. Sin lugar a dudas, era un paso adelante.

—Todo el mundo tiene, pero no importa. Acepto tu derecho a la privacidad.

No podía hablarle de su fantasía adolescente de lectora de novela romántica de acostarse con un *highlander* con falda y nada más. ¡Su «danés» era un escocés!

Mientras bebía despacio su café se dijo que Eric podía dar el tipo: los ojos azules, el cuerpo atlético... quizás el pelo bien cortado desentonara un poco de su idea, pero al instante su mente lo imaginó con una larga melena cayendo sobre la espalda y la expresión fiera y salvaje de un guerrero de las tierras altas. Porque su escocés debía ser fiero y salvaje, y hacerle el amor de acuerdo con su condición.

Una ligera humedad se instaló entre las piernas de Cris, algo que no sentía desde que Adolfo desapareció de su vida. Hizo una mueca y apretó los muslos.

—¿Te encuentras bien? ¿Te duele la pierna? —preguntó Eric, solícito.

—Ejem, sí... sí... estoy bien. Solo tengo un poco de calor.

—Lo decía porque te has removido inquieta. Si quieres, y aprovechando que estoy aquí, puedo darte un masaje para aliviar las molestias de la postura.

—¡No! No hace falta, gracias. Amanda estará aquí en breve.

Eric levantó las cejas sin entender.

—¿Me estás diciendo que me vaya de forma sutil?

Cristina empezó sudar.

—Solo pensaba en voz alta. ¿Puedes traerme un vaso de agua? Por favor.

—Claro. ¿Del grifo?

—Sí.

—¿Dónde tienes los vasos?

—En el armario sobre el fregadero.

Salió del salón en dirección a la cocina. La espalda ancha, los vaqueros ajustados y sus ojos que se disparaban sin control hacia él solo hicieron que la incomodidad aumentase.

«No, no, no le mires el culo. Le gusta a Amanda, ¿recuerdas? Y eso es sagrado.» Porque ella tenía debilidad por un buen culo.

Antes de que regresara, cogió el mando de la tele y la encendió. En la pantalla apareció un programa sobre naturaleza y Cristina clavó la vista en él.

—Aquí tienes el agua.

—Gracias —dijo sin apenas mirarle.

Bebió el contenido del vaso sin apartar la mirada de la televisión. Tenía que centrar su atención en aquel aburrido documental para sacar de su mente la imagen de un escocés de melena al viento y falda a cuadros con el trasero y el resto de atributos campando en libertad.

—Realmente tenías sed.

Se limitó a asentir.

—Mucha.

—¿Te gusta la naturaleza?

—No demasiado.

—Entonces ¿por qué ves esto?

—Algo hay que ver, ¿no?

—Si tú lo dices...

Le miró de reojo y volvió a apartar la vista.

—¿Estás segura de que no prefieres que me vaya?

—Tienes que quedarte hasta que venga Amanda. Debes explicarle... los cuidados que necesito.

Eric sacudió la cabeza, confuso. Cristina había cambiado su actitud hacia él de forma brusca y no sabía el motivo.

—Tienes puesta una escayola. Hasta que te la retiren no necesitas ningún cuidado especial, salvo la precaución de no apoyar el pie en el suelo y no mojarla cuando te duches. En las ortopedias hay unos protectores impermeables bastante caros, pero una bolsa de plástico bien ajustada cumple la misma función.

—Ya. Estupendo. De todas formas, quédate y se lo explicas a ella.

—Como quieras.

Durante más de veinte minutos vieron el insulso programa de televisión. Después, el sonido de unas llaves anunció la llegada de Amanda.

—Hola... ¡Qué bien acompañada te veo!

—Hola, Amanda —saludó Eric—. Cris ha insistido en que te esperase para decirte que no debe mojarse la escayola.
—Genial. ¿Estáis viendo una película? —Desvió la mirada hacia la pantalla—. ¡¿¿*Jara y sedal*??! ¿En serio?
Eric no pudo evitar reírse a carcajadas.
Amanda cogió el mando de la mesa y empezó a cambiar de un canal a otro.
—Si quieres que me quede aquí esta noche no voy a tragarme este muermo. Y tampoco voy a dejar que me pongas los dientes largos con esos programas de reformas de casas que ni loca podría pagar. Llevo todo el día aguantando al gilipollas de mi jefe y necesito un buen mozo que me alegre la vista. Este vale. —Detuvo el mando en un canal donde echaban una película de vikingos con el torso desnudo.
—Eso... tú ponme una película de esas...
—Creía que te gustaban.
Eric se reía al ver a las dos amigas compartir una camaradería muy similar a la que tenían Moisés y él mismo.
—Hoy no.
Amanda se volvió hacia el visitante y disculpó a su amiga.
—Siento si ha estado borde contigo, pero lleva mal la inmovilidad.
—No ha estado borde, sino divertida. He pasado una tarde fenomenal y hemos empezado a hacernos un poco amigos, ¿verdad?
—Solo un poco —refunfuñó.
—¿Te quedas a cenar? —preguntó Amanda.
—No, debo irme ya. Pero quizás pueda venir otro día y traeros unas croquetas, que son mi especialidad.
—Estupendo, nos encantan las croquetas, ¿verdad, Cris?
—Verdad.
—¿Puedo llamarte mañana para saber cómo sigues?
—Sí, llámala —aceptó Amanda en su nombre—. Así la distraes y yo me la encuentro más amigable cuando llegue.
—Hasta mañana, entonces. Cuídate, Cris.
—Hasta mañana.
—Te acompaño a la puerta.
Cris vio cómo Amanda y Eric salían del salón.
—Gracias por venir.
—Es un placer, he pasado una tarde genial.

—¡No me lo creo! ¡Te ha hecho ver *Jara y sedal*!

—No es así; yo la estaba mirando a ella.

—En ese caso... Deja pasar un par de días y trae tus croquetas; ellas y tú seréis bien recibidos.

—De acuerdo. Hasta entonces.

10

Croquetas

Eric se levantó temprano para dejar preparada la masa de las croquetas con las que pensaba agasajar a Cris y a Amanda. Habían pasado varios días desde su última visita y estaba seguro de que ella agradecería un poco de compañía, además de una rica cena. Las croquetas eran su especialidad, siempre que se reunía la familia le pedían que las preparase, y nunca habían decepcionado a nadie. A Cris, que adoraba comer, le encantarían, estaba seguro.

Moisés se levantó alertado por el olor que salía de la cocina.

—¿Croquetas a estas horas? Yo preferiría un buen café con tostadas.

—Son para Cris. Voy a llevárselas para la cena. Quiero dejar la masa lista para empanarlas esta tarde a la salida del trabajo.

—¿Cómo que para Cris? Ni se te ocurra llevártelas todas, a mí también me gustan.

—Pensaba dejarte unas cuantas, hombre.

—Eso está mejor. Y, por lo que veo, las cosas con Cris también lo están.

—Ahí vamos... de momento tratando de conquistarla por el estómago. Paso a paso.

—Seguro que se enamora de tus croquetas y ya no quiere dejarte escapar.

—¡Qué halagüeño para mí! —bromeó.

—Tras las croquetas descubrirá al hombre, estoy seguro. A mí me pasó.

Eric giró la cabeza hacia su amigo mientras removía la bechamel.

—¡Tú no estás enamorado de mí!

—¡No me tientes! Si las croquetas forman parte de la ecuación, puedo cambiar de acera...

—¡Me voy a chivar a Olga!

—Seguro que hasta le pone...

Eric rio mientras Moisés se acercaba a la cafetera y comenzaba a llenarla. Después de remover un poco más, apagó el fuego y dejó la masa reposando y enfriándose, lista para la tarde. A continuación, se sentó a desayunar con su amigo.

Después de varios días encerrada, Cristina ya aborrecía la televisión, odiaba a los presentadores, a los protagonistas de series e incluso se había planteado casar a Bob Esponja con Lady Bug. Había agotado todo lo que le gustaba hacer estando sentada y su irritación alcanzaba un punto más allá de lo razonable.

Había devorado los libros que le llevara Rocío y esta le había llevado tres más que correrían la misma suerte.

Se estaba acostumbrando bien a las muletas y conseguía realizar con ellas algunas tareas sencillas, aunque estaba segura de que Amanda la mataría si se enterase. Aquella mañana había descubierto que colocando con habilidad el muslo sobre el apoyo de una muleta tenía las dos manos libres para peinarse, lavarse los dientes e incluso se había aventurado a prepararse un café a media mañana. También paseaba por el salón de vez en cuando, aunque lo mantuviera en secreto. Le resultaba imposible estar quieta tantas horas.

Eric la había llamado un par de veces a lo largo de aquellos días para interesarse por ella, y Cristina sabía que en todas las ocasiones él había esperado una invitación que no formuló. Después de la última visita debía poner un poco de distancia, la conversación sobre fantasías sexuales había desbocado su imaginación y le había hecho verle de una forma poco apropiada y no porque le hubiera puesto falda. Si quería ayudar a Amanda lo último que debía hacer era imaginarse a Eric con poca ropa. Tenía firmemente decidido mantenerle a distancia unos días cuando vio su llamada entrante, aunque esa tarde estaba más aburrida de lo habitual.

—Hola, Cris.
—Hola.
—¿Cómo te encuentras hoy?
—Buf, como siempre. Aburrida a más no poder.
—He hecho croquetas y me gustaría llevaros unas cuantas, y de paso hacerte una visita. —Eric había decidido ponérselo difícil para una negativa; tenía ganas de verla y de pasar un rato con ella.
El ánimo de la chica subió de forma considerable y fue incapaz de resistir la tentación. Amanda aún tardaría unas horas y la idea de un poco de charla además de unas croquetas para la cena se le hicieron irresistibles.
—Se agradecen ambas cosas. —Tenía que reconocer que había pensado en Eric más de lo que debiera durante esos días de encierro y frustración.
—He visto que hace una tarde preciosa, quizás te apetezca salir a dar un paseo y sentarnos en algún sitio a tomar algo.
—¿Salir? ¡Oh, sí... sííí!
Eric sonrió ante el entusiasmo desbordante de Cristina.
—Entonces, perfecto; en un rato paso a buscarte.
—Bien. Te estaré esperando.
Guardó el móvil y regresó a la sala de rehabilitación, donde le esperaba su nueva paciente. Una anciana que pasaba muchas horas sentada y a la que debía tratar las piernas. A la perspicaz señora no le pasó inadvertida la sonrisa de Eric.
—Estás contento hoy, ¿eh?
—Sí, bastante.
—¿Te ha tocado la lotería?
—No, pero esta tarde a la salida voy a invitar a croquetas a una chica preciosa, Beatriz.
—Croquetas, ¿eh? ¡Qué romántico!
Él rio con ganas mientras masajeaba con cuidado la pantorrilla fláccida de la anciana.
—A Cris se la conquista por el estómago.
—En ese caso, mejor prueba con unos bombones, hombre. ¡Croquetas!
—También la voy a llevar a dar un paseo.
—Eso está mejor. ¿Dónde, si puedo preguntar?
—Dejaré que ella decida.
—Mejor dale una sorpresa, a las mujeres nos gusta eso.

A la mente de Eric acudió la imagen de una terraza al aire libre en una plazuela de la judería por la que había pasado alguna que otra vez. Un sitio bonito y tranquilo donde tomar algo y charlar, con mesas lo bastante alejadas unas de otras para preservar la intimidad y dejar espacio para la silla de ruedas.

—Tiene razón. Ya tengo el sitio perfecto.

Mientras terminaba con Beatriz haciendo una serie de estiramientos suaves, Eric no podía evitar imaginarse a Cris y a él charlando de forma amigable en la terraza. Después se apresuró a dejar el hospital y tras pasar por su casa a ducharse y recoger el *tupper* con la cena se fue a buscarla.

Cris le esperaba con la impaciencia de alguien que ansía salir a la calle después de un prolongado encierro. Se las había apañado para quitarse el chándal con que se vistiera por la mañana y ponerse una falda corta y una blusa, peinarse y maquillarse. No lo hacía para impresionar a Eric, se dijo, sino para sentirse bien y celebrar la salida. Tenía unas piernas bonitas, y aunque una de ellas estuviera escayolada, al trozo de muslo que quedaba al descubierto no le restaba atractivo.

Cuando él llegó, le dedicó una sonrisa de oreja a oreja.

—¡Qué guapa!

Se encogió de hombros, con fingida indiferencia.

—La salida es una fiesta para mí, me muero aquí encerrada.

—Pues vámonos, que hace una tarde estupenda. ¿Dónde pongo la cena? —añadió alzando la bolsa de plástico que llevaba en la mano.

—Déjala en la cocina, en el frigorífico.

Al abrir el electrodoméstico se quedó parado. No había un centímetro de espacio disponible para colocar el *tupper*. Cada balda, cada hueco, estaba lleno de comida y bebida amontonada una sobre otra. Demasiado para una persona que vivía sola.

—Eh, Cris... No hay espacio.

—Saca algo.

Eric trasteó apartando cosas y logró hacer un hueco en precario equilibrio tras sacar unas botellas de refresco. Luego regresó al salón.

—¿Tienes siempre tanta comida en el frigorífico o es que intuías que ibas a pasar un periodo de inmovilidad prolongado? ¿O recibes a menudo la visita de algún equipo de fútbol?

—Me gusta aprovechar las ofertas y comprar cuando los precios están bajos. Amanda dice que si hubiera una guerra me haría millonaria con el estraperlo.

—¿Solo te ocurre con la comida?

—Me ocurre con todo, soy ahorradora.

Eric movió ligeramente la cabeza mientras empujaba la silla de ruedas hacia el exterior de la vivienda. ¿Ahorradora? Había una auténtica fortuna en comida en aquella cocina, porque al salir de ella había visto cajas de leche amontonadas en un rincón, además de botellas de distintos tipos de bebidas, y empezaba a pensar que cualquier rincón de la casa podía ofrecer el mismo aspecto.

Bajaron en el ascensor. Un ligero cosquilleo de excitación se empezaba a formar en el estómago de Cris, ilusionada como una niña pequeña ante la inesperada salida. Sin lugar a dudas, la primera impresión que tuvo de Eric con el malentendido de su primer encuentro se estaba evaporando a pasos agigantados y el hombre comenzaba a ganarse su confianza y su aprecio. Ojalá Amanda consiguiera su objetivo, pensó. Y su mente se apresuró a apartar esa idea con rapidez. No lo veía la pareja ideal para su amiga, pero siempre habían respetado los hombres que cada una elegía sin ponerles ninguna objeción.

Al llegar al bajo se les presentó el primer escollo. Cinco escalones hasta llegar a la puerta. Le había costado la misma vida subirlas el día que la escayolaron, a la pata coja y ayudada por Amanda.

—Uf, había olvidado las escaleras del rellano. Tendrás que ayudarme a bajarlos a la pata coja. Voy a hacerme toda una experta. —Rio recordando también sus malabarismos para vestirse con la rodilla apoyada en el borde de la cama.

—Nada de pata coja, soy todo un caballero.

Antes de que pudiera darse cuenta, Eric la había cogido en brazos y bajaba con ella los escalones. Sorprendida, solo pudo aferrarse con fuerza a su cuello para mantenerse estable. Se sorprendió una vez más de la firmeza de sus brazos, que la levantaban con facilidad, como si no pesara. También percibió el olor que ya la cautivara en el hospital cuando la llevó hasta la sala de rayos.

—¿Qué colonia usas? —no pudo evitar preguntarle. Fuera cual fuese, le iba a la perfección. No se lo imaginaba oliendo de otra forma.

—No es comercial, me la hacen en exclusiva.

—¿En serio? ¿Eres un multimillonario de incógnito?

Cuando la depositó en el suelo durante unos segundos para bajar a su vez la silla de ruedas, Cris pensó que le hubiera gustado que la escalera hubiera sido mucho más larga. Nunca un hombre la había llevado en brazos y la sensación le había gustado. Pensó que a la vuelta tendría que hacerlo de nuevo, y sonrió contenta.

—No es eso. Una paciente agradecida la creó para mí hace unos años. Decía que la que usaba no me pegaba nada, que era una colonia de niñato. Es perfumista y trata las esencias de forma personal, de modo que creó una fragancia para mí. Me regaló un frasco y me encantó. Desde entonces me la hace llegar con regularidad.

—Pues la verdad es que sí te va. Me encanta el olor y lo identifico contigo.

Ya estaban en la calle. La tarde primaveral llenaba la ciudad de sol y calidez, o quizás se lo parecía a Cristina porque había temido permanecer encerrada durante un largo mes y medio.

Mientras Eric empujaba la silla de ruedas por las aceras, sentía y disfrutaba de cada segundo como una niña pequeña a la que llevan de paseo. Al pasar por una tienda de golosinas, le hizo detenerse y comprar caramelos de varios tipos, chocolate y regaliz. Lo guardó todo en su enorme bolso que llevaba sobre las rodillas y, tras ofrecerle a Eric, empezó a comerlos con avidez.

—Tienes que guardar apetito para las croquetas —advirtió Eric, risueño.

—No hay problemas con eso. Esto solo es un pequeño tentempié. Me encantan las chucherías.

Él sonrió al pensar si disfrutaría de todo con la misma intensidad que con la comida. Si pondría esa misma cara de placer cuando hiciera el amor, cuando la acariciaran y la hicieran disfrutar. Y se propuso averiguarlo. Cuanto más trataba a Cristina, más le gustaba. Ella y la intensidad con que lo vivía todo.

—El año pasado por Reyes, Amanda, que es estupenda —aprovechó para recalcar—, me regaló un cono lleno de chucherías tan alto como yo. Había de todo... ¡Cómo disfruté!

—Ella y tú os conocéis muy bien.

—Sí, llevamos juntas muchos años. Desde la adolescencia.

Hemos pasado por muchas peripecias en este tiempo. Si quieres te cuento cosas de ella.

—Claro. —Si llevaban juntas muchos años, hablar de Amanda significaba hablar también de sí misma, y Eric se moría por conocerla mejor. Mientras empujaba la silla de ruedas en dirección al centro no dejaba de observar los muslos que la falda dejaba al descubierto. Delgados, firmes y bien torneados. Se los imaginó enfundados en unas medias negras con costura de esas de blonda de encaje en la liga y se le secó la boca.

—Eric, el semáforo ha cambiado, podemos cruzar ya.

—Sí, sí, claro. Me había distraído.

Una vez en la judería, Eric se dirigió al local donde pensaba detenerse rogando que hubiera alguna mesa libre.

Hubo suerte y en pocos minutos estaban acomodados uno al lado del otro.

—¿Qué tomas? Ya es un poco tarde para café, o no dormirás esta noche.

—Un tinto de verano con limón.

—Yo tomaré lo mismo.

Cristina se recolocó la falda, que se había subido unos centímetros, y le preguntó a bocajarro.

—¿Qué quieres que te cuente de Amanda?

Eric se mordió la lengua para no decirle que Amanda le importaba un bledo y que de quien quería saber era de ella, pero intuyó que se cerraría en banda y no iba a arriesgarse a que volviera a poner distancia entre ambos. Tendría que dar un rodeo para averiguar lo que le interesaba, y si el rodeo debía pasar por su amiga, que así fuera.

—Cómo os conocisteis.

Cris rio, nostálgica.

—Fue en el gimnasio. Amanda siempre ha tenido problemillas para mantener la línea y a los quince años su madre no le permitía hacer dieta, por lo que se machacaba en clases aeróbicas para quemar grasas. A mí me encanta el deporte y también dedicaba a este todo el tiempo que me dejaban libre mis estudios. Pronto nos dimos cuenta de que coincidíamos en varias clases, y empezamos a hablar en los intermedios. Luego ya quedábamos directamente para ir juntas, nos parábamos a tomar un café... y poco a poco nos hicimos inseparables.

—¿Cuánto tiempo hace de eso?

—Unos quince años. Juntas hemos pasado por muchas cosas.

—Novios incluidos, imagino.

—Alguno que otro, pero en este momento las dos estamos libres. Amanda ha salido con un par de chicos, aunque no han terminado de llegar a nada serio. Pero no por culpa de ella, ¿eh?, que es fantástica.

Eric contemplaba a Cris hablar de su amiga con entusiasmo y él se recreaba en su cara y en la pasión que ponía en sus palabras, en sus ojos brillantes y de vez en cuando desviaba la vista hacia la falda que volvía a subir con los movimientos bruscos. Debería haberse sentado enfrente y no a su lado, para que la mesa ocultase las piernas, porque por mucho que intentase mantener la mirada en sus ojos verdes, los de él tenían vida propia y sabían dónde querían mirar. Y sus manos, que rodeaban el frío vaso, dónde querían posarse.

—¿Y tú? —preguntó tratando de desviar la conversación de Amanda.

—Yo soy un desastre —admitió.

—¿Por qué dices eso? A mí me pareces encantadora.

—Porque no me conoces, o quizás porque te has formado una idea errónea de mí.

—En ese caso, sácame de mi error. Háblame de ti.

—Hay poco que contar, en cambio, Amanda...

Eric suspiró ruidosamente.

—¿Has tenido muchos novios?

—Solo uno, pero ya no estamos juntos. —El tono de voz se hizo más duro y Eric intuyó un hondo dolor en el fondo de sus palabras.

—¿Qué pasó? ¿Lo estropeaste tú, porque eres un desastre?

—Eso dijo él, aunque Amanda piensa algo muy diferente. No sé quién tiene razón, pero no quiero hablar de eso. Corramos un tupido velo. —Apretó los labios y miró hacia unos niños que jugaban al fondo de la plaza.

—A veces hay que hablar de las cosas para que dejen de hacer daño. Es como en las rehabilitaciones, hay que pasar dolor para que empiece a haber mejoría.

—Pertenece al pasado, no quiero recordarlo.

—De acuerdo.

—Háblame de ti.

—¿Te interesa? —preguntó, esperanzado. Quizás ella estaba derribando las barreras con que lo mantenía apartado.

—Por supuesto.

—En ese caso... ¿Qué quieres saber?

—Si has tenido otras relaciones.

Eric la miró asombrado ante la pregunta.

—He salido con algunas mujeres, pero nada demasiado serio.

—¿Eres reacio al compromiso?

—En absoluto, solo que no ha aparecido la adecuada. Estaría encantado de echarme novia y mantener el tipo de relación que tiene mi amigo Moisés con Olga.

—¿Viven juntos?

—Aún no, él vive conmigo. Pero todo llegará, imagino.

Cristina alzó los hombros, escéptica.

—Que no tengan prisa, no siempre la convivencia es la mejor forma de llevar adelante una relación de pareja. Y hablando de prisa, será mejor que volvamos ya a casa; Amanda llegará en breve y yo me muero de hambre y de ganas de probar esas croquetas.

—¿En serio tienes hambre? Si no has dejado de comer en todo el rato.

—Siempre tengo hambre. Aunque Amanda dice que no, que es solo gula.

Eric se levantó para pagar la consumición y regresaron paseando por el mismo camino que habían recorrido a la inversa un rato antes.

Al llegar al portal, de nuevo la tomó en brazos para salvar los cinco escalones del rellano. Cristina se había sorprendido aguardando expectante el momento de que lo hiciera, para volver a aspirar su olor y sentir su fuerza. Por unos segundos su desbordante imaginación la transportó a Escocia y, en vez de un fisioterapeuta amable, Eric pasó a ser un *laird* que la había secuestrado y la transportaba por terrenos abruptos hasta su choza, o dondequiera que vivieran los *highlanders*. En las novelas no se ponían de acuerdo; algunos habitaban en un castillo, otros en chozas y, si eran muy salvajes, dormían bajo los árboles.

Al llegar al piso, Eric sacó las croquetas y las dejó sobre la encimera, a la espera del momento de freírlas.

—¿Algo para acompañarlas?

—Amanda pedirá una ensalada, seguro. Yo preferiría patatas, pero no pegan mucho, ¿verdad?

—Amanda está más acertada, pero si quieres puedo pelar unas patatas para ti.

—No, déjalo, la ensalada está bien. Ella está siempre en lucha contra las calorías, pero no le hace falta, ¿a que no? Está estupenda con todas esas curvas tan bien puestas...

—Sí, es muy atractiva —admitió Eric, aunque él prefería la belleza estilizada de Cristina.

Amanda llegó a los pocos minutos y se sorprendió agradablemente al ver allí a Eric y a su amiga arreglada y maquillada, como si hubiera salido a la calle.

Durante la cena le contaron su paseo y Cris trató de mantenerse apartada de la conversación, para permitir a sus compañeros de mesa conocerse un poco más, pero le costaba mucho quedarse al margen. Se mordió los labios acallando preguntas que deseaba hacerle a Eric sobre sí mismo, y confiando en que las hiciera Amanda, pero esta se limitó a una charla sobre temas comunes y nada personales. Mientras comía las deliciosas croquetas que él había preparado, les contemplaba en silencio imaginando la buena pareja que harían si al final llegaban a gustarse mutuamente, y una ligera incomodidad se instaló en su interior. Las palabras de Eric de que buscaba una relación estable le machacaban la mente haciéndola comprender que algo de ese tipo acabaría por alejarlas a ella y a Amanda, y una leve punzada de celos la asaltó. Por su amistad con Amanda, claro. No es que Eric le interesase como hombre, más allá de imaginarlo con una falda y el culo al aire.

Tras la cena, él se despidió y prometió volver a llamar a Cris para llevarla a dar un paseo. Después, y mientras Amanda recogía la cocina, ambas amigas se enfrentaron a la conversación que flotaba entre ellas.

—¿Qué tal con Eric esta tarde?

—Bien, es simpático.

—¿Y nada más?

—He estado recabando datos para ti.

—Ajá. Cuenta.

—Le hace la colonia «en exclusiva» una perfumista que fue su paciente, de modo que si piensas regalarle un perfume, olvídalo.

Amanda esbozó una sonrisa mientras le daba la espalda y guardaba los platos en el lavavajillas.

—Bien.

—Ha tenido varias relaciones, pero ninguna seria, aunque dice que está preparado para sentar la cabeza. De modo que, si no vas en serio con él, pues mejor lo dejas correr. Es buena gente y no es cosa de hacerle daño, ¿no crees?

Aquí Amanda tuvo que hacer un esfuerzo para no lanzar una carcajada.

—Tampoco yo tengo problemas en empezar algo serio, si surge. Eric me parece un hombre estupendo, además de que está como un tren... y huele de maravilla.

—¿Verdad que sí? —preguntó con entusiasmo.

—Sí. No sabía que tú también te habías dado cuenta. ¡Como siempre estás despotricando de él!

—No lo hago. Me está empezando a caer bien. Y menos mal, porque si llegáis a algo... lo voy a tener que ver a menudo. —Aspiró con fuerza ante la idea, que le producía un gran desasosiego.

—Por supuesto. Anda, ahora vamos a dormir, que estoy muerta.

Poco después ambas amigas estaban tendidas en la gran cama de Cristina. En silencio y cada una intentando conciliar el sueño.

—Amanda...

—¿Sí?

—Volviendo a Eric...

Esta suspiró.

—Dime.

—Creo que le estás empezando a interesar.

Amanda sonrió escéptica en la oscuridad. ¿Acaso Cris no se había dado cuenta de cómo la miraba? ¿De que se la comía con los ojos y de que hasta su voz cambiaba cuando se dirigía a ella?

—¿Qué te hace pensar eso?

—Porque me ha pedido que le cuente cosas sobre ti.

—¿De mí? —La nota de incredulidad fue evidente.

—Sí. Cómo nos conocimos y sobre tus relaciones anteriores. No le he contado gran cosa, claro, solo por encima. Los detalles ya se los contarás tú, si llega el caso.

—Claro. Cris, no te comas el coco con esto, ¿vale? Dejemos pasar el tiempo y ya veremos qué ocurre.

—De acuerdo.

—Ahora, duérmete.

—Lo intentaré, pero no tengo sueño, no estoy cansada.

—Pues prométeme que no te vas a levantar a poner la lavadora o a hacer cualquier otra cosa. Tienes mañana todo el día.

—No lo haré.

Sintió cómo el cuerpo de Amanda se relajaba a su lado y poco después la respiración acompasada le indicó que se había dormido. A ella le costó bastante más, pero también acabó sucumbiendo a los brazos de Morfeo.

Estaba caminando por el campo, cojeaba ligeramente y no podía andar todo lo deprisa que solía. De pronto vio una sombra deslizarse bajo la suya, sintió una presencia a sus espaldas y un penetrante y agradable olor flotando a su alrededor. Reconocer el aroma la tranquilizó, por lo que no estaba preparada para reaccionar cuando unos brazos poderosos la alzaron en vilo, separando sus pies del suelo, y la arrastraron en la dirección contraria a la que iba. Giró la cabeza y se encontró con unos ojos de un intenso color azul que reconoció al instante. Eric. Se dio cuenta entonces de que la llevaba en brazos hacia un lugar desconocido, apretada contra su pecho desnudo. ¡Desnudo! A pesar de la ropa que ella vestía, sentía el contacto de su piel, el calor que emanaba de su cuerpo y el aliento de su respiración entrecortada mientras corría con ella a través de un sendero abrupto y escarpado. Temiendo caerse, se aferró a su cuello con fuerza y aspiró con más intensidad el olor que la mareaba. De pronto el escenario cambió. Estaba apoyada contra un árbol, el cuerpo poderoso de Eric sobre el suyo. Largos mechones de pelo castaño se enredaban en sus dedos mientras él levantaba el *kilt* de color verde y negro que vestía para apretarse contra sus caderas. Buscó su boca y se apoderó de ella con un beso hambriento y cargado de deseo. A continuación, le sintió invadiendo su interior y abrió las piernas para facilitarle el acceso. Sentía contra su espalda la rugosidad del árbol haciéndole daño, pero no importaba. Nada importaba salvo el deseo salvaje con que Eric estaba tomándola, con que ella estaba respondiendo. Las furiosas embestidas la hacían jadear contra su boca, sus propias manos se aferraban a él atrayéndolo una y otra vez hacia su interior, más fuerte, más rápido, más... más... Gritó cuando la llevó al orgasmo, un orgasmo salvaje como nunca había sentido antes.

—¡Cris! ¡Criiisssss! —Las leves sacudidas la hicieron volver a la realidad. Amanda estaba sentada en la cama a su lado tratando de despertarla.

Se sacudió el sueño lo mejor que pudo. Estaba empapada en sudor, temblando como una hoja. El vientre le ardía y apenas podía respirar.

—Despierta..., ya pasó. Estás aquí, en tu cama.

Cris aspiró una bocanada de aire para tranquilizarse.

—Gritabas como una loca... ha debido de ser terrible.

—Terrible, sí. Ni te imaginas cuánto. ¿De veras gritaba?

Amanda asintió, enjugando con la sábana el sudor que perlaba la frente de su amiga.

—Como si te estuvieran matando. ¿Era eso lo que soñabas?

—Algo así. Algo muy muy terrible.

—Relájate y trata de dormirte de nuevo.

—No creo que pueda... Voy a levantarme y a leer un rato, necesito distraer la mente. Sigue durmiendo tú.

—Puedo levantarme contigo y charlar sobre ello.

—No, si hablo sobre ello no lo olvidaré, y este sueño es de los que es necesario olvidar, créeme.

—De acuerdo.

Apoyada en las muletas se trasladó hasta el sofá. Allí cerró los ojos tratando de calmar el temblor que aún la acometía, de ignorar el deseo que sentía y de sacar de su mente las imágenes que se mantenían vívidas en ella a pesar de haber despertado. Tendría que dejar de ver a Eric, no podría volver a enfrentarse a él después de aquello. Había sido tan real que de verdad había sentido las embestidas del sueño, el poderoso orgasmo. Se sentía como si de verdad hubiera echado un polvo bestial minutos antes. Amanda debería arreglárselas por sí misma para atraer la atención del hombre o aquello iba a acabar muy mal. También tenía que volver a su casa por las noches, no podía arriesgarse a que se repitiera lo sucedido un rato antes y averiguara... ¿Qué? ¿Que se sentía atraída por Eric? ¿Se sentía en realidad, o solo porque era la única persona que llegaba hasta ella en su confinamiento?

Debía poner distancia con él y también con Amanda, ella no debía averiguar lo que estaba pasando.

Alargó la mano y agarrando el mando de la tele se dispuso a tragarse cualquier cosa que echaran.

11

El regalo

Despertó en el sofá con el cuello lastimado. Se masajeó con ambas manos tratando de aliviar el dolor, pero solo consiguió agravarlo. Amanda se había marchado, no sin antes cubrirla con una manta ligera, que aparecía enredada entre sus piernas. Una nota reposaba encima de la mesa.

«Te he visto dormir tan plácidamente que no he querido despertarte. De todas formas, ya me he dado cuenta de que puedes vestirte sola y de que te preparas algún que otro tentempié. En la cocina tienes el desayuno organizado, solo debes pulsar el botón de la cafetera y seleccionar los minutos en el microondas para calentar la leche. Que tengas un buen día.»

Cogió el móvil y le envió un *whatsapp*.

«Gracias, Amanda. Me dura elcuelo peran paso nada. Hostia lugo.»

Breves minutos después recibió la respuesta.

«??????»

«Crissssss, revisa lo que escribes antes de mandarlo. Sé que el corrector te lo cambia todo, pero LÉELO antes de darle a enviar. ¡¡¡Cualquier día te vas a llevar un disgusto!!!»

Suspiró. Lo había hecho de nuevo. Siempre se proponía mirar bien lo que enviaba, pero a veces se le olvidaba revisarlo.

«Que me duele el cuello. He debido de coger mala postura.»

«Eso tiene fácil solución. Llama a Eric para que te dé un masaje.»

«No, a Eric no. Me pone color.»

«Pondré calor.»

Soltó el móvil. Lo último que le hacía falta eran las manos de Eric tocándole el cuello o cualquier otra parte del cuerpo. Aún tenía frescas en su mente las imágenes del sueño y en su cuerpo las sensaciones vividas.

Se levantó con cuidado y tras pasar por el cuarto de baño se preparó el desayuno. El café la despejaría y la haría sentir mejor.

Cuando Eric la llamó por la tarde, a la salida del trabajo, lo ignoró. Dejó el móvil sonar una y otra vez decidida a poner distancia. Ni siquiera quería escuchar su voz por si la convencía de alguna forma para que le recibiese, cosa que, dicho sea de paso, no le desagradaba en absoluto.

Él dejó sonar el aparato y, cuando la llamada finalizó, esperó un cuarto de hora antes de insistir. Después sacudió la cabeza, nervioso ante el mismo resultado. Era la tercera vez que la llamaba sin conseguir hablar con ella.

—¿Qué te pasa? —le preguntó Moisés, sentado ante el ordenador, leyendo un informe con detenimiento.

—Cristina no me coge el teléfono.

—Estará ocupada. Vuelve a intentarlo más tarde.

—He llamado varias veces, dejando un intervalo razonable, pero sigue igual. También le he mandado un *whatsapp* y ni siquiera lo ha leído. Estoy preocupado.

Moisés suspiró. Se llevó las manos al cuello, dolorido por la tensión de los últimos días, y miró a su amigo.

—¿Qué te preocupa? ¿Que no quiera saber de ti o que le haya pasado algo?

—Las dos cosas. Ayer estaba muy simpática. Salimos a dar una vuelta, nos tomamos algo y fue genial; aunque debo reconocer que al final de la noche estuvo bastante callada. Creía que estábamos rompiendo el hielo... y hoy no me coge el teléfono. Aunque también ha podido sufrir una caída y haberse lastimado; tengo la intuición de que no está todo lo quieta que debería.

Moisés le alargó su móvil con gesto cansino.

—Llama desde aquí y averígualo. Y después déjame trabajar, estamos con un caso muy jodido y necesita toda mi atención.

—Gracias, no se me había ocurrido.

Eric tecleó el número que se sabía ya de memoria, y al tercer timbrazo escuchó la voz de Cristina.

—Diga.
—Cris, soy yo. ¿Estás bien?
—Sí, claro.
—Te he llamado varias veces y no coges el teléfono.
—Estaría hablando.
Eric sabía que no era verdad, había cierta dureza en la voz de la chica.
—Me he preocupado, pensé que podías haberte caído y lastimado.
—Estoy bien.
—Me alegro. ¿Te parece si me acerco a verte un rato y salimos a dar una vuelta?
—Imposible, tengo mucho que hacer.
—¿En serio? ¿Como qué?
—He conseguido poner una lavadora y debo tender la ropa.
—Eso te llevará poco tiempo. Si no te apetece salir, cuando termines podemos ver *Jara y sedal*, el otro día me resultó de lo más interesante y me encantaría saber cómo sigue.
Tuvo que aguantar la risa ante la cara estupefacta de su amigo. Salió con discreción de la estancia.
Cris no sabía cómo rechazar su ofrecimiento, no podía decirle que no quería verle más y fastidiar a Amanda; pero sí necesitaba unos días de distancia. Inventó sobre la marcha.
—¡Qué va, tengo para toda la tarde!
—¿Tanta ropa has lavado?
—La normal, pero... —No era buena improvisando y soltó lo primero que se le ocurrió—. Tiendo la ropa varias veces.
Eric sacudió la cabeza, incrédulo.
—¿Cómo que varias veces? ¿La misma ropa?
—Sí, verás... primero pongo los calcetines delante y los jerséis detrás. Luego lo quito y lo hago al revés. Me suele llevar bastante tiempo. Horas, hasta que consigo que esté a mi gusto.
—¿Y haces eso siempre?
—No, solo cuando tengo tiempo. Amanda se suele burlar mucho de mí al respecto. Ella no es así.
—Ya. Bien, entonces está claro que no nos vemos hoy, ¿no?
—Imposible.
—De acuerdo. Te llamo mañana a ver si estás menos ocupada. Dale recuerdos a Amanda.
—Se los daré de tu parte.

Cuando colgó, Cris no pudo evitar echarse a reír.

«Debe de pensar que soy gilipollas. Mejor, así dejará de interesarse por mí.»

Eric, por su parte, entró de nuevo en el salón para devolverle el móvil a Moisés.

—Por tu cara deduzco que hoy no habrá encuentro.

—No. Y me ha puesto la excusa más peregrina que me ha dado nunca una mujer.

—¿Cuál?

—Que tiene que pasarse toda la tarde tendiendo la ropa. Que la quita y la pone una y otra vez hasta que está a su gusto.

—No creas que es tan extraño, Eric. Hay gente muy rarita por el mundo. He visto ropa tendida por colores o por tamaño, personas que solo pisan los adoquines pares en las aceras, o que solo usan toallas azules. En mi profesión se ve de todo.

—Esto suena a excusa burda y nada más. Aunque Cris tiene algunas cosas muy originales en su forma de ser, esto ya roza lo increíble. En fin... lo dejaremos para otro día.

—No piensas rendirte.

—Por supuesto que no. Le daré un poco de espacio y volveré a la carga. No aguantará mucho tiempo encerrada y sola. Su amiga llega por las noches, y mientras tanto se aburre como una ostra.

—Cuando no tiende la ropa.

—Eso. ¿Hace una partida de algo?

—Imposible, Eric. Estoy buscando información de unos tipos y en jefatura no hay la tranquilidad suficiente estos días. Tenemos un caso muy complicado entre manos.

—Vaya, es extraño que te traigas trabajo a casa.

—Hay un asesino suelto y si mi instinto no me falla va a volver a actuar. ¿Recuerdas el caso que ha saltado a los medios estos días?

—¿El del señor mayor que apareció muerto en su casa?

—Sí.

—¿No hay pistas? ¿Familiares? Suelen ser los principales sospechosos.

—No lo creo en este caso. Yo pienso que la cosa va por otro lado. Vivía solo, y algunos vecinos han declarado que recibía frecuentes visitas de chicos jóvenes. Si tiene familiares, nadie los conoce y no parece tener mucho trato con ellos.

—¿Dinero?

—Algunos ahorros, pero nada demasiado cuantioso. Aunque sacaba cantidades importantes de vez en cuando, la última vez unos días antes de su fallecimiento.

—¿Y cuál fue la causa de la muerte?

—Golpes en la cabeza, un par de ellos fatales de necesidad. No parece que hubiera ensañamiento; una vez muerto, el asesino se marchó. Y yo estoy tratando de seguirles la pista a algunos de los chavales que frecuentaban su casa.

—¿Menores?

—No lo sé, no lo creo. Una vecina bastante cotilla ha hecho un par de descripciones muy detalladas, y espero conseguir algo de ellas. Tengo la intuición de que no se trata de una venganza personal, sino de un *modus operandi*, y tal vez tengamos fichado al asesino.

—En ese caso, te dejo trabajar.

—Siento no poder dedicarte un rato. Claro, que estarás deseando saber cómo sigue el misterio de *Jara y sedal*... Cuando averigües si las truchas se pescan con gusano o con mosca, o el favorito de la carrera de galgos, me lo cuentas, para ponerlo en la ficha policial.

—¡Vete al cuerno! —Rio—. ¿Tú no has hecho nunca alguna idiotez por una mujer?

—Infinitas.

—Voy a dar una vuelta, necesito un poco de movimiento.

—Trae la cena al regresar.

—De acuerdo. Hasta luego.

Salió a la calle y durante un rato caminó a grandes zancadas, algo que siempre conseguía relajarle. Estaba convencido de que Cris había puesto una excusa burda para evitarle, y tenía que pensar en la forma de conseguir verla de nuevo, si ella persistía en su actitud. Llevarle dulces podría funcionar, pero si abusaba de eso acabaría por cansarla. Al pasar junto a una perfumería, la idea le surgió de repente. Algo especial, algo que no pudiera rechazar. Cambió de dirección y se encaminó a la pequeña tienda de su amiga Elisa. No estaba lejos y esperaba encontrarla aún abierta.

A punto ya de echar el cierre, Elisa le vio entrar.

—¡Dichosos los ojos! ¿Qué te trae por aquí?

Era una mujer de mediana edad, alegre y dicharachera. Vestía de oscuro para disimular una complexión robusta. Años atrás, después de un accidente de tráfico en el que estuvo a punto de perder la vida, Eric se ocupó de rehabilitar uno de sus brazos, seriamente lesionado, y eso había creado un vínculo amistoso entre ambos que se había mantenido en el tiempo.

—¿Se me ha pasado mandarte tu colonia? ¿Ya no te queda?

Él rio mientras la abrazaba con efusividad. Normalmente, cuando recibía el nuevo frasco, Eric solía llamarla para tomar un café o se pasaba por la tienda para agradecérselo.

—No, aún me queda. He venido para pedirte un favor. Hacerte un encargo, en realidad. Quiero hacer un regalo, algo especial, y he pensado en uno de tus perfumes exclusivos.

—Una chica.

—Una chica, sí —dijo sonriendo.

—Necesitaría conocerla.

Negó con la cabeza.

—No puede ser, se trata de una sorpresa.

—¿Puedes mostrarme una foto?

Eric buscó en el móvil la que Cris tenía en el perfil de la página web y que había descargado.

—Es guapa.

—Mucho.

—¿Tienes alguna prenda de ropa impregnada de su aroma? Eso me facilitaría mucho las cosas. Si conozco su olor corporal puedo acercarme más al perfume idóneo.

—No creo que pueda conseguir eso, no somos pareja ni nada parecido.

—No te estoy pidiendo unas bragas, Eric, no seas burro. Un jersey, un fular...

—Veré qué puedo hacer.

—Bien, házmelo llegar. ¿Para cuándo lo necesitas?

—No hay una fecha concreta, lo antes que puedas.

—De acuerdo.

—¿Tomamos algo?

—Claro.

Elisa echó el cierre y le miró socarrona.

—¡De modo que el bueno de Eric está emparejado!

—Aún no... pero confío en que con tu ayuda pueda dar un

paso adelante para conquistarla. De momento se muestra un poco reacia.

—Me esmeraré. Entre mi perfume y tu encanto personal, no se te resistirá.

Entre risas echaron a andar por la calle buscando un bar donde continuar la conversación.

12

Malhumor

Contra todos sus deseos, Eric dejó pasar varios días sin llamar a Cristina. El primero, ella se sintió aliviada, pero al segundo no pudo evitar dar un respingo cada vez que sonaba el móvil. Sus compañeros de inmobiliaria, un par de clientes solicitando una visita guiada y, sobre todo, Amanda, que la telefoneó a media mañana, colmaron su paciencia y la llenaron de decepción al comprobar el identificador de llamadas.

Cuando al fin aquel mediodía el esperado nombre de Eric se perfiló en la pantalla, se apresuró a responder, sentándose erguida en el sofá y atusándose el pelo revuelto, como si él pudiera verla. Llevaba días sin más contacto humano que la visita de Amanda a última hora de la noche, y esta muy breve. Tras el incidente del sueño, había convencido a su amiga de que podía valerse sola, y después de la cena y un breve rato de charla esta se marchaba a dormir a su casa.

—Hola, Eric —saludó con más efusividad de la que hubiera deseado. Al otro lado de la comunicación, él detectó la alegría en la voz de Cristina.

—Hola, Cris. ¿Cómo estás?

—Bien. Ya sabes, contando los días para volver a ser libre.

—Ya te queda menos, mujer.

—¿Menos? Solo han pasado quince días.

—No lo enfoques así; mejor piensa que ya han pasado quince días y solo te quedan treinta.

—No voy a sobrevivir —comentó afligida.

Eric rio con ganas.

—Claro que sí, es cuestión de paciencia.

—La estoy derrochando a raudales.

—Seguro que encuentras la forma de entretenerte. Eso de hacer las cosas varias veces me parece una idea estupenda.

—¿Te estás burlando de mí? ¿Me has llamado para eso?

—No, que va. En realidad te llamaba para pedirte el teléfono de Amanda.

Si le hubieran echado por encima un jarro de agua helada no se habría sentido peor.

—¿Quieres el teléfono de Amanda? —preguntó como si no hubiera entendido la petición.

—Sí. ¿Crees que le importará si la llamo?

—No, claro que no —admitió con su entusiasmo totalmente desinflado—. Estará encantada, seguro.

—Bien, pásamelo por *whatsapp*, por favor, así no lo olvidaré.

—De acuerdo. ¿Algo más? —preguntó, brusca y con un evidente tono de enfado que no fue capaz de disimular.

—No, nada más. Veo que hoy no estás de humor.

—Estoy de un humor excelente.

—Bien, me alegro por ti. A ver si puedo acercarme una de estas tardes a verte un rato.

—Cuando quieras —gruñó.

Al colgar, Eric miró fijo al pequeño aparato que se perdía en su enorme mano. Le había pedido el teléfono de Amanda con la intención de hacerla su cómplice para que le proporcionase una prenda de ropa de Cris que llevarle a Elisa. Pero era evidente que le había molestado. ¿Estaba celosa, o simplemente de mal humor? No podía estar seguro, aunque confiaba en que fuera lo primero. Por si acaso la haría esperar su visita un poco más. Por muchas ganas que tuviera de ir a verla, esperaría.

El sonido de un mensaje entrante, con un número de teléfono, le hizo sonreír. Solo el número, ni una sola palabra de saludo o explicación. Tecleó un escueto «gracias» y sonrió satisfecho antes de volver al trabajo.

Cris tiró el móvil contra el sofá con un enfado que no podía disimular. Lo habían conseguido: Eric se estaba interesando por Amanda y con toda probabilidad no volvería a hacerle una visita, y ella moriría de aburrimiento encadenada a aquel sofá. Irritada, envió el mensaje a su amiga y ni siquiera miró lo que había escrito. La pierna sana se agitaba contra el sofá con un movimiento repetitivo y convulso, signo inequívoco de su mal humor.

«Eroe tiebe el número de tono. Felicidades.»

Amanda contestó unos segundos después.

«Hola, Cris. Traduce, por favor, porque no es mi cumpleaños para que me felicites.»

Cristina miró el mensaje que acababa de enviar y gruñó, tecleando con cuidado a continuación:

«El maldito corrector. Solo pretendía decirte que Eric me acaba de pedir tu número de teléfono y que tiene intención de llamarte.»

Amanda sonrió ante el tono desabrido de su amiga y dijo fingiendo entusiasmo:

«Oh, genial. Ha tardado menos de lo que esperábamos, ¿verdad?»

«Por supuesto. No ha podido evitar compararnos... a estas alturas debo parecerle una imbécil rematada.»

«Debes reconocer que obligarle a ver *Jara y sedal* no es lo mejor del mundo para seducir a un hombre.»

«¡Yo no pretendía seducirle, esto era para que se fijase en ti, ¿recuerdas?! Pero disfrutaba de un rato de compañía en medio de este aburrimiento que me está matando.»

«Ya lo sé, mujer, y te doy las gracias. Puedes seguir disfrutando de eso, Cris, aunque le hayas dado mi teléfono.»

«Lo dudo. Ni siquiera ha mencionado la posibilidad de venir a verme. Claro que la culpa es mía, debe de creer que estoy loca de remate.»

«A ver, ¿qué has hecho ahora?»

«La última vez que llamó e insinuó venir le dije que no podía recibirle porque tenía que pasarme *toda* la tarde tendiendo una y otra vez la ropa, hasta que quedara a mi gusto.»

«Bueno, no es tan descabellado si tenemos en cuenta que haces retroceder el programador de la lavadora antes del aclarado para que lave dos veces.»

«Eso es cuando la ropa está muy sucia.»

«Lo que tú digas. Ahora tengo que dejarte, me he escapado al baño para hablar contigo y ya debo volver. Si quedo con Eric y no me puedo pasar por tu casa a la hora de siempre, te aviso.»

—¡Que te diviertas! —gruñó con la bilis rebosándole por todos los poros.

Cogió el mando de la televisión y empezó a buscar algo aceptable que ver. Si Amanda se liaba con él, se iba a morir de asco, abandonada por los dos.

Poco rato después llamaron a la puerta. El corazón se le desbocó pensando que podía tratarse de Eric, pero solo le duró un momento. La sonrisa alegre de Rocío, que portaba un par de libros en la mano, la volvió de nuevo a la tierra.

—No soy quien esperabas.

—No esperaba a nadie.

—En ese caso, puedo pasar y hacerte un rato de compañía.

—Se agradece... porque hoy hasta Amanda me puede abandonar.

—¿Y eso?

—Una cita.

La chica la siguió hasta el sofá y se acomodó a su lado.

—Te he traído unos libros sobre *highlanders*.

—¡Buf!

—Creí que te gustaban, pero puedo buscar otra cosa, si hay algo que tengo son libros.

—Me gustan más de lo que debería —admitió.

—A mí también me encantan. He leído muchísimas novelas sobre ellos.

—¿Tú crees que es cierto eso de que no llevan nada bajo el *kilt*?

—Eso parece. En los libros simplemente se levantan la falda y ¡catapún!

La mente de Cris empezó a tejer imágenes indeseadas.

—Eso... debe de ser muy cómodo.

—Eso debe de ser estupendo, porque las cremalleras de los vaqueros a veces se resisten y se atascan.

—Sí... Y deben de ser muy calientes.

—¿Los tartanes? Son de lana.

—No, ellos... los *highlanders*... siempre van medio desnudos.

—No siempre, Cris. A veces llevan unas chaquetas preciosas. En Escocia hace un frío de mil demonios y por muy machotes que sean el invierno es el invierno. Pero calientes sí que deben de ser, porque siempre están dispuestos.

—Ayyy, quién pillara uno —suspiró. Un escocés de libro solucionaría todos sus problemas.

—Verdad.

—Pero tú tienes a tu novio.

—El pobre ya está acostumbrado a compartirme con los protagonistas de las novelas. Es un santo.

Cris rio. La llegada de Rocío había llevado un soplo de aire fresco al bloque, y poco a poco se estaban haciendo amigas. Llevaba varios días sin pasar por su casa y la había echado de menos.

—¿Un café? —propuso. Llevaba toda la tarde sin comer nada y ni se había percatado de ello.

—Sí, aunque no duerma esta noche. Fernando me lo agradecerá —rio.

Mientras lo preparaban, Cris sintió que el enfado que había empezado a acosarla se desvanecía. La charla con Rocío la distraía de lo que pudiera estar pasando entre Amanda y Eric y mantenía su mente lejos de pensamientos molestos. La tarde no estaba resultando tan mala como había temido.

Amanda aguardó expectante la llamada de Eric y no porque tuviera el menor interés en su persona, sino por la curiosidad que le despertaba. Si algo tenía claro era que no estaba en absoluto interesado en ella, sino en su amiga.

Cuando a media tarde esta se produjo, y Eric le comentó que necesitaba una prenda de ropa que Cris hubiera usado para regalarle un perfume personalizado, se prestó en seguida a colaborar. Quedaron en verse al día siguiente a la salida del trabajo para entregársela y sonrió al pensar en cómo se iba a mosquear Cristina cuando le hablara de la cita, sin mencionar en absoluto el motivo real de esta.

Cuando por la noche llegó a casa de su amiga, el mal humor de esta no había hecho más que aumentar. Después de que Rocío se marchara, su mente había retomado el hilo de los pensamientos anteriores y recibió a Amanda con cajas destempladas.

—Un poco tarde hoy, ¿no?

—Sí, he pasado por el supermercado para traer una botella de vino con que acompañar la cena.

—¿Algo que celebrar?

—No seas suspicaz, Cris, solo trato de hacer más llevadero tu encierro. No es la primera vez que nos damos un homenaje sin motivo alguno.

Amanda cogió dos copas del mueble del salón y procedió a descorchar la botella.

—¿No te ha llamado Eric, entonces?

—Sí me ha llamado.

—¿Y?

La pregunta sonó un poco más ansiosa de lo que pretendía.

—Hemos quedado para tomar algo mañana después del trabajo.

Aceptó la copa que le tendía su amiga y bebió un largo trago. Demasiado largo para saborearlo.

—¡Ehhh!, que me ha costado un dinero la botella. No te lo bebas como si fuera el vino peleón que tomas mezclado con gaseosa en los bares.

—¡No pretenderás que haga esa estupidez de pasearlo por toda la boca antes de tragármelo!

—No, mujer, solo que lo paladees un poco. Pero ya veo que estás de un humor de perros, así que tómate la botella entera de un trago si te hace sentir mejor.

—No estoy de un humor de perros, solo aburrida. Ya no sé qué hacer para distraerme... Menos mal que Rocío ha pasado a hacerme compañía un rato.

—Podrías aprovechar para hacer limpieza.

Cristina le lanzó una mirada iracunda.

—¡Ojalá pudiera! Pero estoy aquí sentada en este sofá sin poder moverme mientras las pelusas y el polvo toman posesión de mi casa sin que pueda hacer nada para evitarlo.

Amanda se sentó junto a su amiga y se dispuso a disfrutar de su bebida. Imaginaba a Cris todo el día sola en casa y sentada, y sabía lo que le estaba costando seguir las indicaciones de los médicos.

—No me refería a ese tipo de limpieza, mujer. Sino a que puedes aprovechar para librarte de cosas sobrantes que no necesitas. De parte de lo que has comprado en oferta y que después de un tiempo te has dado cuenta de que no vas a usar. Puedes venderlo en alguna de esas páginas de compraventa donde la gente se deshace de regalos indeseados y cosas que no usará jamás.

—¿Wallapop?

—Por ejemplo. Si quieres después de cenar nos ponemos las dos, abrimos una cuenta y mañana continúas tú sola.

—No tengo nada que no necesite.

Ante la intensa mirada de Amanda, reconoció:

—Bueno, quizás algunas cosas... los novecientos sobres que me quedan de aquel lote que compré hace tiempo para enviar felicitaciones de Navidad. Ahora todas se mandan por *whatsapp*.

—A ese tipo de cosas me refería.

—También las aletas de buceo, porque no he buceado en mi vida y no creo que lo haga.

—Seguro que encuentras muchas más.

Cris sentía que el mal humor que se había apoderado de ella a lo largo de la tarde se disipaba poco a poco.

—Seguro... Sírveme otra copa, vamos a celebrar la gran venta. Y con el dinero que saquemos cuando me quiten esto —alzó el pie y miró con asco la escayola—, nos vamos a comer a un sitio de postín.

—No creo que te den demasiado por los sobres y las aletas de buceo... Como mucho tendremos para una hamburguesa.

—Lo que sea.

—Así me gusta verte, animada. Ahora vamos a cenar y seguro que te sentirás mejor. Si quieres esta noche me quedo a dormir contigo, para compensarte porque mañana vendré más tarde.

—De acuerdo... y hagamos algo divertido.

—Como vender sobres.

—Sí.

Tras la cena, ambas amigas instalaron en el móvil la aplicación que les permitiría comprar y vender objetos de segunda mano y durante un rato estuvieron echándoles un vistazo a las ofertas. Amanda hizo prometer a su amiga que no iba a comprar nada por muy barato que estuviera, y al final subieron algunas fotos de objetos que Cris pretendía vender.

Al final, con la botella de vino terminada, se acostaron.

—Amanda...

Era el momento de las confidencias, ya lo esperaba. Con una buena dosis de alcohol en el cuerpo, Cristina solía hablar de todo lo que se guardaba habitualmente.

—Dime.

—¿Vas a enrollarte con Eric mañana?
Sonrió en la oscuridad.
—Claro que no, solo vamos a tomar algo juntos. Y a conocernos mejor.
—Le gustas.
—Aún no, pero quizás con el tiempo... Gracias, Cris, te debo una.
—De nada... —dijo con poca convicción—. He intentado hablarle de ti, de lo estupenda que eres... y quitarle de la cabeza la tonta inclinación que sentía hacia mí.
—Creo que hacerle ver *Jara y sedal* fue definitivo.
—No te burles, te estoy hablando en serio.
—Y yo también. ¿Estás segura de que no te gusta, Cris? Porque si es así, yo me retiro. Todavía puedes invitarle a ver otra cosa mañana.
—Claro que no, esto lo hago por ti. Además, hace días que no aparece, está claro que, si sentía algún interés por mí, se ha evaporado. Disfruta de tu cita.
—De acuerdo. Ahora vamos a dormir... aunque antes voy a beber un vaso de agua. ¿Te apetece uno?
—No, gracias.
Amanda se levantó y se dirigió a la cocina. Al pasar por el perchero del salón, donde Cris solía colgar el bolso y otros complementos, cogió un fular de cuello y lo guardó en su bolso. Después regresó a la cama.

13

Amanda

Eric la esperaba a la salida del trabajo, tal como habían quedado el día anterior. Amanda se dirigió hacia él con una sonrisa. No quería pensar en lo que la mente de Cris estaría especulando de ellos, seguro que los imaginaba fundidos en un tórrido abrazo y a punto de irse a la cama. No le gustaba hacerle eso, no se lo merecía, pero por otra parte era necesario para que se diera cuenta de lo que en realidad Eric empezaba a despertar en ella. Y para que olvidase de una vez su pasada experiencia con el que fuera su pareja durante cinco años. Adolfo le rompió el corazón, le machacó la autoestima y le dejó pocas ganas de intentarlo de nuevo. Pero Eric era diferente.

—Hola, Amanda. Gracias por venir.

—No me las des, por Cris hago lo que sea. Aquí al lado hay un bar donde podemos tomar algo y charlar tranquilamente.

Juntos se encaminaron al local y una vez acomodados en una mesa Eric preguntó:

—¿Has traído lo que te pedí?

—Por supuesto —respondió con una sonrisa sacando del bolso un largo pañuelo en tonos azules—. Aquí tienes.

Eric lo cogió y se lo acercó hasta al rostro para apreciar el olor.

—Huele a Cris.

—Claro. ¿No sabías que es en el cuello donde el olor corporal se aprecia con más nitidez?

—No tenía ni idea.

—Espero que sea suficiente para elaborar el perfume.

—Lo será. Yo espero que a Cris le guste y no me lo rechace.

—No creo que lo haga, Eric.

—No sé, Amanda... no estoy seguro de sus motivos para permitirme visitarla. A veces tengo la sensación de que intenta emparejarme contigo.

Amanda rio con ganas antes de degustar su cerveza. Estaba sedienta y el líquido dorado se deslizó fresco por su garganta.

—¿Lo hace?

—Sí, Eric. Tuve que decirle que me interesabas para que quisiera verte, pero no te preocupes, no es cierto. Estás como un tren, pero no eres mi tipo. Y desde el primer momento he sabido que te gusta Cris.

—Me gusta mucho, pero no empezamos con buen pie, me temo. Creo que no me perdona que la confundiera con una prostituta.

—No tiene que ver contigo, sino con una antigua relación que acabó muy mal. ¿No te ha hablado de Adolfo?

—Me comentó que había salido con alguien, pero sin dar detalles.

—Adolfo y ella se conocieron muy jóvenes y se fueron a vivir juntos al poco tiempo. La relación iba bien, no parecía que tuvieran problemas más allá de que no es fácil convivir con Cris y su hiperactividad. Ella le adoraba, y cuando él se quedó sin trabajo le animó a estudiar y corrió con todos los gastos de la casa mientras se sacaba la carrera. Pero al terminar, y en cuanto encontró trabajo, el muy capullo la dejó. Y lo peor es que la convenció de que ella y su forma de ser habían sido las culpables, de que era un auténtico suplicio vivir con ella, cuando la verdad era que llevaba más de un año acostándose con otra. Cris no lo sabe, yo lo averigüé poco después de su ruptura, pero estaba tan mal que no quise añadir la traición y la humillación al dolor que ya sentía. Tardó mucho en recuperarse de aquello, se quedó convencida de que era imposible que alguien la quisiera, que siempre iba a estropear cualquier relación que pudiera tener. Adolfo hizo un trabajo magistral para no quedar como el cabronazo que era.

—Caramba...

—Ni se te ocurra decirle que te he contado esto. Si alguna vez te habla de ello, bien, y si no, no te des por enterado.

—No te preocupes.

Eric miró al frente, pensativo.

—Voy a conseguir que le olvide...

—Ya le ha olvidado, Eric, hace de esto casi cinco años... pero lo que no ha olvidado es la experiencia. Ni la inseguridad en sí misma que le dejó. Se siente fea, torpe...

—¿Fea? Si es preciosa... Y esa mirada limpia y sincera que tiene me atrapó desde el principio.

—Lo sé; ya quisiera yo tener su cutis y su figura. Y esos ojazos verdes... Pero lo mejor de Cris es su corazón, su calidad como persona. Se dejaría matar antes de hacer daño a alguien. Por eso sé que anda debatiéndose entre lo que siente por ti y lo que cree que siento yo.

—¿No deberías aclarárselo?

—Me encantaría, pero en ese caso puedes despedirte de hacerle más visitas. Está aterrada por lo que despiertas en ella y pondría distancia entre vosotros. Si sigue permitiendo que la visites es porque cree que me ayuda a mí, así que tendremos que mantener el secreto un poquito más.

—Pensaba dejar pasar unos días antes de ir a hacerle una visita, hasta que tuviera el perfume, pero creo que me voy a acercar mañana. Tengo muchas ganas de verla.

—Hazlo, está desesperada. Está vendiendo cosas en Wallapop en vez de comprar para distraerse... o al menos eso espero. Lo mismo me encuentro un sarcófago egipcio en el comedor cuando llegue.

—¿Tanto?

—Si está barato... Y mejor me marcho ya, se estará comiendo la cabeza imaginando que estamos follando como conejos en cualquier rincón. Tendré que convencerla de que solo hemos tomado una copa y charlado un rato.

Eric se levantó.

—Cris es muy afortunada de tener a alguien como tú en su vida.

—Te equivocas, la afortunada soy yo.

Se despidieron y, poco después, Amanda abría con sus llaves la puerta de Cristina.

A simple vista no la encontró en el salón, perfectamente visible desde la entrada.

—¿Cris?

—En la cocina.
Amanda entró en la estancia y encontró a su amiga subida en la encimera.
—Menos mal que has llegado, me he subido y ahora no puedo bajar.
—¿Qué diablos haces ahí? ¡Por Dios, vas a matarte! Tienes una escayola, por si lo has olvidado. ¿Pretendes romperte la otra pierna?
—Estaba buscando esta cacerola, que nunca uso —dijo mostrando un enorme recipiente, casi sin estrenar—, para venderla. Estaba en el último estante del mueble.
Amanda suspiró y la agarró de la cintura para ayudarla a descender, y a punto estuvieron de acabar ambas en el suelo.
—¿No podías esperar a que yo llegase?
—Estaba muy aburrida y necesitaba distraerme. Pensaba que ibas a tardar —confesó con aire culpable.
Amanda sacudió la cabeza. Leía en Cris como en un libro abierto.
—Solo hemos tomado una copa. ¿Creías que íbamos a arrojarnos uno en brazos del otro como fieras? Charlamos un rato, y después nos hemos despedido.
—Es muy agradable, ¿verdad? Me refiero a Eric.
—Sí, lo es. Yo siempre lo he pensado, eras tú la que no confiabas en él. Decías que era un putero, un pervertido. ¿Recuerdas?
—Eso era antes de que me trajera pasteles y croquetas. —«Y que me cogiera en brazos, y me hiciera compañía», pensó—. Pero ahora he cambiado de opinión. Y menos mal, ¿no?, porque puede convertirse en mi «cuñado».
—Nos estamos conociendo, no adelantes acontecimientos.
—Seguro que va bien, Amanda. ¿Cómo puede alguien no quererte?
Desarmada, esta abrazó a su amiga. A punto estuvo de confesarlo todo, pero aguantó con firmeza la decisión de esperar un poco más y dejar que la atracción que Cris sentía por Eric arraigase más profundamente. La sombra de Adolfo y sus tentáculos estaban aún demasiado cerca.
—Todo el mundo me va a querer si tú hablas de mí de esa manera.
—Es la verdad, eres maravillosa, guapa, alegre, simpática...

—Anda, anda, zalamera, que te voy a dar de comer igual.

—Primero quiero tomar una ducha. ¿Me ayudas a plastificarme?

—Por supuesto, pero tienes que prometerme que no volverás a subirte a ningún sitio mientras no estoy, ¿de acuerdo?

—Prometido.

Una vez más emprendieron la engorrosa tarea de enfundar la pierna de Cris en bolsas de plástico. Luego, la ayudó a entrar en la bañera, manteniendo la pierna lo más lejos posible del chorro de la ducha.

—El día que pueda ducharme otra vez como una persona normal, y sin ayuda, no me lo voy a creer.

—Ya te queda menos, mujer.

—Eso dice Eric. Que imagino ya no volverá a aparecer por aquí...

—Me ha comentado que pasaría a verte una de estas tardes.

—Ya...

—Siempre puedes llamarle tú y pedirle cita para un masaje. Debes de tener la espalda hecha polvo de pasar tanto tiempo sentada en el sofá.

—La tengo. Pues creo que lo voy a hacer. No te importa, ¿verdad?

—Claro que no. Es su profesión.

Mientras se duchaba, Amanda contemplaba el precioso cuerpo de Cris y no dejaba de pensar en cuánto tiempo llevaba sin recibir las caricias de un hombre. Ya le tocaba sentir unas manos masculinas, aunque fuera en la espalda.

—Llámale ahora cuando termines, por si tiene que organizar horarios.

Ante la perspectiva de recibir la visita de Eric al día siguiente, se dio prisa en ducharse. Después, mientras Amanda preparaba la cena, le llamó. Él respondió al momento.

—Hola, Eric.

—Cris... ¿No irás a preguntarme por Amanda? Hace ya bastante rato que se marchó hacia tu casa.

—Amanda está aquí. Te llamo por mí, para solicitar tus servicios. Tengo un dolor de espalda tremendo y me preguntaba si podrías darme un masaje.

—Encantado; ya me imaginaba que estarías fatal a estas alturas. ¿Cuándo?

—Cuando a ti te venga bien... lo antes posible. Cobrando, por supuesto.

—¿Mañana por la tarde?

—Me parece bien. Acabo de mirar mi apretada agenda y tengo un hueco de tres a diez.

Eric se echó a reír.

—Estaré ahí sobre las seis.

—Te puedes quedar a cenar, así charlas con Amanda un rato cuando llegue.

—No sé, ya vemos mañana, Cris. Ah, ponte algo fácil de quitar, porque necesitaré la espalda sin ropa.

Cristina empezó a notar que un intenso calor la recorría de pies a cabeza. ¿Sin ropa? ¿Las manos de él directamente sobre su piel desnuda?

—Vale. Lo intentaré. Nos vemos.

—¿Qué te pasa? —preguntó Amanda al ver su desconcierto cuando pulsó el botón para cortar la llamada—. ¿No puede venir?

—Sí, mañana por la tarde.

—¿Y a qué viene esa cara?

—Me ha dicho que el masaje me lo tiene que dar directamente sobre la piel.

—Pues claro, ¿qué esperabas?

Cristina se encogió de hombros.

—Por encima de la ropa. Algo así como el que me das tú cuando tengo tensos los hombros.

—Los masajes de verdad son otra cosa. No sirven para relajar, a veces hasta duelen. Pero te dejan como nueva.

Cris cerró los ojos. Esperaba que doliera lo suficiente para distraerla de otras sensaciones. En aquel momento se arrepentía de la llamada más que de cualquier otra cosa en su vida, porque todo su cuerpo se había agitado al imaginar, solo imaginar, las manos fuertes de Eric sobre ella. Y Eric era terreno vedado; era de Amanda, y la lealtad a sus amigas estaba por encima de todo. Por mucho que le atrajera aquel hombre. Suspiró al comprobar que acababa de reconocer algo que se había empeñado en ocultarse a sí misma.

—¡Cris! ¿Estás bien?

—Sí, es solo que me duele mucho la espalda.

—Mañana tendrás aquí a un fisio de primera que pondrá remedio a eso.

—Sí —gimió.

—Vamos a cenar.

Devoró más que comió, descargando en la comida la ansiedad que sentía. Con un poco de suerte tendría una indigestión de proporciones considerables y podría llamar a Eric para anular la cita.

14

Fisioterapeuta a domicilio

Cristina se levantó con la sensación de no haber dormido en absoluto durante la noche, y su primera idea fue llamar a Eric para anular la sesión. Pero era incapaz de encontrar una excusa lo bastante sólida y creíble como para convencerle. No podía decirle que tenía cosas que hacer, él sabía que su mundo se limitaba a sentarse en el sofá y ver pasar las horas. Tampoco que no quería verle porque no era verdad y él se daría cuenta. Sonaba bastante infantil que lo hubiera llamado y pocas horas después se retractase. Además, al incorporarse en la cama un profundo pinchazo en la espalda le confirmó que necesitaba un masaje que desentumeciera sus músculos con urgencia. Con un suspiro decidió seguir adelante con los planes.

Se puso una camisa abotonada detrás para poder abrirla sin quedar demasiado expuesta de cintura para arriba y, tras tomar un desayuno abundante, se sentó a dejar pasar las horas hasta que Eric llegase.

El móvil le sonó un par de veces y se apresuró a cogerlo con un ligero sobresalto. Un señor que quería comprar los novecientos sobres y más tarde Amanda, como cada día, para preguntarle cómo estaba, fueron los artífices de las llamadas. Ninguna de un fisioterapeuta cañón para anular una sesión de masaje.

Las horas se arrastraron con más lentitud que nunca hasta las seis de la tarde. Ni la televisión, ni el libro de Rocío que tenía sobre la mesa, ni siquiera la descabellada idea de hacer un bizcocho con la pierna apoyada en la muleta, la hicieron distraerse lo más mínimo.

El bizcocho fue a parar a la basura, porque sin lugar a duda algo no había hecho bien. Cuando lo sacó del horno no era más que una masa dura y apergaminada adherida al fondo del recipiente, y que no había subido ni dos centímetros.

Por fin, puntual, a las seis menos cinco, Eric llamó a la puerta.

Deseosa de abrir, impulsó la silla con más fuerza de la necesaria y se empotró contra la pared justo al lado de la jamba y contuvo un gemido de dolor al golpearse la rodilla. Después abrió.

—¿Estás bien? —preguntó él al ver que se masajeaba la pierna sana.

—Sí, es solo que este trasto ha superado el límite de velocidad establecido y me ha costado frenarlo a tiempo.

—Ten cuidado, por favor.

Cris se apartó del dintel para permitirle entrar y no pudo evitar que sus ojos se quedasen clavados en el trasero que pasó justo ante sus ojos, enfundado en un pantalón vaquero casi blanco de puro desgastado. La tela se adaptaba como un guante y tragó saliva al apreciar el reguero de colonia que dejó a su paso. Él llevaba en la mano una bolsa de plástico que no le pasó desapercibida a la chica.

—¿Has vuelto a traerme la merienda?

—No, lo siento. Es aceite perfumado para el masaje, pero si no has merendado aún bajo y te compro algo.

—No, gracias, sí he merendado. —Era una forma de matar el tiempo y acallar el estómago, encogido por los nervios—. Lo decía por no hacerte un desprecio.

Eric la miró divertido.

—¿Eres capaz de merendar dos veces?

—Y tres... las que haga falta. Siempre tengo hambre.

—¡Madre mía! —Paseó una mirada lenta y acariciadora por ese cuerpo delgado y flexible que contra todas las leyes de la naturaleza se mantenía esbelto pese a la cantidad de comida que ingería.

—¿Empezamos entonces? —preguntó con una sonrisa ladeada.

—Cuando quieras.

De repente todas sus terminaciones nerviosas se agudizaron y un profundo calor la inundó desde la cara hasta los pies.

—Como imagino que no tienes una camilla de masaje, lo tendremos que hacer en la cama.

—La cama del cuarto de invitados es más alta, porque tiene otra debajo. Es donde duermen mis hermanos cuando vienen a verme.

—Cuanto más alta, más cómodo para mí. ¿Tienes hermanos?

—Sí, dos —comentó mientras se levantaba de la silla y cogía las muletas para dirigirse a la habitación sugerida—, pero trabajan fuera de España.

—En realidad no sé nada de tu familia.

Cris vio la oportunidad de distraer la mente mientras le daba el masaje. La idea de esas manos recorriéndola la alteraba demasiado. Sin duda llevaba mucho tiempo sin echar un polvo.

—Si quieres, te lo cuento ahora, mientras trabajas mi espalda.

—Claro.

La siguió hasta una habitación alargada con una cama adosada a la pared. No era lo bastante alta, pero desde luego mejor que la que había entrevisto en la otra estancia, que subía apenas una cuarta del suelo.

Cris intentó subir a la cama, pero Eric la detuvo con una mano sobre el brazo.

—Deberías quitarte antes la camisa —advirtió.

—Se desabrocha por la espalda, no será necesario.

—Va a mancharse con el aceite.

La sola idea de quedarse en sujetador delante de él la perturbó.

—Cris, acostumbro a trabajar sobre espaldas desnudas. Solo es una espalda, no vas a hacer un desnudo integral.

«No lo es. Esta espalda está muy desatendida, amén de otras partes de mí», pensó.

—De acuerdo —admitió.

Eric se colocó tras ella y procedió a desabrochar los botones. Los leves roces de los dedos sobre la piel que iba quedando al descubierto le provocaron escalofríos y se mordió los labios.

«Que duela, que duela», rogó mentalmente.

Tampoco él era inmune al lento desabotonar de la blusa. La espalda era tan sedosa y suave como había sospechado y tuvo que contener las ganas de acariciarla.

Cuando al fin desprendió la camisa de los hombros de Cris, la reacción de su cuerpo era tan visible que agradeció no tenerla de frente.

Colocó las manos a ambos lados de su cintura y la ayudó a subir a la cama, y a continuación a tenderse boca abajo.

—Ponte cómoda.

La vio moverse con suavidad para encontrar una postura relajada y a continuación procedió a desabrocharle el sujetador. El leve encogimiento le hizo comentar:

—Necesito toda la espalda al descubierto. Te aseguro que no se te ve el pecho.

Ella no respondió. Pocos segundos después un olor penetrante a hierbas aromáticas se extendió por la habitación, justo antes de que las manos cálidas de Eric se posasen en su espalda. Apenas encima de la cintura, suaves y acariciadoras, para ascender en un lento reconocimiento de los músculos. Cris se estremeció.

—Es normal que te duela, tienes los músculos bastante más agarrotados de lo que pensaba.

«No duele lo suficiente.»

—Seguramente te haré un poco de daño.

—No importa. No tengas piedad, soy una chica fuerte.

Las manos presionaron con fuerza, introduciendo los pulgares entre los músculos tensos.

—Como te iba diciendo, tengo dos hermanos. Están trabajando en Londres —dijo con voz entrecortada.

—No hables ahora, mejor relájate.

—Puedo hacer las dos cosas a la vez. Hablar me relaja mucho.

Trató de hilvanar una conversación coherente, pero no fue capaz. Solo conseguía articular frases sueltas sobre cómo sus hermanos pequeños habían abandonado el país ante la ausencia de trabajo. En primer lugar, el más pequeño, más aventurero también. Y después este había conseguido que el mayor le siguiera, y ella se había quedado muy sola sin ellos. Sus padres vivían en Zuheros, un pueblo pequeño y pintoresco lleno de cuestas pronunciadas, del que apenas salían más que en ocasiones de mucha necesidad.

Hablaba por hablar, por distraer esa mente que no se distraía. Las manos que presionaban lanzaban a la vez dolor y excitación sexual a todas sus terminaciones nerviosas, haciéndola comprender lo que había escuchado tantas veces de que en ocasiones el placer y el dolor iban juntos.

Tampoco Eric era inmune. En general lograba separar el trabajo de otros factores: nunca, o casi nunca, veía un cuerpo de mujer cuando daba un masaje, sino una espalda, piernas o incluso vientre, asexuados. Pero con Cris era distinto. A cada instante tenía que controlar sus manos que se empeñaban en acariciar en vez de presionar, los pulgares que querían delinear en lugar de hundirse entre músculos y tendones. Y lo que no conseguía controlar en absoluto era la erección que se había instalado dentro de sus pantalones y no hacía más que crecer.

Cuando la espalda estuvo al fin libre de nudos, Cris llevaba ya un rato en silencio, con los ojos cerrados e imaginando escenas tórridas sobre una manta de piel en alguna cabaña perdida, e incapaz de mantener una conversación ni siquiera un poco coherente. No parecía que él se hubiera percatado de su silencio, porque no le preguntaba como había hecho al principio, sino que permanecía también callado.

Ninguno de los dos se dio cuenta de que las manos ya se deslizaban con suavidad, de que Cris emitía pequeños gemidos ni de la respiración entrecortada de Eric. Cuando las manos de este se deslizaron más abajo de la espalda, por dentro de los *leggins* en dirección hacia terrenos más vedados, Cris dio un respingo y no controló el movimiento de sus piernas. Estas saltaron como un resorte con voluntad propia, incluida la del yeso.

Un fuerte gemido de Eric le hizo levantar la cabeza y mirarle. Se sujetaba los testículos con ambas manos, la cara pálida y desencajada y los ojos cerrados. En su vida le habían bajado una erección con más contundencia, las duchas frías eran un pobre sucedáneo.

—¿Qué... qué te pasa? —preguntó Cris temiéndose lo peor.

—La escayola... me has golpeado...

—¡Oh, Dios...! Lo siento... no pretendía...

Eric se dejó caer al suelo y enterró la cara en las rodillas, asumiendo el dolor, mientras ella se sentaba en el borde de la cama con la escayola peligrosamente cerca de la cara del hombre. No sabía qué decir, de modo que optó por guardar silencio. Cuando al fin él levantó la cabeza, volvió a disculparse.

—Perdóname, Eric... ha sido un movimiento reflejo.

—Me lo merezco, supongo. Debí avisarte de que iba a bajar las manos para averiguar si tenías más músculos contraídos.

—Sí, hubiera sido lo mejor. ¿Aún duele?

—Sí. Y dolerá un buen rato todavía.

—¿Lo sabes por experiencia? ¿Te has dado algún golpe ahí con anterioridad?

Él asintió.

—Sí, pero no con una escayola.

—¿Puedo hacer algo por ti?

—Si tienes una bolsa de guisantes...

—Sí, varias... había una oferta. Bueno, supongo que eso no te importa en este momento. Vamos al salón, en seguida te los traigo.

Se sentó en el sofá con la entrepierna palpitándole y el pantalón comprimiéndole los doloridos testículos. Cris le alargaba los guisantes y le miraba compungida.

—¿Te molesta si me bajo los pantalones? Me aprietan mucho.

—Claro, imagino que debes de estar inflamado.

—Un poco.

Se levantó y, tras desabrochárselos, se bajó los vaqueros hasta medio muslo. Cris trató de desviar la vista de esas piernas ligeramente cubiertas de vello, pero la otra opción era la bolsa de guisantes colocada estratégicamente un poco más arriba.

—Vamos a ver algo en la tele, ¿te parece? —sugirió incapaz de controlar la mirada. Y a continuación agarró el mando y comenzó a hacer *zapping*.

Así los encontró Amanda cuando llegó. Cris, muy derecha en el sillón, y Eric en el sofá, adormilado, con los pantalones bajados hasta medio muslo y una bolsa de guisantes sobre los genitales. Su sorpresa fue tal que ni siquiera acertó a hacer ningún comentario. Miró a Cris con extrañeza y esta le hizo señas de ir a la cocina. Una vez allí, Amanda preguntó en un susurro:

—¿Qué ha pasado aquí? Los guisantes...

Cris se encogió de hombros.

—Se ha hecho daño con la escayola.

Los ojos de Amanda se agrandaron estupefactos.

—¿Ha intentado follarse el hueco de la escayola? ¿Es un pervertido entonces, de los de verdad? Hay quien la mete en cualquier sitio... ¿Es ese el «danés» que imaginaba?

—No... ¡Calla, que como te oiga...! Yo le he dado una patada, sin querer. Me estaba dando el masaje y... ha debido tocar algún nervio o algo... y la pierna ha hecho un movimiento involuntario.

—Jo, con la escayola... ¡Eso tiene que doler!

—Estaba blanco. Ahora se ha quedado más tranquilo, espero que se le haya pasado el dolor.

—Vas a tener que compensarle de alguna forma.

—He pensado invitarle a cenar.

—Buena idea... Podríamos preparar guisantes con chorizo.

Cris le dio un manotazo en el hombro.

—¡No tiene gracia, maldita sea!

Regresaron al salón, donde Eric parecía despertar.

—¿Cómo estás?

—Mejor.

—Me alegro. Vamos a preparar la cena. ¿Te quieres quedar?

Él se subió los pantalones y se los abrochó sin ningún pudor delante de las chicas.

—No, gracias. Tengo que ir a casa, Moisés me espera para cenar, hace días que apenas le veo.

—De acuerdo. Y lo siento, de verdad. ¿Cuánto te debo por el masaje? Puedes añadir al precio los daños colaterales.

—Al masaje invita la casa... Los daños colaterales ya me los cobraré en otra ocasión.

Se dirigió a la puerta, y antes de cruzarla se volvió hacia ellas y añadió:

—Y por cierto... mi «danés» tiene que ver con una buena moza con tacones de aguja, medias de esas que tienen costura detrás y una falda con nada debajo.

Guiñó un ojo en dirección a las estupefactas chicas y desapareció tras la puerta.

Con la mano en la boca para sofocar la risa, ambas amigas se miraron y se dejaron caer en el sofá entre carcajadas.

15

Moisés

Todavía dolorido, y sin poderse creer que hubiera estado a punto de meterle mano a una paciente, aunque esta fuera Cris, Eric llegó a su casa. La luz del salón estaba encendida, y como habían quedado el día anterior, Moisés estaría esperándole para cenar. Se iba a tronchar de risa cuando le contara cómo había terminado el masaje. Pero apenas entró supo que su amigo no se iba a reír en absoluto aquella noche. Estaba sentado en el sofá, con un vaso de whisky en la mano y una botella apenas empezada sobre la mesa. El pelo revuelto, como si se lo hubiera estado mesando, y una expresión atormentada en los ojos, que no desvió hacia él cuando le escuchó entrar. Tenía la vista fija en la pantalla apagada del televisor.

—Moisés...

Se sentó a su lado sin que su amigo hiciera el menor movimiento.

—Moisés —repitió—, ¿qué pasa?

—Olga me ha dejado.

Eric parpadeó. La frase lapidaria de su compañero de piso le dejó boquiabierto. Por lo que él sabía, Olga y él mantenían una relación de pareja, firme y consolidada, y Moisés adoraba a su novia.

—¿Quieres hablar de ello?

—No lo sé. Pero supongo que debo hacerlo... porque me ayudará a entenderlo mejor...

—¿Qué ha pasado? ¿Teníais problemas?

Moisés sacudió la cabeza.

—Todas las parejas tienen su punto flaco, supongo, y el nuestro era el sexo.

Al decir estas palabras la expresión del policía se volvió más suave, menos hierática. Bebió un sorbo de su vaso antes de continuar hablando.

—A ella le gustaba el sexo imaginativo, diferente, original... Yo intentaba dárselo, me esforzaba, pero no siempre lo conseguía. A veces llegaba a su casa tan lleno de mierda por culpa del trabajo que solo quería tenderme sobre ella y hacerle el amor con suavidad, y dejar que entre sus brazos se diluyera el horror de lo que hubiera tenido que investigar ese día. Pero invariablemente me encontraba con algún jueguecito que practicar o alguna propuesta en la que poner a prueba mi imaginación. Por eso me mostré tan interesado en el famoso «danés», pensé que por una vez podría ser yo el que propusiera algo diferente y que la excitara.

A medida que iba hablando y desnudando su alma, la expresión de Moisés se dulcificaba y su mano se aferraba al vaso con menos fuerza.

—Yo intentaba seguirla en todo, aunque a veces no me apeteciera hacer un recorrido turístico por todos los muebles de la casa. Desde hace un tiempo estaba intentando sugerir que fuéramos a uno de esos sitios de intercambio de parejas. No me hacía gracia la idea, soy lo bastante celoso como para querer a mi novia para mí solo, pero callaba esperando que desistiera de la idea. Ante mi silencio, ayer ella cogió cita en uno de esos centros que hay a las afueras, muy elegante y discreto. Cuando llegué por la tarde, me lo dijo y yo, que la quiero con locura, hice de tripas corazón y acepté. Llegamos a un sitio elegante y decorado con gusto, un salón con mullidos sofás y donde varias parejas estaban acomodadas con una taza o una copa en las manos. Al momento sentí sobre nosotros varios pares de ojos que nos observaban como si fuéramos una mercancía para comprar. Me sentí muy incómodo y miré a Olga con la esperanza de que me pidiera que nos fuéramos de allí de inmediato, pero con sorpresa y dolor vi en sus ojos la misma expresión de avidez que en las personas que nos miraban. Me agarró del brazo y me hizo mirar a una pareja de más o menos nuestra edad, sentada a la barra. «¿Qué te parecen esos?», me preguntó con un susurro. La mujer me contemplaba como si yo fuera un dulce que se quería comer y las miradas del hombre y de Olga se quedaron prendidas al instante. Nos acercamos a ellos, yo muy renuente, y nos presentamos. Pedimos una copa que a duras penas podía tragar y se inició una conversación tensa y forzada. Tras un rato de charla insustancial en el que nadie pronunció ningún nombre ni dato sobre nuestra identidad, llegó el momento de irnos a las habitaciones reservadas para los encuentros sexuales. Pero no fui capaz. La mera idea de imaginar a aquel tipo tocando a mi novia me revolvía la bilis y hacía que se me disparasen las ganas de machacarle la cara a puñetazos. Además, la mujer me daba grima, ni en sueños iba a poder tocarla, mucho menos acostarme con ella. Miré a Olga y le pedí que nos fuéramos. Ella me devolvió una mirada cargada de rabia. «No me avergüences —susurró apartándonos un poco de la otra pareja para que no pudieran escucharnos—. Sabías a lo que veníamos aquí.» «Pero no me gusta. Vine por complacerte, pero no puedo hacerlo. No quiero acostarme con esa mujer, sino contigo... y no soporto la idea de que te vayas a la cama con él. Por favor, Olga, vámonos; esto es una mala idea, puede destruirnos.» «De acuerdo, vámonos —dijo entre dientes—. Pero que sepas que esto ya nos ha destruido.» Se acercó a la pareja que esperaba y se disculpó, achacándome a mí la culpa, que en realidad tenía. Después nos marchamos a su casa, donde por primera vez no permitió que la tocara. Esta mañana, al despertar, me dijo que habíamos terminado, que yo no era el hombre que ella necesitaba, y añadió unas cuantas lindezas sobre mis escasas capacidades sexuales que para qué voy a repetir. Hoy, después del trabajo, me llamó para vernos y darme la ropa y pertenencias que tenía en su casa y aquí se acabó todo.

Eric suspiró con fuerza. No sabía qué decirle, ni qué hacer para animarle. Sabía lo enamorado que estaba, y cómo debía de sentirse, pero si algo tan importante como el sexo no funcionaba bien en una pareja, lo mejor era dejarlo cuanto antes. Con el tiempo solo podía empeorar. Incapaz de pronunciar palabras de consuelo, cogió un vaso y decidió beber con su amigo en señal de solidaridad.

—¿Vas a emborracharte conmigo?

—Sí.

Se sirvió un vaso y lo alzó en un brindis.

—Por las mujeres... unas te machacan el corazón y otras los huevos.

—¿A qué viene eso? ¿A quién han machacado los huevos?

—Mejor no preguntes —dijo bebiendo un largo trago.

Cenaron poco, bebieron mucho y charlaron aún más. Como amigos de años, recordaron viejos tiempos, compartieron anécdotas de cómo se conocieron y de los años vividos desde entonces. Cada vez más achispados, cada vez con la lengua más estropajosa, y con mayor conciencia de la amistad que compartían.

—Las mujeres son todas unas egoístas... —repetía Moisés una y otra vez—. Solo piensan en ellas. Son los amigos los que valen la pena.

—Eso. Las mujeres van y vienen, y los amigos quedamos.

—Y nos apoyamos...

—Y nos emborrachamos juntos.

Acabaron dormidos en el sofá, cada uno en una posición más incongruente y más incómoda que el otro. La botella, vacía sobre la mesa, y restos de una pequeña pizza compartida diseminados por doquier.

El sonido del móvil de Eric los despertó a ambos a las siete de la mañana, con un tono más estridente del que recordaban. Sin apenas poder abrir los ojos y con agudos latigazos en las sienes.

—¡¡¡Mierda!!! —musitó Moisés agarrándose la cabeza con ambas manos—. Ya no me acordaba de lo mal que te sientes el día después de una buena cogorza.

—Ni yo de lo gilipollas que resulta beber para acompañar a un amigo, cuando este lo que va a necesitar es que le den un café y dos aspirinas al día siguiente, y no a alguien con el mismo malestar.

Moisés agarró su móvil, a punto de agotar la batería, buscando un mensaje de arrepentimiento que no encontró. Lo volvió a dejar sobre la mesa y se levantó con cuidado, estirando la espalda dolorida.

—Vamos, Eric, amigo. La vida sigue. Y ahí fuera hay un asesino esperando que lo atrape. La procesión tendrá que ir por dentro.

—¿Hay algún avance en la investigación?

—Tenemos una pista... A ver si hay suerte y lo pillamos antes de que vuelva a las andadas, porque si es quien pensamos, es un tipo muy peligroso y reincidente, con un *modus operandi* muy concreto. Hay que ponerse las pilas para impedir un nuevo asesinato y los asuntos personales deben pasar a segundo término.

—¿Qué planes tienes para esta tarde?

—Iré al gimnasio a descargar adrenalina. Últimamente lo tenía un poco abandonado, y ponerme en forma es una opción mucho mejor que volver a la botella.

—Voy contigo.

—Estoy bien, Eric, de verdad. Lo de anoche no se volverá a repetir. Puedes ir a ver a tu chica sin sentir que debes cuidarme.

Eric se llevó la mano a la entrepierna.

—Lo sé, pero estoy tratando de cuidar de mí. Dejaré pasar unos días antes de verla de nuevo, ayer casi acabé eunuco.

Moisés miró el reloj.

—Me lo cuentas esta tarde, debo darme prisa o no llego.

—De acuerdo, nos vemos en el gimnasio a las seis. Y prepárate para una buena paliza de abdominales.

—Prepárate tú.

16

Celos

Cris aguardó impaciente una llamada de Eric que le indicase que no estaba enfadado con ella por el incidente de la patada. La vergüenza que sentía por el estado en que lo dejara el día anterior le había hecho olvidar lo que había sentido bajo el tacto de sus manos y la sensación que había tenido en algunos momentos de que él le estaba dando mucho más que un masaje. De que una corriente mutua se había establecido entre ellos a través de aquellas palmas y aquellos dedos que corrían ágiles por su piel.

Ni siquiera recordaba bien cuál había sido el detonante de que su pierna se disparase, porque su mente estaba tan perdida en su fantasía y en las sensaciones que experimentaba que no registró la causa de su pérdida de control. De lo que estaba segura era de que las manos de Eric habían ido más allá de la simple presión de sus músculos, y que una oleada de deseo como hacía mucho tiempo que no experimentaba se había apoderado de ella hasta perturbarla y hacerle perder el control de las piernas.

Aguardó toda la mañana y parte de la tarde, y en vista de que él no la llamaba decidió tomar la iniciativa y hacerlo ella. Aunque no parecía haberse ofendido por las palabras de Amanda en la cocina, que sin duda alguna escuchó, podría haberse molestado al recordarlas más tarde en su casa.

El teléfono de Eric sonó y sonó hasta agotar las llamadas y la consabida voz metálica del contestador le informó que volviera a intentarlo más tarde. Una hora después lo volvió a llamar con idéntico resultado. Asumió que Eric no quería saber nada de ella, que lo ocurrido la tarde anterior había colmado su paciencia, y se sintió muy deprimida. Pocos minutos después, el teléfono sonó, y esperanzada se apresuró a mirar el indicador de llamadas. Por primera vez, saber que era Amanda quien le telefoneaba no la alegró.

—Hola, Cris.

—Hola.

—Te quiero pedir un favor... ¿Necesitas que vaya esta noche o puedes prescindir de mí?

El alma se le cayó a los pies. Normalmente le habría preguntado qué le iba a impedir cenar con ella, pero no en ese momento, porque estaba convencida de que tenía nombre de varón: Eric.

—No, claro que puedo prescindir de ti.

—Cris, ¿estás bien? Si no lo estás...

—Lo estoy, lo estoy... —respondió tratando de sonar convincente—, solo me has pillado un poco adormilada.

—Vale. Ya te cuento mañana... me ha surgido un compromiso.

—Tranquila, Amanda. Disfrútalo.

—Cuídate, nena. Y si me necesitas, llama.

—Por supuesto.

Cortó la comunicación. No tenía la menor duda de que estaban juntos, y que lo iban a estar toda la noche. Lo que había creído sentir en las manos de Eric la tarde anterior no era más que fruto de su imaginación calenturienta y de la tonta atracción que sentía por él. Pero no era correspondida, de lo que en el fondo se alegraba, porque ella no quería hacerle eso a Amanda. No se interpondría entre ella y Eric.

Sin pararse a mirar la hora, se levantó con cuidado y se dirigió a la cocina. Cogió una bolsa de frutos secos variados y se la llevó al sofá, donde empezó a comer con fruición.

Apenas llevaba comida la mitad cuando la llamada que esperaba llegó.

—¡Eric!

—Hola, Cris. He visto un par de llamadas tuyas.

—Sí, quería preguntarte cómo estabas... ejem... si todo ha vuelto a la normalidad.

—¿Te refieres a si ya no me duelen los testículos?

—Sí, a eso.

—Todo está como debe.

—Me alegro. Cuando no cogías el teléfono he pensado que estabas enfadado conmigo.

—No, mujer, tú no tuviste la culpa. Bueno, la tuviste, pero si yo no hubiese puesto las manos donde no debía... Te debo una disculpa. No me comporté de una forma profesional. Pero te aseguro que solo pretendía averiguar si tenías más músculos contracturados.

«No mientas, cabrón, estabas loco por tocarle el culo y averiguar si te dejaba seguir un poco más allá», se reprochó mentalmente.

—No pasa nada... yo estaba algo distraída y debí de tener un movimiento reflejo.

—Claro.

—Si no estás enfadado... ¿Volverás por aquí?

—Por supuesto, pero no hoy. Tengo un compromiso que no puedo eludir.

Ella ahogó un suspiro de decepción. Por un momento, al ver su llamada, había esperado equivocarse.

—¿Mañana quizás?

—No lo sé, Cris. Te aseguro que no tiene que ver contigo, ni con lo que pasó ayer, pero es posible que durante unos días esté ocupado. Pasaré por tu casa en cuanto pueda, te lo prometo.

—De acuerdo.

—Ahora tengo que dejarte, me están esperando.

—Hasta otro día, Eric.

Cortó la comunicación, cogió un gran puñado de frutos secos y se los metió en la boca.

Eric acabaría enrollado en serio con Amanda y ella, gorda como una vaca sentada en el sofá y cuidando de sus críos, como la tita solterona que les compra las *chuches*. Se sintió muy deprimida. Y siguió comiendo a dos carrillos.

Eric colgó con pesar. Era la primera vez que Cristina le invitaba a ir a su casa por propia iniciativa y le costaba mucho no aceptar, pero Moisés le necesitaba. Habían pasado un par de horas en el gimnasio, y cuando salían, Olga le había llamado. La cara ilusionada de su amigo le había dicho que esperaba una reconciliación, pero en seguida una expresión más sombría aún que la que llevaba arrastrando todo el día le oscureció las facciones.

—De acuerdo —fue lo único que respondió a la larga parrafada que escuchara con atención.

Eric le miró interrogante.

—Quiere que recoja sus cosas de casa y se las lleve. Que ella bajará al portal a por ellas. Ni siquiera va a permitirme subir a hablar.

Eric apoyó la mano en el antebrazo de su amigo.

—¿Crees que hablar va a solucionar algo, Moisés?

Este sacudió la cabeza.

—No, supongo que no. Hay tanta determinación en sus palabras que pienso que llevaba ya un tiempo pensando en dejarlo, y lo del intercambio solo ha sido la excusa para hacerlo, con un motivo más o menos aceptable.

—Lo siento, pero pienso lo mismo que tú.

—Nada de lo que pueda decirle va a hacer que cambie de opinión. —Giró la cabeza y Eric pudo ver un profundo dolor en sus ojos—. Si hubieras visto con qué avidez miraba a aquel hombre... Me dolió tanto... Una mujer enamorada no mira a otra persona con esa expresión de deseo, ¿verdad?

—No lo creo, aunque no sé. Hay quien piensa que una cosa es el amor y otra, el sexo, pero cuando he estado con una mujer en una relación más o menos seria es porque quería estar con ella y solo con ella. No entiendo otra forma.

—Para mí no había más mujer que Olga. Supongo que tengo que hacerme a la idea.

—Vamos a casa, recoges sus cosas y nos vamos a llevárselas.

—No hace falta que vengas, soy un poli de pelo en pecho y no un crío de cinco años —bromeó—. Puedo dejar una bolsa con bragas y algunas minucias más sin ayuda.

Eric ignoró el comentario.

—Después nos vamos a ir a cenar juntos, que hace mucho que no comemos fuera de casa.

—No me vas a dejar acudir solo, ¿verdad?

Negó con la cabeza.

—En ese caso, ve eligiendo restaurante. De los buenos.

Pocas veces en su vida Cris se había sentido más inquieta y desasosegada que esa noche. Incapaz de entretenerse con nada, su cabeza no hacía más que imaginar escenas tórridas de Amanda con Eric, y se preguntó en qué momento aquello se le había ido de las manos. Se habían visto unas pocas veces, a todas luces insuficientes para enamorarse de él. Y no estaba enamorada, claro que no... solo le gustaba un poquito. No entendía por qué la certeza de que estaban juntos le hacía sentirse tan mal, si la idea era que Amanda consiguiera interesarle.

Se levantó muy deprisa, dispuesta a coger algo más de la cocina, pero se arrepintió al instante. No podía continuar comiendo para matar la ansiedad, debía buscar otra forma. Trató de sentarse de nuevo con tan mala fortuna que acabó sentada en el suelo entre el sofá y la mesa de centro. El cuenco con cáscaras de pistachos y cacahuetes que tenía sobre la mesa acabó desparramado por las baldosas. La pierna había cogido una posición extraña que le impedía levantarse con facilidad.

Se arrastró como pudo fuera del hueco en que había caído y se colocó a gatas para levantarse. Tenía que conseguirlo, porque llamar a Amanda estaba fuera de toda cuestión. Se clavó cáscaras en las palmas de las manos y en las rodillas, se maldijo una vez más por impulsiva y moverse sin pensar y se prometió a sí misma que la próxima vez comería solo caramelos.

Consiguió levantarse y luego fue a la cocina por el recogedor y la escoba. Fue una de las tareas más difíciles que había realizado en su vida, barrer el destrozo a la pata coja, apoyada en una muleta. Y llevar el recogedor hasta la basura, a saltitos, sin derramar el contenido.

17

El perfume

Una larga semana estuvo Cris sin noticias de Eric. Mordiéndose las uñas, sintiéndose infeliz unas veces, resignada otras, pero sola y abandonada siempre.

Amanda había llegado la noche después de su ausencia sin hacer ningún comentario sobre la misma, solo preguntándole cómo estaba y sin ninguna clase de explicación. Tampoco Cris, aunque se moría de ganas de hacerlo, mencionó el asunto. Pocas veces su amiga hacía algo sin comentárselo, y mucho menos si eso implicaba romper una costumbre establecida entre ambas, por lo que dedujo que había descubierto su atracción por Eric y quería ocultarle que había estado con él.

Observó con atención su aspecto en busca de algún indicio de un encuentro apasionado, pero no encontró ninguno. Amanda estaba como siempre, y, contra lo que Cris temía, su rutina se reanudó como antes. Llegaba puntual cada noche, cenaban juntas y después se despedían. Pero Eric seguía sin dar señales de vida, por lo que empezó a pensar que, si había una mujer, esta podría no ser Amanda. De todas formas, se mentalizó para asumir que no iba a volver a verle y se limitó a esperar con impaciencia que le quitasen la escayola, algo para lo que ya le faltaba poco más de una semana. Por eso se sorprendió tanto aquella tarde cuando la llamó.

—Hola, Cris.

—¿Eric?

Se hizo un breve silencio en la línea. Ambos conscientes de cuánto les gustaba escuchar la voz del otro.

—Pensaba que te habías olvidado de mi número.

—En absoluto... Un amigo lo ha pasado mal y he debido estar ahí. Tú entiendes eso de la amistad, ¿verdad?

El corazón de Cristina saltó de júbilo. Había dicho un amigo.

—Claro que lo entiendo. Yo haría cualquier cosa por Amanda.

—Incluso no estar donde te apetece, ¿verdad?

«Incluso olvidarme de ti.»

—Sí.

—Pero ya está mejor y yo vuelvo a disponer de mis tardes. ¿Crees que podrías dedicarme hoy un rato?

El cuerpo de Cris se agitó, el corazón brincó de júbilo y dijo tratando de que su voz no sonara como la de una niña a la que llevan de fiesta:

—Seguro que puedo hacerte un hueco entre tender la ropa, *Jara y sedal* y las ventas en Wallapop.

—¿Has vendido muchas cosas?

—Novecientos sobres blancos.

Eric lanzó una carcajada.

—¿Tenías...? Sí, claro, en caso contrario no los podrías vender.

—¿También tú te vas a burlar de mí?

—Claro que no, pero tienes que reconocer que eres muy divertida. Te voy a compensar por mi ausencia, llevo algo que espero que te guste.

—Si lleva nata, seguro.

—No la lleva, pero confío en acertar de todas formas.

—Seguro que sí.

—En un rato estoy ahí, Cris.

Colgó con una de las sonrisas más radiantes que había lucido nunca. Después se miró: la ropa arrugada, el pelo sin lavar desde hacía un par de días, y no se lo pensó. Se dirigió al cuarto de baño y echó agua en el lavabo. Colocó una silla delante y apoyó la rodilla en el asiento. Después de agachó y procedió a lavarse la cabeza inclinándose todo lo que pudo. Se golpeó con el grifo, la espalda le dolía y estaba salpicando agua a mansalva, esperaba que no se mojara la escayola, que había cubierto lo mejor que pudo con una bolsa de plástico.

«Las mujeres se lavaban el pelo así antes —se repetía una y otra vez—. No puede ser tan complicado.»

Pero lo era, sobre todo si una tenía una pierna escayolada y un cuarto de baño pequeño. Se enjabonó sin dificultad, pero luego tocaba enjuagarse. Por mucho que lo hacía la espuma no dejaba de aparecer. Desaguó y volvió a llenar el lavabo dos veces y al final acabó metiendo la cabeza debajo del grifo. En algún momento la silla se volcó y quedó atravesada sobre la bañera, completamente empapada. Lo mismo que ella. Justo en ese momento sonó el timbre de la puerta.

«¡Oh, Dios, no...! No puede ser Eric, es muy pronto..., dijo que tardaría un rato.»

Como pudo se envolvió el pelo en una toalla, trató de enderezar la silla, pero con una sola pierna resbaló en el suelo mojado. Tuvo que asirse al lavabo y dejarla caer de nuevo con estrépito. Desde fuera del piso le llegó la voz de Eric.

—Cris, ¿estás bien? ¿Qué te ocurre? Abre, por favor.

Cerró los ojos deseando que se la tragara la tierra. Agarró las muletas y salió a abrir.

Eric había escuchado el golpe y estaba empezando a preocuparse.

—¡Cris...! ¿Qué te ha pasado?

La puerta se abrió, dejando ver una imagen devastadora. Ella estaba al otro lado con una toalla mal envuelta en la cabeza, de la que escapaban mechones de pelo que goteaban sobre sus hombros. La ropa, empapada, trasparentaba casi todo y se le adhería al cuerpo dejando poco espacio a la imaginación, y una bolsa de plástico de Carrefour cubría la escayola.

—Que soy idiota —suspiró, abatida, cediéndole el paso—. Tenía el pelo sucio y he tratado de lavármelo en el lavabo, como se hacía antes.

Eric cerró la puerta a su espalda.

—¿Y por qué no has esperado a que llegara Amanda para que te ayudase?

—Quería estar presentable.

—¿Para mí?

Iba a decirle que siempre se arreglaba para las visitas, pero le pareció una excusa tan patética como su aspecto. Se limitó a encogerse de hombros. Eric alargó la mano y le acarició la mejilla.

—Mira lo que he conseguido... estoy hecha un desastre —susurró tratando de no mirar su ropa mojada.

—Estás preciosa.

Cris bajó la mirada, ignorando el comentario, pero Eric se acercó en dos zancadas y agarrándole la cara con ambas manos empezó a besarla. Sabía a café, olía a ese perfume que se mezclaba a la perfección con su piel, y ella se olvidó del bochorno que sentía para responder al beso. Sin ser consciente de que lo hacía, enredó su lengua con la de él y saboreó su boca a conciencia. Eric la abrazó sin que le importara mojarse, la apretó con fuerza como si así pudiera compensar los días que llevaba sin verla. Cris se apoyó contra su pecho dejando caer las muletas al suelo con estrépito. A ninguno le importó. Se devoraban la boca sin tener conciencia de su alrededor, con un beso apasionado y exigente. Si les faltaba la respiración se separaban un par de centímetros y volvían a empezar. Jadeaban cuando se separaron.

Eric la miró profundamente a los ojos. Los de él relucían con un fulgor intenso.

—Cris... —susurró. No había podido contenerse. Sabía que debía ir despacio con ella para que no diera marcha atrás, pero estaba tan adorable allí de pie, apoyada en las muletas y lamentándose de su aspecto, que no había podido evitar demostrarle cuánto le gustaba, estuviera como estuviese.

—¡Ay, Dios! ¡Te he besado! También estoy apoyando el pie... No debería haber hecho ninguna de las dos cosas...

Se tocaba los labios con los dedos como si así pudiera borrar los besos intercambiados. O conservarlos, no estaba muy segura. Eric esperaba algo parecido y no se sorprendió por su reacción.

—Solo han sido unos besos, mujer, no es el fin del mundo. Y respecto a la pierna... —La alzó en brazos para evitar que siguiera de pie—, ya falta poco para que te quiten la escayola, no causará demasiado daño. ¿Dónde te llevo? Deberías cambiarte de ropa, estás empapada.

—Y me temo que te he mojado también a ti.

—Solo un poco, se secará en seguida. ¿Dónde?

—A mi cuarto. Luego limpiaré el baño, parece que ha pasado el monzón por él.

Avanzó con ella en brazos por el corredor y la dejó sentada en la cama.

—Yo me ocupo del baño, cámbiate tranquila. Si necesitas ayuda, me llamas.

—Me las apaño para vestirme, pero gracias.

Lo vio salir y encajar la puerta, después de acercarle las muletas que habían quedado abandonadas en el vestíbulo. Si la ayudaba, con el calentón que tenía y una cama cerca, Cris dudaba mucho de que no acabasen pasando a mayores. Y los condones que tenía en la mesilla estarían caducados, seguro.

Sacudió la cabeza. ¿Qué demonios hacía pensando en condones? Eric era de Amanda. Y ella le había besado hacía pocos minutos. No, eso no era verdad, no se había limitado a besarle, le había devorado como una loba hambrienta. Tenía su explicación, hacía cinco años que no se acostaba con nadie y era una mujer apasionada. Debía solucionar ese tema, pero no con el hombre que le gustaba a su mejor amiga.

Se despojó de la ropa húmeda y se puso un pantalón corto y una camiseta seca.

Cuando pasó por la puerta del baño, Eric, fregona en mano, recogía el agua derramada.

—¿Ves? Ya está todo en orden. Como si no hubiera pasado nada.

Pero había pasado, vaya si había pasado.

—Gracias. ¿No quieres una toalla para secarte un poco la camisa?

—No es necesario, apenas está un poco húmeda la parte delantera.

«Menos mal. Lo único que me faltaba era verte con el pecho desnudo.»

—Siéntate, entonces.

—Antes déjame darte el regalo que te he traído.

—¿Un regalo? ¿No es un dulce?

Eric negó con la cabeza.

—No.

Del bolsillo del pantalón sacó una caja pequeña, de unos cinco centímetros, y abriéndola, extrajo un frasco de cristal de color verde claro.

—¿Qué es eso?

—Un perfume. Mira a ver si te gusta.

Cris se sentó en el sofá y cogió el pequeño bote que él le tendía.

—¿Para mí?

—Me preguntaste por el mío, y decidí encargarle a Elisa uno para ti. Esta es una muestra, si no te gusta lo intentará de nuevo, y si te gusta, entonces preparará más cantidad.

Cris miraba el frasco al trasluz.

—¿De verdad me has encargado un perfume personal? Nunca me habían hecho un regalo tan especial.

Como Cris no hacía más que contemplar el botecito sin decidirse a abrirlo, Eric se lo quitó de la mano. Lo destapó y se humedeció el dedo índice. Luego, lo deslizó por el cuello de la chica con suavidad, justo debajo de la oreja. Él no lo había olido antes, Elisa le había recomendado no hacerlo porque sería al fundirse con la piel cuando tomaría su olor definitivo.

Cris se estremeció con el contacto: el dedo de Eric parecía dejar un reguero de sensaciones en su cuello. El perfume se fusionó con su propio olor y supo que había formado algo intrínseco con su persona, algo que la identificaba por completo.

Él se acercó para aspirarlo. Aguantó las ganas de enterrar la cara en el cuello y lamer el pedacito de piel donde había extendido la fragancia, pero recapacitó justo a tiempo, antes de apoyar la boca. Se limitó a frotar la punta de la nariz, con suavidad. Después, se obligó a separarse.

—¿Te gusta? —le preguntó a una jadeante Cris.

—Mucho —respondió sin estar muy segura de si se refería al perfume o a lo que él acababa de hacer.

—Me alegro. Le diré que prepare un frasco más grande.

—¿Cómo ha podido hacerlo? Crear un perfume que me identifica tanto, sin conocerme.

—Hemos hecho un poco de trampa. Yo le he hablado de ti, y Amanda me proporcionó un pañuelo de cuello tuyo, impregnado de tu olor corporal, para que trabajase sobre él.

—Te has tomado muchas molestias para hacerme este regalo, Eric. ¿Por qué?

Él le agarró una mano, en plan fraternal, y mirándola a los ojos respondió:

—Porque eres una mujer fantástica, y te lo mereces. En cierto modo pienso que te ofendí al principio de conocernos, y quiero compensarte.

—¿Por pensar que era prostituta?

—No sé muy bien por qué, pero te hice enfadar y eso no me gusta.

—No tenías que regalarme un perfume por eso, ya te has redimido de sobra.

—Entonces, dejémoslo en que te lo he regalado porque me apetecía.

—Gracias. Respecto a lo de antes... al beso.
—También te besé porque me apetecía...
Cris sacudió la cabeza.
—Si lo prefieres puedo decirte que quería comprobar si después de la patada todo funcionaba como debía. Debo informarte que sí, aunque con toda probabilidad lo habrás notado tú también, ¿no?
—No me fijé demasiado. Estaba más pendiente de mi propia reacción al beso. No suelo arrojarme así sobre los hombres. En mi defensa debo decirte que llevo mucho tiempo sin estar con nadie.
Eric alzó una ceja, divertido.
—¿Es eso una proposición? ¿Quieres que nos montemos un «danés»?
—No, no... no. Solo te estaba dando explicaciones por mi comportamiento.
—No hacen falta explicaciones, Cris. Somos adultos y nos hemos besado. A los dos nos apetecía y no hay más que hablar. Ahora, ¿me invitas a un café? Sería una forma estupenda de agradecerme el perfume.
—Te invito a cenar también.
—Debo irme temprano. Mi compañero de piso lo ha dejado con la novia y lo está pasando regular. Quiero cenar con él.
—Vale, tomemos entonces el café.
—No te muevas, yo lo preparo.
Eric entró en la cocina y Cris aspiró con fuerza. Aquella tarde había sentido cosas que hacía mucho tiempo no experimentaba. Y como Eric había dicho, eran adultos y se trataba solo de un par de besos. Amanda y él no tenían nada aún, y por lo tanto no podía considerarse una traición. A pesar de eso, no sería capaz de contárselo a su amiga, pero tampoco era necesario porque no se repetiría.

18

El coche misterioso

Cris pasó una mala noche, o no tan mala, según lo mirase. Cuando Amanda llegó a su casa para cenar juntas no le contó lo sucedido con Eric. Tampoco el estropicio del lavado de cabeza, solo le enseñó el pequeño frasco de perfume que él le había llevado. Amanda, al igual que había hecho él unas horas antes, se inclinó sobre su cuello, aspiró el delicado perfume y coincidió con ella en que el olor fresco y ligeramente afrutado le iba de maravilla. Después de una copiosa cena a base de pescado frito, que Amanda apenas probó y Cris saboreó a placer, se despidieron hasta el día siguiente.

Si Amanda había advertido el mutismo de su amiga, no dijo nada, pero a Cris le costaba pronunciar cada palabra y comportarse como siempre. Su habitual locuacidad, tras las ganas de hablar que solía contener durante el día, aquella noche brillaban por su ausencia. Amanda se limitó a observarla con disimulo, sin hacer mención a ello, ni a la mirada huidiza que Cris le escondía. No tenía ninguna duda de que entre Eric y ella había pasado algo, y que su amiga no iba a decírselo. Deseó que aquella fase pasara pronto, que Cris admitiera lo que estaba empezando a sentir por ese chispeante hombre de ojos azules, para confesarle que a ella no le interesaba lo más mínimo.

Tras la cena se despidió y Cris, cansada de estar todo el día en el sofá, se fue a la cama. Gran error, porque una vez que la televisión no distraía su mente, esta volvía una y otra vez a la boca de Eric, a su cuerpo fuerte pegado al de ella, a la leve caricia de su dedo índice deslizándose por su cuello y al cosquilleo de su nariz en este. Al olor inconfundible que, desde el primer momento en que lo percibió, alteraba sus sentidos.

Cogió un libro con la esperanza de distraerse, lo más alejado posible de los *highlanders*, y se concentró en la lectura, hasta que este le resbaló de las manos. Pero lo único que consiguió fue que Eric se fundiera con el protagonista de la historia y se colara en su sueño. Despertó en mitad de la noche, agitada, temblorosa y con una urgente necesidad de que él la abrazase y la besase hasta hacerle perder el sentido. Se incorporó y se levantó a beber un vaso de agua. Después, intentó dormir de nuevo tratando de acallar la voz de su conciencia por desear al hombre que le interesaba a su amiga.

Tras una noche de dormir a intervalos, se levantó más temprano de lo habitual y se devanó los sesos tratando de encontrar algo que la distrajera. En pocos días su encierro terminaría, sería de nuevo dueña del uso de sus piernas, podría salir a la calle, caminar, correr incluso. Eric no tendría que llevarla en brazos... eso no era tan bueno, claro, salvo para su tranquilidad emocional, pero el resto sería maravilloso.

Acababa de desayunar, y se sentó en el suelo para arreglar los cajones del Luis para distraerse, cuando le sonó el móvil.

—Hola, Cris. ¿Te pillo en mal momento?

—No, qué va, estaba ordenando los cajones del mueble del salón.

—Es la tercera vez que lo haces desde que estás con el tobillo roto.

—Ya lo sé, pero algo tengo que hacer o me volveré loca.

—Pídele a Eric que te lleve a dar un paseo esta tarde. Necesitas aire fresco.

—Tiene un amigo con problemas y le está animando. ¿No te lo ha dicho? No creo que me llame hoy, ayer vino solo para traer el perfume.

—Pues yo creo que te puedo dar algo para distraerte. Asómate a la ventana, por favor.

—Vale.

Con dificultad se levantó del suelo y se acercó al amplio ventanal que cubría toda la pared del salón.

—Ya estoy.

—¿Puedes decirme si hay un Ford azul oscuro aparcado al fondo de la calle?

Cris vivía en un callejón sin salida para los coches, aunque los peatones podían usar un pasaje peatonal para acceder a una avenida más ancha. Los vehículos entraban y debían dar marcha atrás para salir.

—Sí, allí está.

—¿Hay alguien dentro?

—Parece que sí, aunque no estoy segura. Desde aquí no lo veo bien, ¿por?

—Anoche cuando salí de tu casa, pasé por delante de él y en el interior un hombre trasteaba con su móvil.

—¿Y qué tiene eso de raro?

—Nada, pero esta mañana, camino del trabajo, volví a pasar y el coche estaba en el mismo sitio, pero el hombre del interior había cambiado. Di la vuelta a la esquina, aguardé un poco y volví a asomarme. Y seguía en el coche, no se había bajado.

—Estaría esperando a alguien, mujer.

—Es que miraba a tu portal... y el de anoche también.

—¿Seguro que no era el mismo hombre?

—Muy segura. El de ayer era calvo como una bombilla y el de hoy tenía una mata de pelo rubio de lo más atractiva. No quise parecer muy descarada, pero tenía pinta de ser un bombón.

—Desde aquí no se ve, Amanda. Pero echaré un vistazo de vez en cuando para ver si se marcha. Ya me has dejado intrigada. Me siento como el protagonista de *La ventana indiscreta*.

—Pero no te pases el día pegada a la ventana.

—No, no... si hay algún cambio te aviso.

Regresó a su tarea, pero cada poco rato se levantaba para observar. El coche continuaba en el mismo sitio. Al fondo del callejón, en una zona discreta y oscura por la noche, lejos de las farolas.

A lo largo del día no se movió, y Cris no pudo evitar que su imaginación tejiera mil historias cada cual más descabellada.

Eric la llamó a media tarde para decirle que de nuevo le había surgido un imprevisto y aunque tenía pensado ir a verla no podría. Le confirmó que ya tenía encargado el perfume y en un par de días dispondría de él. A pesar de que le apetecía verle, llevaba todo el día bastante distraída con el Ford azul.

Aguardó impaciente a Amanda, con la certeza de que esta pasaría junto al coche misterioso y le daría más información sobre él. En efecto, nada más entrar en el piso le espetó:

—Ahora está el calvo de anoche.

—El coche se ha movido a la acera de enfrente sobre las cinco de la tarde, seguro que para despistar.

—¿Para despistar a quién, Cris?

—¡Quién sabe! A lo mejor a ti. Es posible que se hayan percatado de que conoces su existencia.

—¿Crees que deberíamos avisar a la policía?

—¿Y decirles qué? ¿Que hay un coche aparcado en nuestra calle y que a veces hay un hombre dentro? Porque no tenemos la seguridad de que siempre lo haya. Puede ser coincidencia.

—Mucha coincidencia, ¿no te parece?

—Sí, pero la policía normalmente necesita hechos sólidos y lo más probable es que piense que somos dos cotillas sin nada que hacer más que buscar tres pies al gato. Esperemos un poco más, a ver qué pasa.

—De acuerdo —admitió Cris.

—A mí me suena a un marido celoso a la caza de una esposa infiel.

—Hay dos hombres.

—El otro puede ser el padre del marido o un amigo. El hombre tendrá un trabajo, o que ir a comer, al baño... esas cosas. Pero si es así debe de ser idiota por ponerle los cuernos a un tipo semejante. ¿Hay en tu bloque algún vecino lo bastante *buenorro* para incitar a la infidelidad a la mujer de un bombón?

Cris repasó en su mente la lista de vecinos, la mayoría más cerca de los setenta que de los treinta, además de las cuatro o cinco viudas que suelen habitar en todos los edificios. Solo el novio de Rocío, al que aún no había conocido, era un hombre joven.

—No se me ocurre ninguno, salvo que usen de picadero alguno de los dos pisos vacíos que hay.

—¿Qué pisos son esos?

—El cuarto B y el quinto C. Llevan un tiempo sin habitar, después de que sus propietarios murieran.

—¿De muerte natural?

—De viejos, diría yo. Ambos pasaban de los ochenta años.

—Voy a subir a echar un vistazo, a ver si se escuchan ruidos dentro.

—¡Voy contigo!

—¿Con muletas, o con la silla de ruedas? ¡Vamos, Cris, se trata de echar una ojeada en plan de pasar desapercibidas! Si me descubren diré que me he equivocado de planta, que vengo a tu casa, pero a ti te conocen.

—De acuerdo, siempre me pierdo lo mejor —murmuró con fastidio.

Amanda salió con sigilo, un sigilo del todo innecesario en aquella segunda planta, y descartando el ascensor, subió por la escalera hasta el cuarto piso. Se acercó con cuidado a la puerta del cuarto B y aplicó el oído contra la madera oscura. El silencio más absoluto reinaba en el interior. Tampoco se observaba el más mínimo rayo de luz por debajo de la puerta. Era indudable que allí no había nadie. A continuación, ascendió otra planta e hizo lo mismo con la puerta del quinto C, con idéntico resultado. Decepcionada, entró en el ascensor y una idea le surgió de repente. Descendió hasta la planta baja y salió a la calle. Cruzó la acera y atisbó las ventanas de ambos pisos. Todas estaban a oscuras, y cerradas a cal y canto, sin ningún indicio de vida en el interior. Las persianas, sucias, indicaban que no se había hecho una limpieza en ellas desde hacía mucho tiempo.

Estaba a punto de subir de nuevo cuando un movimiento al final de la calle llamó su atención. Un hombre alto se acercaba al Ford azul. Se ocultó lo mejor que pudo tras una furgoneta y observó cómo la puerta del coche se abría y el hombre sentado en el interior salía y conversaba brevemente con el otro. No tuvo problemas para identificarle como el rubio que ocupaba el vehículo aquella mañana. Debía de medir al menos un metro ochenta, y aunque el rincón sin luz donde estaba situado el coche no le permitía ver con claridad, el pelo y la cazadora oscura que llevaba le hicieron identificarle sin ninguna duda.

Ambos hombres intercambiaron unas pocas palabras, así como sus puestos. Alzó la mirada por un momento, apenas segundos, temerosa de perderse algo de lo que sucediera, y vio la silueta de Cris contra el cristal, observándolo todo desde su puesto privilegiado. Después volvió su atención al fondo de la calle, donde el hombre rubio entró en el coche y el otro se marchó por el pasaje que daba a la avenida.

Temerosa de ser descubierta, retrocedió entre los coches hasta el comienzo de la calle y giró la esquina. Después, volvió a entrar como si acabase de llegar y llamó al portero, puesto que las llaves las tenía en el bolso que había dejado en el piso de Cris.

Esta la aguardaba detrás de la puerta, excitada y nerviosa.

—He asistido al cambio de relevos.

—Lo he visto. ¿Por qué has bajado? Estaba aterrada de que te descubrieran.

—Porque los pisos estaban silenciosos y quería mirar las ventanas. Todas cerradas a cal y canto, no creo que las persianas se hayan levantado en mucho tiempo. Si alguno de esos pisos se usa de picadero, lo hacen sin abrir las ventanas.

—¿Has podido ver a los hombres?

—Estaba oscuro, pero he identificado al rubio *buenorro* de esta mañana.

—Se ve que hace las noches.

—¿Te importa si me quedo a dormir contigo? Desde mi casa no se ve nada, las ventanas dan a la calle de al lado.

—Claro.

Después de cenar, Amanda insistió en bajar la basura, algo que solía hacer cuando se marchaba a su casa, y si se quedaba a dormir se la solía llevar por la mañana. Pero no pudo resistir la tentación de pasar, una vez más, junto al coche azul camino de los contenedores.

—Ponte una sudadera mía, por si te han visto antes, que no identifiquen la ropa —sugirió Cris.

—¡Buena idea! También me recogeré el pelo.

La llamativa melena oscura y rizada de Amanda desapareció bajo un coletero y unas cuantas horquillas formando un moño apresurado en la nuca. Cris se volvió a asomar a la ventana para comprobar cómo su amiga pasaba junto al coche. Con el móvil en la mano y el número de la policía local tecleado y listo para marcar si el hombre del automóvil hacía el menor movimiento para acercarse a ella.

Pero no fue así. Amanda pasó por la acera, con su bolsa de basura en la mano, y de reojo echó un vistazo al interior del vehículo en el que apenas pudo ver un teléfono móvil en unas manos grandes y cuidadas.

Cuando regresó, lo hizo por la otra acera, temerosa de despertar sospechas.

Ambas amigas pasaron la noche levantándose cada cierto tiempo para atisbar por la ventana, amparadas por la oscuridad. El coche continuaba allí, y aunque no podían verlo en la negrura de la noche, intuían que el hombre, también.

19

El rubio

Cris se levantó a la vez que Amanda y la primera cosa que hicieron ambas fue correr a la ventana del salón para comprobar si el Ford azul continuaba en su sitio. La decepción fue grande al ver el hueco ocupado por un Seat Ibiza blanco.

—¡Mierda, no está!

La mirada de Amanda se paseó por el resto de coches de la calle y, a su pesar, respiró aliviada.

—Sí está, pero ha cambiado de posición. Mira, al principio de la calle, el segundo de la acera de enfrente.

—Es verdad. Desde aquí lo vemos peor ahora.

—Pero se ve. Cris... cómo me intriga ese coche...

—Y a mí.

—Vamos a desayunar, y cuando salga intentaré echar un vistazo a ver si el rubio sigue dentro.

—Ten cuidado, no te dejes ver mucho. Puede ser peligroso, Amanda. Anoche se me ocurrió que podían ser terroristas que estén planeando hacer algún tipo de atentado.

—¿En tu edificio? No lo creo, Cris, aquí no hay ningún objetivo que pueda ser motivo de un atentado. La hipótesis del marido celoso me parece mucho más plausible.

—¿Llegaremos alguna vez a saber por qué está ahí?

—No lo creo, salvo que pase algo muy serio.

Amanda terminó su café y su pequeña tostada integral, mientras que Cris daba cuenta de su enorme rebanada de pan de pueblo untada con manteca de lomo. Y a continuación dos magdalenas.

Llevó todo al fregadero, y tras enjuagarlo, lo dejó dentro del lavavajillas antes de marcharse. Cris se situó en su puesto de observación para contemplar cómo su amiga salía del portal y, con disimulo y desde la distancia, le echaba un leve vistazo al coche. Apenas giró la esquina recibió un mensaje.

—¡¡¡Hoy hay otro!!! Uno moreno y con el pelo corto. Esto es algo gordo, Cris, hay tres tíos implicados.

—¡Por Dios, y yo con esta maldita escayola sin poder salir a echar un vistazo!

—Tranquila, ni se te ocurra moverte de casa. Tú obsérvalo todo y me cuentas si pasa algo nuevo.

—De acuerdo.

A duras penas consiguió arrastrar una silla hasta colocarla junto a la ventana, y se sentó en ella. Cada pocos segundos se levantaba para observar la calle y comprobar si había algún cambio en la posición del vehículo.

Como solía hacer, Rocío llamó antes de irse a la peluquería para preguntar si necesitaba algo, y Cris no pudo resistirse a contarle la existencia del coche misterioso y los tres hombres que se turnaban para ocuparlo. Al marcharse, observó cómo también ella le echaba un vistazo al mismo, aunque con mucho más disimulo que Amanda, que resultaba bastante descarada.

Pasó la mayor parte del día en su puesto de observación, y cuando a media tarde sonó el timbre de la puerta dio un respingo y un grito sobresaltado.

Desde el umbral, al escucharla, Eric se dijo que no ganaba para sustos.

—Cris... ¿qué te pasa?

Ella se apresuró a coger las muletas y a acercarse a la puerta para abrir. A pesar de sus temores, estaba seca, y sin golpes aparentes.

—Eric... no te esperaba... Me has asustado.

—¿No has leído mi mensaje?

—No, estaba distraída —se excusó cogiendo el teléfono, abandonado sobre el sofá, y comprobando la bandeja de entrada.

«En un rato iré a llevarte el perfume. Si no te viene bien, avísame.»

—Me alegra escuchar eso, lo normal es que digas que te aburres. Pero no entiendo por qué te sobresalta el timbre de tu propia puerta.

—Es que desde hace un par de días, en la calle hay un coche raro.

—¿Cómo de raro? Yo acabo de llegar y no he visto ninguno que me llamase la atención.

—Ven, te lo enseñaré. —Se acercó hasta el ventanal y agitó la mano instando a Eric a hacer lo mismo. Una vez él estuvo a su lado, señaló a la calle.

—Aquel Ford azul aparcado al principio de la calle. Ayer estaba al fondo del callejón.

—¿Y qué tiene eso de raro? Yo nunca aparco en el mismo sitio.

—Es que siempre hay un hombre dentro... pero no el mismo. Unas veces es calvo, otras, rubio, y esta mañana Amanda ha visto a uno moreno de pelo corto. Dice que siempre están mirando hacia este portal.

Eric se echó a reír con ganas.

—Realmente estás muy aburrida. Todo eso son meras casualidades, Cris, y tu mente ha tejido una serie de ideas totalmente descabelladas alrededor de un simple coche azul.

—¿Tú crees?

—Claro. Ven, vamos a sentarnos un rato y olvidarnos de toda esa historia.

Eric se sentó en el sofá y palmeó el sitio a su lado invitando a Cris a acompañarle. Esta dudó solo una fracción de segundo y se acomodó junto a él.

—¿Cómo ha ido el día? —preguntó—. Y, por favor, dime que no lo has pasado pegada a esa ventana.

Ella calló y miró al suelo, evasiva.

—Dios santo... mañana vamos a salir a dar una vuelta, ¿te parece? Estar encerrada te está volviendo paranoica.

—De acuerdo.

La idea de volver a salir a la calle con Eric la llenó de alegría. De nuevo la cogería en brazos y con toda probabilidad sería la última vez, porque en pocos días le quitarían la escayola. Nunca volvería a tenerle tan cerca y eso sería estupendo para su estabilidad emocional, aunque por otra parte la idea de que las visitas se acabarían le producía una sensación de pérdida irreparable. Pero no quería pensar en eso, en aquel momento estaba allí, sentado junto a ella, y al día siguiente iban a salir juntos. Lo disfrutaría mientras durase.

—El lunes tengo cita con el traumatólogo para que me quiten la escayola —comentó ilusionada—. No veo el momento.

—Al principio tendrás que ir con cuidado. Notarás el pie raro, es posible que sientas calambres y casi con seguridad el tobillo necesitará rehabilitación para empezar a moverlo con normalidad. Vendré por la tarde a echarle un vistazo.

—Gracias.

—Mientras tanto no hagas nada extraño, ningún exceso, espera a que yo lo vea, ¿de acuerdo?

—¿No podré andar cuando al fin me vea libre de esta cosa? —preguntó alzando la pierna y mirando la escayola con asco.

—Andar sí, aunque es casi seguro que al principio te dolerá. Pero si te conozco un poco sé que querrás correr, o subirte a algún sitio y empezar tu vida con normalidad. Tienes que tomártelo con calma y seguir mis instrucciones.

—De acuerdo. —Lo primero que pensó fue que eso le haría ganar unos días más en su compañía, con la excusa de la rehabilitación. Después, si seguían viéndose ya tendría que ser en otro plano y ahí ella debería mostrarse firme, y apartarse. Por Amanda—. ¿Sabes lo primero que voy a hacer cuando me libere?

—Salir a dar un paseo.

Ella negó con la cabeza.

—Meterme en la ducha y quedarme bajo los chorros mucho rato.

La imagen de ella, desnuda, bajo el agua, se coló en la mente de Eric sin que pudiera evitarlo. El deseo de volver a besarla le asaltó de nuevo con intensidad. Clavó los ojos en los verdes de la chica y leyó en ellos una mezcla de su mismo deseo y a la vez temor de que lo hiciera. Fue consciente de que Cris se apartaría si lo intentaba, y no quiso arriesgar la posibilidad de volver a verla después de que le quitasen la escayola. Carraspeó para romper el momento y se levantó.

—Es posible que con la escayola te salga piel muerta mientras te duchas. No te preocupes si te sucede.

—¡Qué asco!

—No es tan terrible, mujer. Échate un poco de crema hidratante y asunto solucionado. Ahora voy a darte el perfume.

De la bandolera que solía llevar sacó una caja cuadrada.

—Todo para ti. No uses mucho, que quede sutil.

—¿Cuánto te ha costado? Te lo pagaré.

—Ni hablar, es un regalo.
—Muchas gracias... Ha debido de costarte caro...
Él volvió a sentarse a su lado, aunque en esa ocasión un poco más lejos. No quería oler el perfume, si se lo ponía; la combinación cuando se mezclaba con su piel le excitaba sobremanera, y había decidido que aquella tarde solo iban a tener una charla amistosa. Por mucho que él deseara lo contrario.
—Mucho menos que si te invitara a comer.
Cris lanzó una carcajada.
—Eso seguro. Y hablando de comer... ¿Te apetecen unos frutos secos? Creo que solo quedan kikos, el resto ya me los he comido. Las pipas se acabaron ayer, y es una lástima, porque me apetecen mucho. Voy a mandarle un *whatsapp* a Amanda para que compre al volver. En el supermercado que hay a la vuelta de la esquina venden unos paquetes enormes y casi siempre están de oferta. Si no llega muy tarde lo encontrará abierto.
—¿Quieres que baje y las compre yo? —preguntó, deseando salir un momento y recuperar el control de sus sentidos para alejar las ganas de besarla que le estaban torturando. Cada vez le costaba más mantenerse dentro de los límites amistosos, sobre todo porque notaba en Cris el mismo deseo latente que sentía él, aunque no lo reconociera.
Ella se relamió ante la posibilidad de disfrutar de unas sabrosas pipas de girasol en seguida.
—¿No te importa?
—Claro que no.
Se puso de pie y se dirigió a la puerta. Antes de salir, se volvió y le preguntó:
—¿Alguna marca en especial?
—Los paquetes grandes.
—¿Cuántos te traigo? ¿Un par de ellos?
Cris agitó la cabeza.
—Si están al tres por dos, trae nueve.
—¡¿Nueve?! Cris, ¿tienes idea del dolor de tripa que te puede dar si te comes nueve paquetes de pipas del tirón?
—No pensaba comerlos todos esta tarde... pero hay que aprovechar si están de oferta.
—Y si no lo están, ¿cuántos compro?
—Con tres será suficiente.
—De acuerdo.

—En esa caja metálica hay algo de dinero, cógelo.

Él sacudió la mano y salió.

—Eric...

Él se volvió de nuevo con expresión divertida.

—¿Quieres que te mire más ofertas?

—No, pero como tienes que pasar junto al coche azul... ¿te importaría mirar si hay un hombre dentro? ¿Y si es rubio, moreno o calvo?

—¿Algo así como *El bueno, el feo y el malo*?

—Algo así.

—De acuerdo, echaré un vistazo y luego te convenceré de que no hay nada extraño en ese coche.

—Ten cuidado...

—El mayor peligro que voy a correr es el de ser devorado por una tonelada de pipas de girasol.

Cerró la puerta tras de sí y Cris se apresuró a asomarse a la ventana. Aguardó impaciente hasta que Eric salió del portal y lo siguió con la vista mientras se dirigía a la entrada de la calle. Cuando estuvo situado a la altura del coche, giró con paso decidido hasta acercarse, y apoyando las manos en el techo del mismo, se inclinó y comenzó a hablar con la persona que había dentro.

Cris empezó a sudar ante el gesto.

«No, no, Eric... no hagas eso.»

Contuvo la respiración durante el tiempo que duró la charla. Se pellizcó los brazos presa de nervosismo e incluso olvidó la muleta y apoyó la escayola en el suelo. No tendría que haberle contado a Eric lo del coche, era un tío y seguro que las iba a delatar. Lo estropearía todo.

Eric se mostraba relajado y manteniendo una conversación cordial. ¿De qué diablos estarían hablando tanto tiempo? Al fin, tras lo que le pareció una eternidad, se alejó en dirección al supermercado.

Impaciente, le mandó un mensaje.

«¿Qué has hecho?»

Vio cómo las comillas se volvían azules, indicando que lo había leído, pero no hubo respuesta.

Estaba tan nerviosa que no le hubiera importado prescindir de las pipas si con ello iba a enterarse antes de lo sucedido. Al fin, Eric volvió a girar la esquina y se acercó al coche de nuevo.

Cogió el móvil y volvió a teclear:

«Sube ya. ¿Qué crees que estás haciendo?»

Pero él no hizo ni siquiera la intención de mirar el teléfono y continuó con su charla.

Cris no podía apartar la vista del coche, y aún se sorprendió más cuando un tercer hombre, calvo, se acercó. Inmediatamente la portezuela se abrió y un chico alto y atlético bajó para dejar el sitio al recién llegado.

«El rubio y el calvo. Jo, Amanda, lo que te estás perdiendo. ¿Qué trola les habrá contado Eric para estar ahí hablando con ellos, como si los conociera de toda la vida?»

A continuación, Eric y el hombre rubio echaron a andar por la acera y se dirigieron hacia su portal, sin dejar de hablar de forma amistosa.

«Oh, oh. ¡Vienen hacia aquí! ¡Eric, te voy a despellejar!»

El timbre del porterillo sonó en aquel momento. Pocas veces la puerta estaba cerrada, la mayoría de los vecinos eran muy descuidados y solían dejarla abierta durante el día.

—Abre, Cris. —La voz de Eric sonó firme y tajante y ella pulsó el botón de apertura sin siquiera pensárselo. Seguro que el tipo aquel iba a otro piso y no al suyo. Todo debía de ser un malentendido.

Pero cuando abrió la puerta, los dos hombres estaban frente a ella. Eric con una sonrisa divertida en la boca; el otro muy serio.

—¿Me permites pasar? Me gustaría hablar contigo un momento.

Indecisa, miró a Eric, que asintió con la cabeza.

—Claro. —Se apartó con cuidado. Con razón decía Amanda que era un bombón, aunque sus nervios en aquel momento no le permitían apreciarlo del todo. Alto, fuerte y muy sexi. El pelo rubio le caía sobre el cuello de una cazadora de cuero marrón oscuro.

Metió la mano en un bolsillo de la misma y Cris se encogió un poco. Sacó una placa, que le mostró.

—Me llamo Moisés Hernández, y soy policía secreta. Además de compañero de piso de Eric.

—¿Es tu compañero de piso?

—Sí.

Cris sintió revolvérsele la bilis en el estómago. Por su mente pasaron fragmentos de la primera conversación que Eric y ella mantuvieron en la cafetería sobre sus supuestas actividades de prostitución.

—¿Estás ahí abajo para averiguar si soy puta? ¿Para decírselo a tu amigo y que no venga más? —preguntó indignada. Luego su mirada se posó en Eric—. ¿Le has mandado tú?

—No, no tiene nada que ver contigo. Te puedo tutear, ¿no? Te conozco casi como si fueras de mi propia familia, y ambos sabemos que no eres prostituta. Él y yo nos metimos en lo del «danés» juntos. De hecho, yo le convencí para que te llamara e insistiese.

—Entonces, ¿qué haces aquí, en un coche aparcado en mi calle desde hace dos días?

—Estoy en medio de un operativo; hace casi una semana que dos compañeros y yo nos turnamos para vigilar este portal. ¿Qué puedes decirme del vecino del primero C?

—Pues que es un viejo muy cascarrabias, que si puede te da con la puerta en la cara y jamás te saluda si se cruza contigo.

—¿Vive solo?

—Sí, desde hace cosa de un año. Su padre vivía con él y murió. ¿Ha hecho algo? ¿Le ha metido mano a una anciana del centro de día? ¿Ha robado Viagra en alguna farmacia?

—No ha hecho nada, que sepamos. Pero podría estar en peligro.

Cris se dejó caer en el sofá con todo su peso.

—No sé si has oído hablar de un crimen que convulsionó a la ciudad hará un par de meses. Un anciano apareció muerto en su casa, parece ser que el motivo fue el robo. La investigación de huellas dactilares tomadas en la casa nos puso tras la pista de un delincuente que ya había sido sospechoso de un crimen similar. Sin embargo, salió indemne por falta de pruebas. Las indagaciones que hemos realizado sobre este individuo nos hacen pensar que podría estar relacionándose con este vecino tuyo. Datos fiables nos han traído hasta esta dirección y llevamos una semana vigilando el portal por si le viéramos aparecer.

Cris se volvió hacia Eric, incrédula.

—Me estáis tomando el pelo, ¿verdad? De pura casualidad has visto a tu amigo en el coche y habéis decidido darme un susto para que deje de atisbar por la ventana.

—Me temo que no es ninguna broma. Lo que te he contado es la pura verdad. Y no debería haberte dado tantos detalles, pero creo correcto hacerlo porque voy a solicitar tu ayuda. Además, Eric me ha dicho que eres de fiar.

—¿Mi ayuda? Te advierto que soy más bien cobarde... las heroicidades no son lo mío. Si se tratase de Amanda, otra cosa sería.

—Tranquila, no voy a pedirte nada que pueda poner en peligro tu vida, solo que cuando sepamos que está dentro, llamaremos a tu portero y tú nos abrirás para que podamos detenerle.

—¿Lo vais a detener aquí?

—Sí, tenemos esa intención.

—Ayyy, Dios, que la primera planta está habitada entera por gente muy mayor y le puede dar un telele a alguno si os liais a tiros en el rellano.

—Nadie va a liarse a tiros, mujer. Has visto muchas películas americanas, la mayoría de las detenciones se llevan a cabo de forma muy discreta y sin sacar las armas. Sabemos lo que hacemos, Cristina, no vamos a poner en peligro la vida de nadie. Y tampoco se va a saber que tú nos has abierto la puerta, te lo aseguro. ¿Podemos contar contigo?

—De acuerdo, lo haré.

—¿Puedo ahora pedirte un favor? No como policía, sino como amigo de Eric.

—Claro.

—¿Me permitirías usar tu baño? Llevo muchas horas sentado en ese coche sin moverme.

—¿El baño? Sí, claro... pero antes quiero aclararte una cosa... lo que tengo en la cajita azul es bicarbonato, lo uso para darme baños de pies cuando vengo muy cansada. No vayas a pensar otra cosa...

Moisés la miró muy fijo y frunció el ceño.

—¿Bicarbonato? ¿Seguro?

—Puedes llevarte una muestra para analizar, si no te fías.

Eric se echó a reír.

—Ahora sí te está tomando el pelo, Cris. La primera puerta a la derecha.

Moisés se dirigió al baño sacudiendo la cabeza. No le extrañaba que su amigo estuviera colado por aquella chica, era realmente adorable.

En cuanto desapareció, Cristina se enfrentó a Eric. Los ojos azules brillaban divertidos.

—¡Podías haberme avisado! Creí que me iba a dar un infarto cuando te paraste a hablar con el hombre del coche, y ni te cuento cuando os vi venir juntos hacia el portal.

—Era muy largo de explicar por *Whatsapp*. Pensé que mejor lo aclarábamos aquí.

—¿Mejor? ¡Mira cómo me he puesto los brazos de pellizcármelos por culpa de los nervios!

Eric alargó la mano y levantó la manga que tapaba el brazo de Cris. Una serie de pequeños moretones se estaban empezando a formar.

—¿Siempre que estás nerviosa haces esto?

—A veces.

En aquel preciso momento las llaves en la cerradura anunciaron la llegada de Amanda. Cris y Eric estaban sentados en el sofá, él acariciaba con suavidad las marcas púrpura tratando de aliviar el dolor y a la vez calmar su estado de nerviosismo.

Amanda entró como una tromba, sin fijarse en la mano que Eric retiraba con rapidez del antebrazo de Cris.

—Ahora es el calvo quien está en el coche, y ha vuelto a cambiar de posición. De nuevo está al fondo de la calle.

La puerta del baño se abrió y Moisés apareció en el pasillo. Amanda giró la cabeza y exclamó, señalándole con el dedo y con la cara desencajada:

—¡Es él... es él, Cris... el rubio!

«El rubio» sonrió con benevolencia y avanzó unos pasos.

—Y tú eres la chica que ha pasado al menos veinte veces al lado del coche estos últimos días, mirando con poco disimulo.

—¿Te has dado cuenta?

Moisés se echó a reír.

—Pues claro que me he dado cuenta... y también mis compañeros. Eras la anécdota del día, la preciosa morena que pasaba una y otra vez. Pensábamos que te interesaba alguno de nosotros.

—Nada de eso. Y a propósito... ¿Qué demonios hacías en el cuarto de baño de mi amiga?

—¿Tengo que dar detalles? ¿O te basta con saber que trataba de averiguar si el bicarbonato es solo bicarbonato?

—¿Buscas drogas? ¿Eres poli?

Moisés asintió.

—Te aseguro que Cris es la persona más sana que conozco, ni siquiera bebe más allá de algún tinto de verano. Lo único que se mete en vena son kikos, pipas, cacahuetes, caramelos, bombones, y si vamos a la droga dura, pues tostadas con manteca de lomo, tocino, y cosas de ese tipo. No vas a encontrar drogas aquí.

—Defiendes a tu amiga como una leona, ¿eh?

—Por supuesto.

—Creo que debería presentarme. Soy Moisés, el compañero de piso de Eric, y ha sido pura casualidad que esté en un operativo aquí en esta calle. No tiene nada que ver con vosotros. ¿Y tú eres...?

—Amanda, la mejor amiga de Cris.

—¿La que «iba a mirar el danés»?

—La misma. —Rio.

—Pues lo que es mirar, lo haces muy bien.

—¡Te cachondeas de tu madre, guapo!

—Venga, mujer, acepta una broma —dijo conciliador.

—¿Y supongo que no puedes decirnos cuál es vuestra misión en esta calle?

—Ya se lo he contado a Cristina, ella nos va a ayudar.

—Y yo también. ¡No pretenderéis dejarme fuera de esto! Con la de paseos que he dado alrededor del coche.

—Solo hay que abrir la puerta de la calle desde el porterillo, Amanda —advirtió Eric.

—Lo que sea. Ayer subí a escuchar tras la puerta de los pisos vacíos del bloque por si había alguien dentro.

—¡Ay, Dios! —Moisés alzó la vista al techo—. Prometedme que no vais a hacer nada, absolutamente nada, porque podéis estropear la operación. Solo, cuando yo os llame, abrid la puerta de la calle si está cerrada. ¿De acuerdo?

—De acuerdo.

—Ahora me marcho... ¿Tú te quedas, Eric?

Este dudó un momento. No quería dejar solo a su amigo, pero la tarde con Cristina se le había hecho demasiado corta.

—Yo iba a preparar la cena —ofreció Amanda—. ¿Por qué no os quedáis los dos? ¿O tienes que vigilar el portal?

—No, yo ya he terminado mi turno por hoy, me marcho a casa.

—Pues quedaos. Cenaremos los cuatro. —Tampoco Cris quería poner fin a aquella tarde tan poco convencional—. Necesito un poco de contacto social, llevo enclaustrada aquí cinco semanas con la sola presencia de Amanda por las noches y alguna visita ocasional de Eric. Lo pido como pago a mi colaboración con las fuerzas del orden.

—De acuerdo, por mi parte no hay problema, si Eric está de acuerdo.

La radiante sonrisa de su amigo le dio a entender que estaba muy de acuerdo.

Moisés se integró en el grupo sin problemas. Su forma de ser abierta y dicharachera hizo que la conversación fluyera con soltura. En ningún momento se mencionó el motivo por el que estaba allí, sino que los temas a tratar aparecían uno tras otro sin ningún esfuerzo por parte de nadie. Por primera vez desde hacía unas semanas, desde que dejara su relación con Olga, se sintió relajado y capaz de disfrutar de un rato amigable sin que la tristeza lo inundara todo.

Tras la deliciosa cena a base de ensalada de arroz y embutido, disfrutaron de una copa acompañada de las pipas de girasol que Eric había comprado, y que habían quedado olvidadas sobre la mesa.

Cuando se marcharon, Amanda se quedó un rato más para recoger la cocina y Cris se empeñó en ayudarla.

—¿No te vas a quedar quieta?

—Solo faltan unos días para librarme de este trasto. Seguro que ya puedo estar de pie un poco.

—De acuerdo, pero solo un poco. Menudo susto me he llevado cuando he visto salir del cuarto de baño a Moisés. Eso se avisa.

—Pues ni te digo cuando los vi entrar juntos en el portal. Eric había ido a comprar pipas y volvió con él. Me he destrozado los brazos a pellizcos mientras avanzaban juntos y charlando por la calle.

—Me lo imagino, conociéndote. Es simpático, ¿verdad?

—Sí, y está como un tren.

—Te lo dije, que tenía pinta de ser un bombón. Ya sentado en el coche apuntaba maneras.

—Eric me ha dicho que ha roto con la novia hace poco y está fatal. Podríamos invitarle de vez en cuando, ¿no te parece?

—Claro, por mí sin problemas.

—He pensado que si empezamos a salir los cuatro a lo mejor yo...

—¿Tú qué? —La miró con fijeza y por un momento dejó de enjuagar el bol de la ensalada.

—Pues que podría gustarme, y yo a él.

Amanda frunció el ceño, extrañada.

—¿Tú y Moisés?

—¿Por qué no? Es simpático, está cañón, y... todo iría bien entonces.

—¿Hay algo que no vaya bien?

Cris desvió la vista y empezó a tirar a la basura las cáscaras de pipas acumuladas en los platos.

«Que a las dos nos gusta el mismo tío. Y si yo logro que me guste su amigo, ya no habría problema.»

—Cris...

—No, es solo que Eric y tú estáis empezando a veros y yo me voy a sentir un poco excluida. Si entre Moisés y yo surgiera algo, pues podríamos salir los cuatro y todo sería estupendo: dos amigas con dos amigos.

—¿Seguro que es eso? ¿No será que te gusta Eric?

«Vamos, confiésalo, reconoce que te gusta a rabiar, que lo quieres para ti.»

—¿Eric? ¡Qué va! —Demasiado rápido, demasiado rotundo—. Es Moisés el que me ha hecho tilín esta noche. Estoy segura de que puedo hacer que olvide a su ex, yo he estado en su misma situación y sé cómo se siente.

—Ya. Pues inténtalo si es lo que deseas, pero recuerda que es el corazón quien decide a quién querer, y no nuestra voluntad.

—Ya lo sé.

—Bien, esto ya está. Me voy a casa.

—Buenas noches, Amanda. Va a ser estupendo, ya lo verás.

Conteniendo una mueca escéptica, esta se marchó, pero esta vez teniendo buen cuidado de pasar lo más lejos posible del coche azul.

Apenas sintió la puerta cerrarse, Rocío abrió la suya y llamó a casa de Cristina. La excitación era patente en su rostro vivaracho.

—Cuando he venido el coche estaba en el mismo sitio —dijo nada más entrar—. Y dos tíos de anuncio de ropa interior estaban llamando a tu puerta. Me pareció de mal gusto pararme a esperar a que entrasen, pero observé por la mirilla. ¿Son amigos vuestros?

Cris dudó si decirle la verdad sobre Moisés, pero, aunque confiaba en Rocío, pensó que la ponía en peligro si le contaba todo. Se decidió por una verdad a medias.

—El moreno es el fisioterapeuta que viene a veces a darme masajes, por lo de la pierna.

—¿Ese pedazo de hombre te toca?

—No me toca. —Cris sacudió la cabeza—. Solo me da masaje.

—Con las manos, luego te toca.

—No como hombre, Rocío. Le gusta a Amanda —añadió.

—Entiendo, eso lo cambia todo. ¿Y el otro?

—Es su compañero de piso, hoy le ha acompañado.

—Solo le he visto de espaldas, pero también está para mojar pan.

—Sí que lo está. Y con un poco de suerte, él y yo... quizás...

—Genial. Ya te toca tener a alguien en tu vida.

Cris suspiró.

—Bueno, aclarado todo, si no necesitas nada más, me marcho. Es tarde y ya sabes que mañana madrugo.

—Hasta mañana, Rocío. Y gracias por todo.

20

Colaborando con la ley

Durante varios días se estableció para Cris una rutina diferente a la de las semanas anteriores. Eric pasaba a verla todas las tardes y a ella cada vez le costaba más trabajo convencerse a sí misma de que podía controlar la atracción que sentía por él. Cuando le veía entrar, llenando la habitación con su sola presencia, y el olor suave de la colonia inundaba sus fosas nasales, todo su cuerpo se agitaba. Trataba de sentarse lo más lejos posible para evitar cualquier tentación, pero cuando clavaba en ella sus profundos ojos azules y le dedicaba esa sonrisa ladeada, que la derretía por dentro, le daban ganas de mandarlo todo al diablo y arrojarse sobre él sin pensar en nada más. Luego se acordaba de Amanda y encendía la tele o se marchaba al baño para evitar la tentación.

Moisés se convirtió en un habitual de las cenas; cuando terminaba su turno de vigilancia subía a compartir un rato de charla con ellos, y luego Eric y él se marchaban. Amanda solía irse con ellos, dejándola sola y muerta de celos. En ocasiones llamaba al piso de su amiga un rato después para comprobar si ya había llegado y el teléfono fijo sonaba y sonaba sin que respondiera nadie.

La noche antes de que le quitasen la escayola, Moisés había cambiado el turno con sus compañeros y vigilaría el portal en el último tramo del día y la madrugada. El operativo se estaba alargando más de lo previsto y les habían advertido de que si no obtenían resultados pronto, deberían abandonarlo y ocuparse del resto de trabajo que se les estaba acumulando. Él se negaba a admitir que se había equivocado, confiaba en su instinto y este le decía que más tarde o más temprano el hombre aparecería y podrían detenerle. La sensación de que el anciano estaba en serio peligro si dejaban la vigilancia no le abandonaba ni un instante.

Cuando Amanda llegó, Cris y Eric estaban sentados en el sofá charlando animadamente. En la mesa de centro, un bol con restos de palomitas y un par de vasos vacíos daba constancia de que la tarde había sido animada.

—Hola, chicos. Acabo de ver a Moisés en el coche. ¿Esta noche no comparte cervecita ni cena con nosotros?

—No, ha cambiado el turno porque su compañero tiene un compromiso familiar importante.

—Yo también tengo mañana un asunto importante... ¡Por fin podré andar de nuevo sobre dos piernas! Las sirenas tienen que sentirse fatal.

—Cris, las sirenas no existen.

—Ya lo sé; en caso de que existieran, tendrían un serio problema para desplazarse.

Eric le lanzó un guiño malicioso.

—Yo creo que el desplazamiento sería el menor de sus problemas. La reproducción sí sería un asunto grave.

Cris le lanzó un manotazo en el hombro.

—Los hombres siempre pensando en lo mismo.

«Cuando estoy cerca de ti, siempre», pensó él, confiando en que su cara no dejase traslucir sus pensamientos.

—¿Cómo vas a hacer para ir hasta el ambulatorio? —preguntó Amanda, preocupada—. En otro momento me pediría la mañana, pero no está el horno para bollos en la oficina.

—¿Mucho trabajo? —inquirió Eric.

—No, no es eso. Pero mi jefe está empezando a insinuarse y si me pido unas horas seguro que se las querrá cobrar de alguna forma.

—¡Será cerdo! —estalló Eric. La sola idea de un hombre o mujer que aprovechase una situación de ventaja para imponer sus atenciones sexuales a otra persona le hacía hervir de indignación.

—¿Desde cuándo pasa eso, Amanda? —preguntó Cristina, preocupada. Su amiga nunca le había comentado nada sobre acoso en el trabajo. Cierto que su jefe era un capullo, pero no más que otros jefes.

—Desde hace un par de semanas. Ha empezado a elogiar la ropa que llevo, ha hecho preguntas a algunas de mis compañeras para averiguar si tengo pareja y cuando ha descubierto que no, ha comenzado a lanzar indirectas. De momento está ahí, esperemos que mi indiferencia le disuada de ir más allá. —Sacudió la cabeza—. Tengo una hipoteca y vivo al día, no me puedo permitir perder el empleo.

—¿Dónde trabajas? —inquirió Eric.

—Soy administrativa en una cadena de zapaterías.

—Si puedo hacer algo por ayudar... —ofreció.

—¿Algo como qué?

—Pues hay dos opciones. Presentarme a recogerte una tarde como tu novio o partirle las piernas por cerdo.

Cris sintió que algo se le rompía por dentro. Había dicho como su novio... ¿Quería serlo o solo lo decía por ayudar?

Amanda miró a su amiga, y negó con la cabeza.

—No, es mejor que no intervengas. De momento puedo controlarlo.

—Si la cosa se pone peor, el ofrecimiento sigue en pie. Solo dímelo.

—Claro, Eric, gracias. Ahora lo que me preocupa es cómo va a ir Cris mañana al médico.

Esta se encogió de hombros.

—Cogeré un taxi.

—¿Y cómo vas a salir del edificio? Ahí abajo hay cinco escalones que salvar, aparte de que entrar con la silla de ruedas en el ascensor es complicado.

—Yo no puedo dejar el hospital mañana, tengo un paciente al que es imprescindible tratar. No puede perder ninguna sesión.

—Pregúntale a Rocío. Es la vecina de enfrente —aclaró Amanda ante la mirada interrogativa de Eric—. Se ha mudado hace poco, pero ha hecho muy buenas migas con Cris.

—Ella trabaja desde temprano y en un pueblo. Me las arreglaré, no os preocupéis. Dejaré la silla en casa y usaré las muletas. Siempre puedo pedirle al chico del coche azul que me eche una mano con los escalones —bromeó.

—Claro, Moisés sale del turno a las ocho de la mañana. Le diré que te acompañe hasta el ambulatorio.

—No hace falta, Eric, lo decía de broma. Estará muerto de sueño y lo único que querrá será irse a casa.

—No le importará, le conozco.

—Puedes invitarle a un café, Cris. No tienes que ir al traumatólogo hasta las diez y está cerca, así se despejará.

Esta miró a su amiga y entendió a la perfección la indirecta.

—De acuerdo —aceptó. Quizás fuera bueno verle a solas un rato porque, por mucho que lo intentaba, las noches que habían estado los cuatro juntos no lograba sentir por él más que simpatía. Ni por asomo las mariposas que Eric le hacía bailotear en el estómago cuando la miraba.

—Se lo preguntaré cuando baje.

—Gracias.

—Voy a preparar una tortilla de patatas. ¿Te quedas, Eric?

—No debería. Estoy abusando mucho de vosotras, ceno aquí demasiadas veces.

—Bah, tonterías. Nos encanta tenerte en casa, ¿verdad, Cris?

—Claro que sí. Quédate, por favor.

—De acuerdo. Pero cuando ella pueda salir me tenéis que dejar que os invite una noche a cenar en un buen restaurante.

—¿Tienes una saneada cuenta en un paraíso fiscal? Porque con menos no le das de comer a Cris en un sitio bueno.

—¡Vete a la porra!

—La ocasión lo merecerá.

—¿Qué ocasión?

—La de verte fuera de aquí, asentada sobre tus dos preciosas piernas.

Cris no pudo evitar sentir que una sensación cálida la recorriera ante la mirada que él deslizó sobre los muslos, cubiertos por un pantalón de tela ligera.

—Me moderaré con la comida, tranquilo.

—No te lo creas... eso es algo imposible. Yo creo que lo único que puede hacer que se olvide de la comida es que un tío la tenga varios días sin salir de la cama.

—Para eso también hay que comer —advirtió Eric.

—Sí, pero solo entre polvo y polvo.

—No tiene gracia —susurró dedicándole a su amiga una mirada aviesa.

Eric decidió seguirle la corriente y de paso averiguar algo más sobre los gustos sexuales de Cris.

—¿Sueles dejar de comer de forma compulsiva cuando estás en la cama? ¿O haces incursión al frigorífico entre polvo y polvo?

—No sé lo que significa «entre polvo y polvo».
—¿Cómo que no lo sabes?
Amanda acudió en su ayuda.
—Que su ex era de «sábado, sabadete».
—¿No es lo normal?
—¡Noooo! —saltaron al unísono Amanda y Eric.
—No en gente joven, cielo —añadió su amiga.
—Perdona si la pregunta te suena demasiado personal, pero como tu pie y mis testículos ya han tenido contacto íntimo, considero que tenemos la suficiente confianza para hacerla. ¿Nunca te han tenido toda una noche en danza, en un maratón de sexo, y te has levantado que no te podías ni sentar?
Ante la mirada evasiva de Cris, Amanda respondió por ella.
—¡Qué la van a tener! Si no ha salido del misionero, y eso de semana en semana.
Eric clavó los ojos en los de ella, que eludían su mirada. Respiró hondo mientras pensaba: «El día que te pille te vas a enterar de lo que es echar un polvo... o unos cuantos.»
—Hablemos de otra cosa; mi ex vida sexual no tiene ningún interés.
—En eso tienes razón, la que importa es la futura. Tenemos que buscarte un buen mozo, alto y fuerte, con el que puedas cumplir tu fantasía.
—¡Ya te estás callando, Amanda!
—No, sigue contado, que esto se pone interesante. ¿Tienes una fantasía? ¿Un «danés», tú también?
—En realidad...
—¡¡Que te calles, coño!!
El exabrupto sorprendió a ambos. Cris raramente decía palabrotas, por lo que dedujeron que estaba muy enfadada.
—De acuerdo, de acuerdo... Sí tiene una fantasía, pero si quieres saberla la tendrás que convencer para que te la cuente ella. Yo ya me quedo calladita y me voy a la cocina a preparar la tortilla de patatas. ¿Tú crees que a Moisés le apetecería un trozo?
—Seguro que sí. Cuando está en el coche se toma un simple sándwich.
—Bien, mándale un mensaje y dile que en un rato le bajamos la cena.
Amanda entró en la cocina y Eric se inclinó sobre Cris y le acarició la barbilla. Luego, le susurró bajito:

—No te enfades con ella, ha sido culpa mía. Yo pregunté, pero es que todo lo relacionado con fantasías sexuales me produce mucha curiosidad. De ahí todo el lío del «danés» con el que nos conocimos.

—No tenía derecho a mencionar la mía.

—Es cierto, pero me interesa mucho. ¿No me la vas a contar? Prometo no decírselo a nadie.

Cris negó con la cabeza. Los dedos de Eric se deslizaban despacio por el mentón, acariciándolo con suavidad.

—Por favor... yo ya te he dicho la mía. Creo que sería lo justo, ¿no?

—Mejor le preguntas a Amanda la suya, que la tiene muy calladita. —Apartó la cabeza para deshacerse de los dedos de él, que la estaban perturbando demasiado. No quería que Amanda saliera de la cocina y los sorprendiese. Y tampoco quería sucumbir a la tentación de deslizar un poco los labios y besar esos dedos que la acariciaban y que lanzaban latigazos por todo su cuerpo.

—La de ella ya la sé.

Los celos le dieron un violento puñetazo en el estómago. Tragó saliva y susurró con los labios apretados.

—Pues con esa ya tienes más que suficiente, ¿no te parece?

Él alzó las manos en señal de rendición.

—De acuerdo, no pregunto más... hoy. Pero te aseguro que soy muy tenaz y acabaré por saberla.

«Por encima de mi cadáver.»

Se hizo un incómodo silencio que duró hasta que Amanda asomó la cabeza por la puerta de la cocina. Había terminado de preparar la tortilla y colocado un gran pedazo troceado en un *tupper*, al que añadió pan y una lata de refresco de cola.

—Voy a bajarle la cena a Moisés.

—Llévale también unas cuantas galletas de las que compraste ayer y que tanto le gustan —comentó la dueña de la casa.

Eric sintió que debía ofrecerse a hacerlo él, pero no le apetecía dejar a Cris. No sabía si esta querría reanudar las visitas una vez le quitasen la escayola y deseaba aprovechar todos los momentos posibles de estar con ella.

—En seguida vuelvo.

—Yo pondré la mesa —se ofreció Eric.

—Mañana podré hacerlo yo... ¡No veo el momento!

Él se sentó más cerca, una vez Amanda hubo salido.

—¿Estás enfadada por lo de la fantasía?

—No, pero hay cosas de las que no me gusta hablar.

—De acuerdo, cuando me digas «tema tabú», pasaré a otra cosa. Tomo nota.

Volvió a acercarse más. Demasiado.

—¿No ibas a poner la mesa?

—Antes quiero preguntarte una cosa.

La voz de Eric, tierna y acariciadora, alertó sus defensas.

—Tema sexual tabú.

—Solo quería saber si a partir de mañana vamos a dejar de vernos. Ya no tendré excusa para venir aquí y compartir una tarde contigo.

—A partir de mañana no voy a tener tardes libres. Trabajaré de la mañana a la noche, como hacía antes.

—Recuerda que has aceptado una invitación a cenar.

—Con Amanda.

Eric sonrió.

—Sí, claro. Las dos.

—Le podríamos decir a Moisés que se una. Será divertido cenar los cuatro juntos.

—Te lo iba a proponer, necesita con quién salir y se lo pasa bien con vosotras.

—Estupendo, entonces. Los cuatro de cena. Ahora ve a poner la mesa o se enfriará la tortilla.

Eric suspiró y se levantó del sofá en dirección a la cocina.

Moisés vio cómo Amanda se acercaba hasta el coche con una bolsa de plástico en la mano. Abrió la portezuela del copiloto y la invitó a entrar:

—Sube.

—Solo te traigo la cena. Eric y Cris me esperan arriba.

—Quédate un momento. Hay una señora mirando el coche, que piense que te estaba esperando, que estoy aquí por una cita.

—De acuerdo. Además, creo que esos dos necesitan un momento a solas. ¡Por Dios, no acaban de caer ni con empujones! Llevan toda la tarde comiéndose con los ojos, pero no hay forma de que se coman nada más.

Moisés abrió el *tupper,* que desprendía un delicioso olor.

—Hay mucha comida aquí. Cena conmigo y dejemos a los de arriba, a ver qué pasa.

—Me estarán esperado.

—Eso tiene fácil arreglo. —Cogió el móvil y escribió un mensaje para Eric: «Amanda se queda a comer conmigo. Va a servirme de tapadera porque hay una señora curioseando por aquí. Cenad vosotros.»—. Ya no te espera nadie.

—Bien —dijo metiendo la mano en el *tupper* dispuesta a saborear la tortilla y la compañía—. ¿Te ha preguntado Eric si puedes acompañar mañana a Cris al ambulatorio para que le quiten la escayola?

—No.

—¿Podrías hacerlo? Ni él ni yo podemos dejar el trabajo y no queremos que vaya sola. Con lo impulsiva que es y las ganas que tiene de librarse del yeso es capaz de partirse la otra pierna.

—Claro, sin problemas. La acompañaré y la traeré de nuevo a casa, sana y salva. Se lo debo a Eric, cuidaré de su chica, por lo mucho que él está cuidando de mí estas semanas. No sé si os ha contado que acabo de dejar una relación de dos años.

—No ha entrado en detalles, pero sí, sé que has roto con tu novia hace poco.

—No sabéis lo que estas noches de cena con vosotros están suponiendo para mí. Cuando estoy arriba, me olvido de todo.

—Me alegro. Sé lo que se siente, todos hemos terminado una relación alguna vez.

—¿También tú?

—Sí. Hace tiempo y no fue demasiado importante, pero sé lo perdido que estás al principio.

Alargó la mano y la colocó sobre la de él.

—Puedes contar conmigo si en algún momento necesitas hablar, o salir a tomar una copa... y no está Eric.

Moisés giró la muñeca y apretó la palma contra la suya.

—Gracias.

Fue un apretón muy breve, pero Amanda sintió la fuerza y el calor que desprendía aquella mano.

Después, ambos volvieron a comer, en silencio.

Media hora más tarde subió de nuevo con la bolsa vacía. Abrió la puerta con cierto ruido por si pillaba a Cris y a Eric en alguna situación comprometida, pero estaban sentados, ella en el sofá con la pierna extendida y él en el sillón individual, lejos el uno del otro, viendo una película en la televisión.

Eric se incorporó al verla llegar, y se puso de pie.

—Lamento haberos dejado colgados con la cena, pero Moisés necesitaba ayuda.

—No te preocupes. Me marcho ya.

—Yo también, en cuanto recoja la cocina.

—Ya está recogida.

—Vaya, gracias. En ese caso, bajo contigo. Moisés subirá mañana cuando salga del turno y te acompañará al ambulatorio. —Se dirigió a Cris, que continuaba sentada en el sofá, muy seria.

—Bien.

—Buenas noches.

—Buenas noches.

—Hasta mañana.

21

Liberada

La euforia apenas la dejó dormir. La mera idea de volver a caminar con normalidad, de sentirse libre e independiente, la tuvo dando vueltas en la cama toda la noche. Tampoco ayudó el recuerdo de los dedos en Eric en su cara, imagen que apartaba de forma sistemática cada vez que aparecía, sustituyéndola por las delicias que le supondrían una ducha prolongada en cuanto llegara a casa.

Moisés se presentó puntual a buscarla y la acompañó hasta la calle para desayunar juntos en un bar de camino hacia el ambulatorio. También la levantó en brazos sin esfuerzo, pero su proximidad no despertó en ella ningún tipo de sentimiento.

Mientras desayunaban, acomodados a una mesa, Cristina le observaba con atención: el pelo rubio, el mentón y la mandíbula fuertes y los ojos impregnados de una tristeza que reconocía, porque hacía tiempo ella misma la había sentido. Pero por mucho que se repetía una y otra vez lo atractivo que era, no experimentaba ningún deseo de consolarle, ni despertaba en ella más sentimientos que el de contemplar a un hombre guapo y bien constituido.

—Eric me ha mandado un mensaje esta mañana para decirme que pasará esta tarde a verte, después del trabajo.

Cris asintió.

—A mí también me lo comentó ayer.

—Espero que ahora que no le necesitas no le mandes al diablo.

Ella alzó la vista, enfadada.

—Pues claro que no. ¿Qué clase de mujer crees que soy? Eric

y yo no empezamos con buen pie, pero ahora le considero un buen amigo.

—No te ofendas, pero en este momento no tengo muy buen concepto de las mujeres. Supongo que Eric te habrá dicho que mi novia me ha dejado.

—A mí también me dejaron hace unos años. Cuesta superar eso, pensar que no te quieren, que ya no le importas nada a la persona que hace poco era todo tu mundo. ¿Estabas muy enamorado?

Moisés suspiró.

—Hasta las trancas, como suele decirse.

—Yo también lo estaba. Adolfo me dijo cosas muy duras cuando se marchó y eso me dejó muy hecha polvo, aparte del dolor de haberlo perdido.

Él le agarró la mano y le acarició los dedos en un gesto amistoso exento de pasión. Cris tuvo muy claro que por mucho que lo intentara no iba a sentir nada por Moisés, y que lo que le inspiraba Eric iba más allá de la simple atracción, porque un simple roce de sus dedos la hacía estremecerse entera.

—Yo también tuve que escuchar una serie de cosas que dolieron. Estuve mucho tiempo dejando de ser yo mismo para conseguir agradar a mi novia, y no sirvió para nada, porque no lo conseguí. Son cosas que pasan, Cris, y no hay que darle más vueltas. Y respecto a Eric, no te cofundas, no es tu amigo. Le gustas, y mucho.

—Eso no es verdad —negó—. Quizás al principio, pero ahora es Amanda quien le interesa.

—Amanda es una belleza, pero no es el tipo de Eric.

—Han quedado alguna vez y yo... para mí él es solo un amigo.

—De acuerdo, tú sabes mejor que nadie lo que sientes. Ahora vamos a que te quiten esa escayola.

—Antes quisiera decirte algo. Si alguna vez necesitas charlar, o tomar un café o... cualquier otra cosa —añadió alargando la mano y acariciando la de él en un signo inequívoco de invitación—, llámame.

Moisés trató de ahondar en los ojos esquivos de la chica. No entendía una palabra, su voz había sonado como si se ahogara al decir que Eric y Amanda solían quedar, ¿y ahora le estaba lanzando una clara insinuación para que se enrollara con ella?

—Vamos al ambulatorio —dijo sin pronunciarse al respecto.

Apenas media hora después, Cris se libraba al fin de la odiosa escayola. La piel de la pierna, blanquecina y reseca tal como Eric le había anunciado, le pedía a gritos un buen baño de crema hidratante.

Moisés la acompañó de nuevo a su casa, pero en esta ocasión la dejó en el portal. Se habían movido en taxi y tras comprobar que ella subía sin dificultad los escalones del rellano, y saludar a su compañero que continuaba de vigilancia, se marchó dando un paseo hasta su casa. Quizás debería haberse asegurado de que llegaba sana y salva a su piso, pero después de la insinuación del bar no quería dar pie a ningún gesto de ese tipo. Por mucho que Cris pensara lo contrario, Eric estaba colado por ella, y aunque el hecho de sentirse mal por su ruptura con Olga no le impediría echar un polvo, si la ocasión se presentaba, no iba a hacerlo con Cristina.

Esta no esperó ni cinco minutos para meterse en la ducha. Sintió el placer del agua deslizándose por su cuerpo desnudo y mientras se enjabonaba no pudo dejar de avergonzarse por su comportamiento con Moisés. La cara de contrariedad de él le había dejado claro que se había equivocado, y tampoco ella se sentía orgullosa de lo que había hecho. La necesidad de acostarse con alguien para evitar las ganas de hacerlo con Eric debería realizarla con otro hombre, pero no sabía con quién. Quizás podría entrar en la página de contactos y buscar allí.

Permaneció largo rato en la ducha, luego se secó y, tras aplicarse una generosa cantidad de crema, envió un mensaje a Amanda, controlando lo que escribía.

«Libre por fin.»

A continuación, se hizo una foto de ambas piernas y se la mandó.

«Genial. ¿Lo celebramos esta noche saliendo a cenar?»

«Pregúntale a Eric.»

«Mejor le preguntas tú cuando llegue. Mi jefe no me pierde de vista.»

El intercambio de mensajes cesó bruscamente.

Cris se dedicó durante un rato a caminar por el piso, hasta que el tobillo empezó a dolerle. Haciendo caso de Eric se sentó un rato y abrió el ordenador con la idea de localizar a algún hombre interesante con el que echar un polvo. Uno tras otro fue abriendo los perfiles de los que la web consideraba afines con ella, pero todos tenían algo que producía su rechazo. Abatida, cerró la aplicación y se preguntó a quién pretendía engañar; quería hacerlo con Eric y con nadie más.

Se prepararía algo suculento de comer y luego daría un paseo hasta el supermercado de la calle de al lado. Hacía mucho que no echaba un vistazo a las ofertas.

Eric se presentó sin avisar a las cinco de la tarde. En la mano llevaba la bolsa de plástico con el frasco de aceite aromático para darle un masaje al tobillo hinchado de Cris. Sabía que no se habría quedado quieta y le bastó un ligero vistazo al pie para corroborarlo. Sin previo aviso la cogió en brazos tomándola por sorpresa y la llevó hasta el sofá. Justo como ella imaginaba en su fantasía que la tomaría su *highlander*. Aguantó la respiración en espera del siguiente movimiento de él.

—¿Qué demonios has estado haciendo? ¡Mira cómo tienes el pie!

—La comida, y luego he dado un corto paseo hasta el súper. He comprado guacamole y tortas de maíz para la cena, aunque me preguntó Amanda si salíamos a comer fuera para celebrar mi pierna sin escayola.

—Tú no. Te vas a quedar quieta el resto de la tarde. Vamos a trabajar ese pie y a realizar algunos ejercicios de rehabilitación, y luego descansarás.

La mirada abatida de la chica le hizo lanzar un suspiro y una leve carcajada.

—No me mires así, que no te estoy condenando a muerte. Es por tu bien.

Eric le extendió la pierna, se sentó en el otro extremo del sofá y colocó el pie de Cristina entre sus muslos, bastante lejos de la zona de riesgo. Luego hundió los dedos en el hinchado tobillo y palpó con cuidado. A continuación, se humedeció las manos en el aceite y empezó a frotar despacio para desentumecer los músculos lo suficiente para realizar los ejercicios.

Si Cris tenía alguna duda de que los pies eran una zona erógena, se le disipó en aquel momento. Las manos de Eric frotando su tobillo, la planta del pie y los dedos lanzaron sensaciones directamente a sus pechos y a otras zonas sensibles de su anatomía. Trató de cerrar las piernas para calmar el deseo que había empezado a apoderarse de ella, temerosa de que él se percatase, pero Eric no se lo permitió. Le levantó el pie y apoyó con fuerza el talón sobre su muslo, demasiado cerca de donde Cris quería poner las manos, o la boca.

También él trataba de mantener el control entre lo que debía y lo que quería hacer. Delineaba los músculos y los tendones con firmeza, y el esfuerzo era abrumador. Un ligero gemido de ella le hizo levantar la cabeza y mirarla. Se mordía los labios y sus ojos refulgían con un inconfundible brillo de deseo. Aflojó la presión de sus manos sobre el pie y este resbaló posándose sobre la erección que empezaba a formarse y que trataba de controlar. El efecto fue inmediato y Cris lo sintió endurecerse contra la planta del pie. No pudo evitar que este se deslizara acariciándole. Eric agarró el pie y lo mantuvo allí, evitando que Cris lo retirase. Por un instante se miraron, leyendo el deseo en los ojos del otro. Él soltó el pie y se deslizó sobre el cuerpo de Cris, cubriéndola con el suyo, buscó su boca y se perdió en ella.

Ella dejó de poner resistencia; le besó, le mordió los labios como una fiera hambrienta y abrió las piernas para acoger la erección de él entre sus muslos. Se olvidó de todo lo que no fuera Eric, el cuerpo de Eric, los besos de Eric que cubrían su boca con una intensidad que le hacía perder la razón.

Le rodeó la cintura con las piernas para hacer más íntimo el contacto, se abrazó a su cuello, aspiró el aroma que identificaba con él y se restregó contra su cuerpo ávida de sensaciones. Le bastó apenas frotarse un poco contra la erección que presionaba entre sus muslos para correrse. Tampoco él pudo controlarse cuando los gemidos de Cris estallaron contra su boca y eyaculó en los pantalones como un quinceañero inexperto. Pero era tan intenso el deseo que sentía por aquella mujer que no había podido evitarlo.

Jadeantes se miraron a los ojos, abatidos los de ella, exultantes los de él. Antes de que ninguno pudiera pronunciar palabra, sonó el timbre de la puerta.

—No abras —suplicó Eric.

—Debe de ser Rocío, la vecina. Dijo que vendría a ver cómo me había ido esta mañana. Se preocupará si no respondo.

Eric se levantó pesaroso.

—Iré al baño, si no te importa; no estoy presentable para recibir visitas.

—Yo tampoco, pero...

Cris se atusó un poco el pelo y se recompuso la ropa. El dibujo de su pantalón disimulaba la ligera mancha que había en su entrepierna, pero lo que no sería capaz de disimular era la expresión de su rostro. La cara le ardía y aún le costaba respirar.

Se acercó a la puerta y abrió.

—¡Hola! ¿Cómo te ha ido? —preguntó Rocío con una sonrisa.

—Ejem, bien.

Hizo ademán de entrar, pero Cris no se movió de la puerta.

—¿Te pasa algo? Estás muy rara.

—Estaba... dormida. Me has pillado en plena siesta.

En el cuarto de baño se oyó el sonido de un grifo al abrirse. Rocío lanzó una carcajada.

—¡Entiendo! Podrías haber dicho que lo estabas celebrando, mujer. Vendré luego.

—No, si...

Se calló. Lo último que quería era que viese a Eric después de decirle días atrás que había algo entre Amanda y él.

—De acuerdo. Yo te llamo.

Se acercó a la puerta del baño y susurró:

—Ya se ha marchado.

Él salió poco después. Había una leve mancha de agua en el pantalón que esperaba que se secase antes de que llegara Amanda.

Cris estaba sentada en el sofá con expresión avergonzada.

—Si estás esperando una disculpa, no la vas a tener —dijo él con voz firme—. No me arrepiento lo más mínimo de lo que acaba de pasar. Si acaso, de no haber ido más lejos.

—Yo sí, no ha debido ocurrir.

—¿Por qué? Los dos lo deseábamos, no lo niegues, y somos adultos y libres. ¿Dónde está el problema?

—El problema es que yo... no quiero tener nada contigo. Yo no te deseaba a ti, solo echar un polvo. Llevo sin estar con un hombre casi cinco años, y eso es mucho tiempo. Esto de la escayola me ha acumulado mucha tensión y...

—No mientas, Cris. Hay algo entre nosotros, admítelo. Me deseas tanto como yo a ti.

—No es verdad, yo solo deseo un hombre, me da igual uno que otro.

Eric se agachó y, cogiéndole la barbilla entre las manos, ahondó en sus ojos. Iba a besarla de nuevo, estaba segura, y si lo hacía no iba a aguantar y le daría todo lo que él quisiera, todo lo que su cuerpo anhelaba darle y no debía.

—No lo es —dijo tratando de que su voz sonara firme—. Esta mañana lo intenté con Moisés, pero él no estaba interesado. Puedes preguntarle, si quieres.

Eric la soltó. No lo habría dicho si no fuera cierto, sabía que era muy fácil corroborar sus palabras. Estas le habían dolido; en verdad pensaba que había algo entre Cris y él. Algo más que las ganas de echar un polvo.

—De acuerdo, me he creado expectativas que no tienen fundamento. Pero sigo sin arrepentirme y sin pedir disculpas.

Ella asintió.

—Yo no soy la mujer que tú necesitas, Eric...

—Entendido... llamaré a Amanda, seguro que ella es más receptiva.

—Ella es estupenda.

—No lo dudo. ¿Podemos seguir con el masaje?

—Mejor no. Preferiría que te marcharas, me siento muy incómoda por lo que ha pasado.

—En ese caso, préstame un secador; no puedo salir a la calle con el pantalón así.

—En el armario del cuarto de baño hay uno.

Salió del salón y Cris enterró la cara entre las manos. ¿Por qué era todo tan complicado? ¿Por qué tenía que gustarle a Amanda?

Diez minutos después, Eric se marchaba dejándola abatida en lugar de lo eufórica que debería estar por haberse librado de la escayola.

Cuando Amanda llegó la encontró sola y mirando una película.

—¿No está Eric? Creía que íbamos a salir a cenar por ahí.

—Ha venido a darme un masaje en el pie y a hacer algunos ejercicios de rehabilitación. Dice que está muy inflamado y que mejor que me quede quieta esta noche.

—En ese caso pidamos algo al italiano, ¿te parece?

—De acuerdo, pensaba preparar fajitas con guacamole, pero un buen plato de carbonara me sentará mejor.
—¿Llamamos a Rocío para que se una a nosotras?
—No, mejor no. Hoy estaba ocupada.
—En ese caso, nosotras lo celebraremos por todo lo alto.

Eric se apresuró a preguntarle a Moisés cuando llegó a su casa aquella tarde si era cierto lo que Cris le había comentado. Le costaba creerlo, los besos ávidos de la chica y la forma en que se había abalanzado sobre él, aun creyendo que le gustaba a Amanda, le habían dejado pocas dudas.
—Tengo que preguntarte una cosa, Moisés. Es sobre Cris.
—Dime.
—¿Es cierto que ha intentado enrollarse contigo?
—¿Quién te lo ha dicho?
—Ella misma.
—No lo ha intentado, solo me ha lanzado una insinuación, que por supuesto yo he fingido no captar.
—Creo que necesito una copa.
—Eric, no creo que lo hubiera llevado a cabo.
—Mira, tío, acabo de hacer el más espantoso de los ridículos. Empecé a darle un masaje en el pie, nos calentamos en cuestión de minutos y nos enrollamos sobre el sofá. Nos corrimos como dos quinceañeros solo con rozarnos por encima de la ropa y una vecina llamó a la puerta justo en ese momento cortándonos el rollo. Si no lo hubiera hecho estoy seguro de que habríamos acabado en la cama, porque había una auténtica hoguera entre los dos. Y luego me sale con que lleva sin acostarse con un tío cinco años, que tiene un calentón generalizado y le daba igual conmigo que con otro. Que tú habías sido la primera opción.
—No lo intentó con muchas ganas.
—Pero lo intentó. Dame esa copa.
Moisés se levantó y cogió un vaso y la botella del mueble bar.
—Perdona que no te acompañe, pero mientras no termine el operativo, aunque no esté de guardia en la calle de Cris, debo estar disponible si fuera necesario.
—No me pienso emborrachar, solo intento aclararme las ideas. ¿Cómo va la investigación? ¿Avanza?
—Ahora mismo estamos en un punto muerto. El sospecho-

so ha desaparecido, y como comprenderás no podemos ir al vecino de Cris y preguntarle si sigue en contacto con ese sujeto. Si le alertamos se escapará, pero si seguimos esperando demasiado tiempo nos retirarán de la investigación. La delincuencia no se detiene por que una investigación se alargue más de lo normal, y los recortes de personal no nos permiten estar con un solo caso más de unas pocas semanas. Es complicado, Eric. Mi instinto me dice que no tardará mucho en aparecer, y que volverá a actuar, con toda probabilidad con el vecino de Cris. Pero no puedo estar seguro y los recursos de que disponemos se agotan.

—Tú siempre has confiado mucho en tu instinto, y te ha fallado pocas veces.

—Lo sé. Mi instinto también me dice que Cris se habría echado atrás si yo hubiera aceptado su propuesta.

—Prefiero no hablar de ella en este momento. Duele, ¿sabes? Y soy incapaz de pensar con claridad. Joder, me corrí en los pantalones como un puto crío. ¿Qué ha hecho esta mujer conmigo?

Apuró medio vaso de un trago mientras Moisés sonreía burlón.

—Vamos a cenar antes de que el alcohol se te suba a la cabeza. Las copas con el estómago vacío no son aconsejables.

22

Vuelta a la normalidad

Cris reanudó su rutina laboral dos días después, durante los cuales no había tenido noticias de Eric. Esperaba que él se hubiera puesto en contacto con ella por teléfono al menos, para saber sobre la evolución de su pie, pero no fue así.

Amanda, Rocío y ella fueron a cenar en una noche de chicas, el primer día de su incorporación al trabajo.

En medio de la cena, Rocío propuso:

—Un día tenemos que salir con nuestros chicos, hacer que se conozcan.

—Nosotras no tenemos chicos —dijo Amanda.

—Cris sí, el día que le quitaron la escayola...

Una fuerte patada por debajo de la mesa la hizo callar.

—¿El día que le quitaron la escayola qué?

—Pues que me pareció escuchar el grifo del baño cuando fui a verla. Pero seguramente me confundiría.

—No te confundiste —admitió esta—. Se trataba de Eric, el fisioterapeuta, que se estaba lavando las manos después de darme el masaje y hacer la rehabilitación. Utiliza unos aceites muy pegajosos.

A la mente de Rocío acudió la imagen de su vecina: el rostro congestionado, los labios hinchados y el pelo revuelto, amén de un brillo muy delator en los ojos.

—Ah, eso sería. —Había metido la pata hasta la ingle y trató de enmendarlo. Por alguna razón, Cris había ocultado a su amiga lo sucedido aquella tarde, pero ella lo tenía muy claro—. Como yo siempre ando inmersa en romances y amoríos, pensé que se trataba de otra cosa.

—A propósito de Eric..., ¿sabes algo de él? —preguntó Amanda.

—Nada desde ese día —comentó Cris—. ¿Y tú?

—Tampoco. Quedamos en ir una noche a cenar con ellos.

—Sí, eso dijo, pero no me ha llamado.

—¿Por qué no le llamas tú? A lo mejor piensa que puesto que te han quitado la escayola ya no lo necesitas.

—No lo necesito.

—Cris... no digas eso. ¡Hazlo por mí!

—Llámale tú, ¿vale? Dile que quieres verle y... ya está. Dejadme a mí fuera de esto. Si hay que ir a cenar, voy, pero no le voy a telefonear.

—¿Ha pasado algo? ¿Habéis discutido? —Cris evitó la mirada suspicaz de su amiga.

—No ha pasado nada, solo que ya no necesito un fisioterapeuta.

—¡Vale, vale! No te pongas así. Ya veremos cuándo organizamos esa cena. ¿Os apuntáis Fernando y tú?

—No, creo que no.

Lo último que Rocío deseaba era verse inmersa en los líos amorosos de sus amigas.

La cena continuó con un ambiente menos distendido que al principio. Incluso pareció que Cristina había perdido su apetito voraz y no trató de convencer a sus amigas de pedir un segundo postre.

Al regresar a casa se despidieron en el portal. Cris y Rocío entraron en él y Amanda continuó calle abajo.

—He metido la pata, ¿no? —se disculpó Rocío—. Lo siento.

—No pasa nada.

—¿Quién estaba en el baño en realidad?

—Eric.

—Entonces, te enrollaste con él.

Cris asintió, compungida.

—No le digas nada a Amanda, por favor. A ella le gusta.

—¿Y a ti?

Volvió a asentir.

—Y a él, ¿cuál de las dos?

—Creo que yo. Al menos eso es lo que dice.

—Pues entonces Amanda tendrá que aceptarlo.

—No es tan fácil. Ella es muy importante para mí, más que una amiga, más que una hermana. Yo no puedo hacerle daño. Si empiezo algo con Eric ella se alejará de mí y no puedo perderla, a ella no.

—¿Prefieres perderlo a él?

—Aún no lo tengo, de modo que no lo puedo perder. Las relaciones con los hombres son lo que son, más pronto o más tarde terminan y te quedas sin nada. No voy a perder a Amanda por un tío.

—En ese caso, si lo tienes claro...

—Muy claro.

Habían llegado al rellano.

—Buenas noches.

—Hasta mañana, Rocío.

Amanda continuó calle abajo y vio estacionado el Ford azul de la policía y el pelo rubio de Moisés dentro de él.

—Hola —saludó acercándose.

Este se apresuró a abrir la portezuela e invitarla a entrar. Ella no se hizo rogar y se acomodó en el asiento junto a él.

—Sé que es un poco tarde, pero necesito algo de contacto humano. Quédate conmigo, aunque sea un cuarto de hora —pidió Moisés.

—No tengo prisa, ni sueño. Mañana es sábado y no trabajo.

—¡Qué suerte!

—¿Tú no descansas nunca?

—Sí, claro, pero con este operativo abierto que necesita atención las veinticuatro horas del día, no podemos permitirnos descansar más que unos pocos ratos. Cuando acabe me pillaré un par de días seguidos y me iré a la playa. Necesito desconectar y el mar es lo que más me relaja.

—Yo prefiero la montaña. ¿Cómo estás? Con lo de tu novia, quiero decir.

—Tengo ratos. Las noches de vigilancia aquí no son fáciles, la mente vaga y te lleva a recuerdos que prefieres olvidar. Pero poco a poco lo voy superando. Hace unas semanas habría aceptado con gusto volver con ella, si me lo hubiera pedido, pero ahora ya no. La vida sigue y yo miro hacia delante. El pasado, pasado está.

—Esa es la actitud.

El móvil de Amanda sonó en aquel momento. Con desgana abrió el bolso.

—Cris no tiene horas, cuando está despierta piensa que los demás también lo están.

—No se lo cojas.

Echó un vistazo al identificador de llamadas.

—Jolines, no es ella. Se trata de mi jefe.

—¿A estas horas? ¡Y me quejo yo del trabajo!

Amanda descolgó. Era algo muy extraño, nunca la habían telefoneado fuera del horario de oficina y mucho menos a las doce de la noche.

—¿Sí?

—Amanda... Perdona, sé que no son horas, pero ha surgido una necesidad importante. Voy a tener que acudir a la oficina mañana para resolver unos asuntos y necesitaría una secretaria que me echase una mano. Ya sabes que no domino muy bien el programa informático.

Ella guardó silencio. Tenía muy claro que, si acudía a la oficina un sábado por la mañana en que no había nadie trabajando, se iba a encontrar con algo más que un programa de ordenador.

—Por supuesto se te pagará una generosa gratificación por las horas extras.

—Es que no estoy en Córdoba, paso el fin de semana fuera con unos amigos. Me sería imposible volver para hacer el trabajo. Puede llamar a Elvira, no creo que le importe y el dinero le vendría muy bien. Aparte de que es una buena profesional y conoce el programa mucho mejor que yo.

—De acuerdo. Otra vez será. ¡Que te diviertas!

—Gracias.

Cortó la comunicación. La mirada de Moisés estaba pendiente de sus gestos.

—No te apetece ir a trabajar mañana.

—Por supuesto que no —dijo guardando el teléfono en el bolso, después de apagarlo. Aquella noche no quería más llamadas—. Pero es más que eso. Mi jefe ha empezado a insinuarse y cada vez su acoso es más evidente. Mañana pretende que vaya a trabajar con él, y sin que haya nadie más en la oficina.

—Y tú no quieres nada con él.

—En absoluto. No me gusta, es mayor y está casado, con hijos, pero, aunque fuera el mismísimo Adonis, no me liaría con nadie en el trabajo. Se acaba la relación, y adiós trabajo. Aunque si esto sigue así no sé cómo terminará.

—Sabes que puedes denunciarlo.

—Preferiría no tener que hacerlo, porque de igual forma podría acabar en la calle. Es el sobrino del dueño, así que lo único que me queda es fingir que no le pillo las intenciones y esperar a que se le pase el capricho.

—Si te da problemas, llámame. Seguro que podré hacer algo, he bregado con esa clase de sinvergüenzas antes.

—Gracias, pero espero solucionarlo yo misma.

Una ventana del bajo del bloque ante el que estaban aparcados se iluminó de repente.

—Ya está esa mujer de nuevo atisbando. Creo que sospecha algo.

—Es que sois muy poco discretos. Seguro que el coche ha llamado la atención tanto tiempo parado por los alrededores.

—Es más que probable, pero no me dan otro vehículo. Lo he solicitado, pero no tienen ninguno disponible. Y utilizar el mío está descartado, es rojo y llamaría muchísimo más la atención.

Amanda agachó la cabeza y miró a la mujer, que no les quitaba la vista de encima.

—Al menos al estar tú puede pensar que somos una parejita de cháchara —comentó Moisés.

Ella le miró el perfil recortado contra la ventanilla. La nariz recta, los labios finos y sensuales.

—Si quieres puedes besarme y así damos credibilidad a la teoría de la pareja —sugirió.

Moisés giró la cabeza.

—¿Estás segura?

—Pues claro. Solo es un beso, no eres el primer hombre con el que me morreo, y esto es por una buena causa.

—En ese caso, hagámoslo bien.

Le rodeó los hombros con un brazo y se inclinó a besarla. Con suavidad, los labios de Moisés se posaron en los de Amanda. Fue un beso largo, lento y suave. Las lenguas se acostumbraron la una a la otra sin prisas en una danza llena de erotismo. Los brazos de la chica se alzaron hasta su cuello, acercándose más.

Contra lo que esperaba, Moisés no comparó el beso de Amanda con ningún otro, ni le perturbó ningún recuerdo. Se limitó a disfrutarlo y a abrazar aquel cuerpo lleno de curvas que se apretaba contra el suyo con calidez. Después del primer beso vino otro, y luego otro más. Cuando se separaron, ambos sonreían.

—Creo que hemos cubierto el expediente de maravilla —dijo ella observando cómo la ventana se había oscurecido y la señora ya no estaba en el vano.

—Gracias.

—Gracias a ti. Hace tiempo que nadie me besaba tan bien.

—¿En serio?

—En serio. Los últimos tíos con los que he salido eran un desastre, solo iban a lo que iban y los besos se quedaban en un morreo apresurado. Ya los hombres no se toman su tiempo para besar a una mujer.

—Yo sí.

—Me alegra saber que aún quedan algunos.

Por un momento se hizo el silencio en el coche. Amanda pensó que podría pasarse toda la noche besando a Moisés, solo por el placer de disfrutar de su boca, suave y cálida. Carraspeó ligeramente.

—Ya me voy a la cama —dijo—. Es tarde, y aunque mañana no madrugo hoy sí me he levantado temprano. Buenas noches.

Alargó la mano y abrió la portezuela del coche.

—Buenas noches, Amanda. Recuerda lo que he dicho sobre tu jefe, llámame si me necesitas.

—Lo haré. Saluda a Eric y recuérdale que nos debe una cena. También debes venir tú.

—No me la perderé.

La vio caminar por la acera y entrar en su portal con sus curvas generosas y su espesa melena rizada. Se tocó los labios y pensó que también hacía mucho que él no disfrutaba de un beso sin pensar en lo que vendría detrás.

23

Rosquitos

Cris parecía un alma en pena. Después de que Eric se marchara de su casa la tarde en que Rocío interrumpió su escarceo amoroso, no había tenido noticias suyas. Le había dicho que llamaría a Amanda y empezaba a creer que había sido así, porque su amiga estaba un poco esquiva los últimos días. Seria y como abstraída. Cuando le preguntó el motivo, le había respondido que su jefe seguía con su acoso solapado y eso la tenía preocupada, pero Cristina no sabía si creérselo.

Tenía ganas de ver a Eric, le echaba de menos y la idea de que lo ocurrido y sus palabras posteriores le hubieran hecho alejarse le producía un dolor profundo. Pero por otra parte sentía el alivio de no estar traicionando a Amanda. Después de cómo se habían echado uno en brazos del otro, de los breves momentos de pasión compartidos, dudaba de su control.

Aquella tarde llamó a su amiga con la esperanza de quedar para tomar algo después del trabajo y evitar así la tentación de llamar a Eric, aunque fuera solo para escuchar su voz. Esa voz profunda que la estremecía. Amanda se negó aduciendo una burda excusa sobre tareas domésticas, y a Cris le saltaron las alarmas. Inquieta, sobre las ocho le mandó un *whatsapp* y se quedó un rato mirando la pantalla y comprobando que no se enviaba. La llamó y el teléfono estaba apagado. Amanda en muy raras ocasiones desconectaba el móvil, dormía incluso con él encendido, aunque con el tono bajo.

Nerviosa e incapaz de centrarse en nada, se metió en la cocina para hacer rosquitos. Preparar dulces siempre la relajaba y aquella noche se sentía muy inquieta. Terribles imágenes de Amanda y Eric juntos se colaban de continuo en su mente, y de nada servía que se repitiera una y otra vez que eso era lo que todos querían.

Amasó los ingredientes como si le fuera la vida en ello, golpeó la bola contra la encimera y la estrujó entre las manos con nerviosismo. Una vez conseguida la consistencia deseada, formó las tiras y las frio en abundante aceite. Después las espolvoreó con azúcar y canela y se metió uno, todavía caliente, en la boca.

Estaba delicioso, y recordó que a su amiga le gustaban así, recién hechos, y encontró la excusa perfecta para llamarla. El móvil continuaba sin estar operativo y se arriesgó a telefonearla al fijo. Tampoco respondió, el contestador saltó solicitando un mensaje, que no dejó.

La inquietud se convirtió en congoja y supo que necesitaba averiguar si Amanda estaba con Eric o no, por mucho que le doliera. Sin pensárselo dos veces, llenó un *tupper* con rosquitos y, sin pararse siquiera a mirar su aspecto, salió a la calle. Le echó un leve vistazo al Ford azul, ocupado por uno de los compañeros de Moisés, y caminó rápido por la acera. Al llegar al portal, vio luz en el salón de su amiga. Respiró hondo y llamó al timbre.

—¿Quién es? —preguntó Amanda a los pocos minutos.

—¡Abre!

—¿Cris?

—Sí, soy yo.

Inmediatamente la puerta se abrió con un chasquido metálico. Entró a toda prisa y subió la escalera sin molestarse siquiera en aguardar el ascensor. Su amiga la esperaba con la puerta del piso entreabierta. Parecía completamente vestida, y a simple vista no había ningún indicio de actividad amorosa.

—¿Qué ocurre, Cris? —preguntó alarmada.

Ella levantó el *tupper*.

—Te he traído rosquitos.

Amanda contuvo una carcajada.

—¿Sabes la hora que es?

—Las once y media pasadas, pero tú nunca te acuestas temprano.

Por encima del hombro de su amiga trató de ver si había alguien más en el salón. Amanda no la había invitado a entrar y eso no era buen presagio.

—Aparte de la hora... ¿Te has visto, Cris?

—No...

Su amiga la agarró del brazo y tiró de ella hasta colocarla frente al espejo de la entrada. Presentaba un aspecto desastroso: el flequillo estaba lleno de harina, así como la cara y la ropa. Además del olor a frito que desprendía y que hasta a ella misma le molestaba.

—Tengo un poco de harina, pero no importa; es de noche y está oscuro. Sé que te gustan recién hechos.

A través del espejo ojeó de nuevo el salón buscando indicios de un visitante. Cuando percibió la punta de un zapato, inequívocamente masculino, sintió que le faltaba la respiración.

—No estoy sola —admitió Amanda con una mirada chispeante cuando sus ojos se encontraron a través del espejo. El corazón de Cris se encogió un poco más.

—Anda, pasa, invítale tú a unos rosquitos de postre.

—No, mejor me voy... Es tarde y necesito una ducha con urgencia.

Amanda la tomó del brazo y la hizo entrar en el salón. Tratando de recomponer su mejor sonrisa, alzó los ojos hacia el visitante, que recostado en el sofá la observaba con detenimiento.

—¡Moisés!

—Hola, Cris.

—¿Qué haces aquí?

—Amanda me ha invitado a cenar cuando he terminado el turno. Quería mi consejo profesional sobre cómo parar el acoso de su jefe.

—¿Estás aquí como policía?

—Así es. Pero esta maravillosa mujer sabe que después de un largo turno de vigilancia se necesita una buena comida y ha pensado que era mejor hablar delante de una deliciosa lasaña. Y tú nos traes el postre, ¿verdad?

Llena de euforia abrió el *tupper* y ofreció el contenido.

—¡Están deliciosos! Come.

Amanda rio a sus espaldas. Leía en su amiga como en un libro abierto. La cara de felicidad con que invitaba a Moisés lo decía todo.

—Toma alguno tú también.

—No, yo me voy y ahora de verdad.

—Espera.

Amanda cogió una servilleta y le limpió la mejilla, donde un pegote de masa semejaba un lunar.

—Ten cuidado —advirtió—. Hay por los alrededores un Ford azul con unos individuos muy raros, que se llevan al calabozo a las chicas que salen a la calle llenas de harina. Cuídate de ellos.

—Cuídate tú.

Cuando se marchó, Amanda regresó al salón. Cogió un rosquito y lo mordisqueó con placer.

—¿Hace esto muy a menudo? —preguntó Moisés imitándola.

—¿Lo de aparecer por la noche embadurnada de harina? Es la primera vez. Pero cosas raras, todos los días. Cris no piensa las cosas, solo las hace.

—¿Y qué hubiera pasado de haber sido otro el que estaba contigo?

—Depende del otro. Un desconocido la hubiera hecho disculparse avergonzada. De tratarse de Eric, la hubiera destrozado.

—¿Qué clase de lío tenéis entre los tres?

—Ningún lío. A Eric le gusta Cris y a ella, él.

—¿Y qué pintas tú en todo esto?

—Soy la tercera en discordia, podría decirse. Cris no quería saber nada de él y tuve que decirle que me gustaba para que continuara viéndole. Yo siempre supe que se sentía atraída por Eric, pero tenía que hacer que ella se diera cuenta también.

—¿Y a ti? ¿No te gusta?

—Para nada. Es muy guapo, pero no es mi tipo.

—¿Y por qué no se lo dices a ella y acabas con toda esta tontería de una vez?

—Sí, creo que vamos a tener que darles un empujoncito a estos dos, pero en serio.

—Ahora volvamos a lo que estábamos hablando, lo de tu trabajo.

Amanda se sentó en el borde del sofá.

—Pues que esta mañana me ha propuesto salir a cenar. «Una cena de trabajo» ha recalcado mientras no apartaba los ojos de mis pechos y sonreía lascivo. Su mirada y su actitud dejaban pocas dudas sobre sus intenciones.

—No puedo reprenderle por eso, es muy difícil no fijarse en ellos.

—Sé que son generosos, desde que tenía trece años los hombres me dicen burradas por la calle por su culpa. Pero yo soy algo más que dos tetas.

—Por supuesto, y aunque no puedes evitar que los hombres las miren, sí tienes derecho a que lo hagan con respeto.

—No me siento respetada en mi puesto de trabajo, a pesar de que soy una buena profesional. Lo único que deseo es cumplir con mi cometido y ganarme mi sueldo. Ni cenas ni favoritismos de ningún tipo. Soy una empleada y como a tal quiero que se me trate.

—¿Qué piensas hacer con tu jefe?

—No lo sé, mi táctica de ignorar sus insinuaciones no funciona. Ojalá pudiera mandarlo al diablo, me siento sucia cuando me mira. He cambiado mi forma de vestir, ya no llevo ropa ajustada sino blusones oscuros y holgados que me cubren los pechos y el trasero, parezco una monja de clausura, pero da lo mismo. Me desnuda cuando me observa. No sé cómo enfrentarme a esto, aparte de entregar la carta de dimisión.

—Es él quien debería dejar la empresa, no tú.

—Es el sobrino del dueño, ya te lo dije.

—¿Y crees que su tío ignoraría una queja tuya?

—No lo sé, pero es de suponer que su familia estaría antes que yo. ¿No?

—¿Sabes si ha habido más casos antes? ¿Si lo ha intentado con otras empleadas?

—Nunca he oído nada, pero tampoco me sumo a los cotilleos de oficina.

—Trata de averiguarlo. Si ha habido otras mujeres acosadas, podríamos formalizar una denuncia conjunta, y eso tendría más fuerza que su palabra contra la tuya. Porque tal como están las cosas, no puedes aportar ninguna prueba más allá de que te mira los pechos o te ha invitado a cenar, y eso ante un juez no tiene ningún valor.

—Ya lo sé. De acuerdo, preguntaré por ahí y ya te cuento.

—Mantenme informado, y al menor desliz que cometa me llamas. Si no podemos ponerle una denuncia, al menos se llevará dos mamporros de mi parte.

—¿Los policías podéis hacer eso?

—No, pero los hombres sí. Nadie va a propasarse con una amiga mía sin llevarse su merecido.

—Gracias. Espero que no sea necesario, que podamos solucionar esto sin llegar a la violencia.

—Ya ha llegado a la violencia, si te ha obligado a hacer algo que no querías. Aunque sea cambiar de forma de vestir. Ninguna mujer debería cambiar su atuendo para no suscitar una situación de acoso. Tienes un cuerpo precioso, no lo escondas ni te avergüences de él.

Amanda desvió la vista. Las palabras de Moisés, aunque dichas con naturalidad, trajeron a su memoria los besos compartidos unas noches atrás y cómo él la había acercado a su cuerpo.

—Muy amable de tu parte —susurró—, pero soy consciente de que me sobran kilos por todos lados.

—Ni uno solo. Tienes las curvas justas en los sitios justos. Eso es todo.

—Entonces puedo comer otro rosquito de Cris... —dijo para aliviar la ligera tensión que se había generado en la estancia.

—Debes. —Moisés alargó la mano, cogió un dulce y lo metió en la boca de Amanda. Esta le dio un bocado y él imaginó el sabor a naranja y canela en su boca y sintió deseos de saborearlo. Pero en seguida rechazó la idea. Todavía estaba hecho polvo por su ruptura con Olga, sus noches continuaban llenas de pesadillas y de desazón y no tenía derecho a involucrar en ello a Amanda. Por mucho que le apeteciera volver a besarla y estrechar contra él ese cuerpo cálido lleno de curvas.

Se levantó despacio y estiró las piernas entumecidas por las largas horas dentro del coche.

—Es hora de que me vaya, se hace tarde y tienes que dormir.

—Gracias por tu ayuda.

—Aún no he hecho nada.

—Claro que sí. Necesitaba hablar con alguien de esto y Cris no es la más adecuada. Ella se agobiaría aún más que yo.

—Llámame cuando me necesites.

—Lo haré.

24

Las cosas claras

Cris estaba teniendo un día duro. Hacía calor para ser primavera, las casas que debía enseñar estaban muy lejos unas de otras y el tobillo se le había hinchado bastante. Le molestaba solo poner el pie en el suelo cuando llegó la noche. Y para colmo seguía sin noticias de Eric.

Llegó a casa y tras darse una ducha se sentó en el sofá con la pierna en alto.

Tenía que poner una lavadora, ropa por planchar y no había preparado la cena, pero antes descansaría un poco. Debía también llamar a Amanda y disculparse por haberse presentado en su casa de improviso la noche anterior. Imaginaba su bochorno si los hubiera encontrado juntos a Eric y a ella. Su amiga tenía razón, tenía que pensar más las cosas antes de hacerlas.

Poco después, Amanda se presentó a verla y cortó de golpe todas las excusas que empezó a ofrecerle.

—Siento lo de anoche. Los rosquitos podían esperar.

—Vamos a hablar claro, Cris. Tú no viniste a traer rosquitos, al menos no solo a eso. Viniste a ver si Eric estaba conmigo.

Descubierta, fue incapaz de negarlo y asintió. No serviría de nada mentirle a Amanda cuando esta la estaba interrogando de aquella forma tan tajante.

—Reconoce de una puñetera vez que te gusta.

—Sí, me gusta. Te aseguro que he intentado evitarlo, que he luchado con todas mis fuerzas, pero ha sido imposible. Eric es... ¿qué te voy a contar a ti? También sientes lo mismo. Pero entre nosotros no ha pasado casi nada, y ya lo he sacado de mi vida.

—Si lo has sacado de tu vida, vuelve a meterlo en ella, porque a la que no le gusta es a mí.

—Claro que sí, me dices lo contrario para que yo no me sienta mal. Pero puedes estar tranquila, no volveré a verle.

—No, Cris, es la verdad. Siempre he sabido que a Eric le interesas tú. Yo solo quería que no lo sacaras de tu vida sin darle una oportunidad.

—Dijo que te llamaría, por eso pensaba que anoche estabais juntos.

—¿Cuándo te lo dijo?

—El día que me quitaron la escayola, la última vez que le vi.

—No lo ha hecho. Pero hace ya casi dos semanas de eso. ¿Qué pasó ese día para que Eric haya desaparecido?

—No gran cosa... o bueno, sí. Según cómo se mire. Nos enrollamos un poco en el sofá. —Cris miró a su amiga tratando de averiguar si le importaba, si lo que acababa de confesarle era solo una mentira para que ella no renunciase a Eric, pero no encontró la respuesta que buscaba en los ojos de Amanda—. Por suerte Rocío nos interrumpió y la cosa no pasó a mayores... demasiado.

—Pero no se marchó por eso, ¿verdad?

Amanda detestaba cuando Cris se cerraba en banda y tenía que sacarle la información con sacacorchos.

—Le dije que solo quería un polvo, que llevaba mucho tiempo sin sexo y que para ello lo mismo me daba él que otro. Que lo había intentado con Moisés por la mañana y este me había rechazado.

—Pero no era verdad...

—Sí lo era. Solo me insinué un poco, pero lo hice. Y Moisés debe habérselo confirmado porque no ha vuelto a dar señales de vida. Me dijo que te llamaría a ti, que seguro serías más «receptiva». Creo que esa fue la palabra que utilizó.

—¡Pero ¿en qué estabas pensando, Cris?! ¿Moisés?

—En que si yo conseguía que me gustase, aunque solo fuera un poco, todo se solucionaría. Tú con Eric, yo con él y todos felices.

—¡Lo has clavado! Ay, Dios, a ver cómo solucionamos este entuerto. Por lo pronto, debes llamar a Eric y decirle lo que sientes.

—¿Que quiero tirármelo? Eso ya lo sabe.

—No, que quieres algo más que un polvo y que no te vale cualquiera. Que le quieres a él.

—No quiero más. Eric me gusta, no te lo voy a negar, pero no voy a meterme otra vez en una relación que se acabará en cuanto descubra cómo soy en el día a día.

—Eric ya sabe lo peor de ti, conoce tus manías, tu hiperactividad y tus arranques bruscos. Deja que ahora sepa lo mejor. Lo buena, generosa y especial que eres. Ábrele ese corazón que no te cabe en el pecho.

—¿Para qué? ¿Para que lo pisotee cuando decida que ya no es capaz de soportarme?

Amanda sintió la rabia crecerle dentro una vez más.

—Eric no es Adolfo. Aquel se dejó querer y se aprovechó de ti y de tus sentimientos de todas las formas que pudo. Nunca te quiso, Cris, te puso los cuernos todo el último año que estuvisteis juntos.

Cristina miró a su amiga con expresión desolada.

—¿Tú lo sabías y no me lo dijiste?

—Lo averigüé después de que te dejara, y ya no tenía sentido hacerte más daño. Eric, en cambio, lleva meses tratando de conquistarte, luchando por ti. A él le gustas de verdad, con tus defectos y tus virtudes, que, créeme, son mucho mayores que los defectos. Hazme caso, Cris, no le dejes ir.

—No quiero una relación y con Eric menos. Me pasaría la vida temiendo que me dejase.

Amanda pensó que si tuviera delante a Adolfo le retorcería el pescuezo. Eric tendría que esforzarse mucho para que Cris superase sus miedos.

—Pues acuéstate con él al menos. Y mientras lo haces imagínatelo vestido como tú ya sabes. Realiza tu fantasía, tu «danés». Luego el tiempo dirá.

—Lo voy a tener difícil, le dije una de las peores cosas que se le pueden decir a un hombre. Que lo había intentado con su amigo antes que con él.

—Sí, es lo más malo que se les puede decir, después de que tiene el pito pequeño o que no da la talla en la cama.

—¿Y tú? ¿No tienes nada que contarme? Moisés parecía ayer muy cómodo en tu casa.

—Imagino que después de pasarse muchas horas en un coche,

mi sofá debía de resultarle una maravilla. Invitarle a cenar era lo menos que podía hacer a cambio de sus consejos.

—¿Tan mal están las cosas con tu jefe?

—Cada día peor. Sus insinuaciones son ya casi imposibles de ignorar. Pronto tendré que decir «no» abiertamente y temo que eso pueda acarrear mi despido o un auténtico calvario laboral. No sé cómo voy a salir de esta, Cris.

—Confío en que Moisés pueda ayudarte.

—Yo también.

—Es un buen tipo.

Amanda no quería hablar de Moisés. Temía las preguntas de su amiga e incluso las que ella misma se hacía desde la noche en que se besaran. Cuando la tarde anterior se acercó al coche a saludarle y él observó la tensión en su rostro, provocada por la reciente invitación a cenar de su jefe, no fue capaz de rechazar su ofrecimiento a hablar del tema. Apagó el teléfono, tal como él le había recomendado, y activó el contestador del fijo, en espera de que terminara su turno y pudieran comentar tranquilamente el asunto. La preocupación se vio desbancada por las mariposas en el estómago que le produjo el tenerle en su casa, sentado en su sofá y compartiendo una lasaña que había preparado en su honor.

Sabía que, a pesar de los besos compartidos días atrás, el sentimiento no era mutuo, que Moisés aún estaba pillado por su novia y no era buena idea poner los ojos en él, pero no podía evitarlo. Le había gustado desde el primer día que lo vio en el coche, y cuando le conoció en persona había ido a más. De todas formas, todo acabaría en cuanto detuvieran al tipo que perseguían. Moisés dejaría su vigilancia y se convertiría solo en el amigo de Eric, si Cris lograba solucionar su situación con él.

—Te has quedado muy callada, Amanda.

—Estaba pensando que podríamos organizar una noche de chicas. Llamar a Rocío, cenar juntas y luego ver una película o algo.

—Me parece genial.

—Voy a buscarla.

Cris se levantó del sofá y llamó en el piso de enfrente. Rocío abrió la puerta en pijama.

—Hola, venía a invitarte a una noche de chicas... Cena y peli.

Esta giró un poco la cabeza y miró a Fernando por encima del hombro.

—No sé... estábamos a punto de cenar nosotros también.

—Sí que sabes —dijo él desde el sofá—, te encantan esas cosas. Ve con ellas que yo sé distraerme solo. Pondré una de esas series que solo me gustan a mí.

Rocío sonrió.

—Es un encanto. Me cambio y estoy allí en cinco minutos.

Cris regresó a su piso, y se acercó a la lavadora.

—Luego plancharé mientras vemos la película.

—¿La ropa mojada?

—No, mujer, tengo de ayer

Amanda le sujetó la mano.

—Pues esta noche no vas a hacer nada más que cenar y ver la tele con nosotras. Se trata de una noche de chicas, no de amas de casa. La lavadora de hoy, la plancha de ayer, tendrán que seguir esperando.

—Pero tengo...

—He dicho que no. Además, Eric no va a venir esta noche, no importa que te pongas las bragas arrugadas.

—De acuerdo, tú ganas. ¿Pizza?

—Pizza.

Cris alzó la cabeza. Estaba preparada para la negativa de Amanda.

—¿En serio? ¿No vas a sugerir cambiarla por una ensalada o verduritas a la plancha?

—Hoy no. Hoy he decidido que tengo las curvas justas en los sitios justos. Si tú no planchas, yo como pizza.

—¡Trato hecho!

25

La detención

Moisés acababa de llegar a casa después de realizar su turno de trabajo cuando le sonó el móvil. Se trataba del compañero que acababa de relevarle.

—¿Sí?

—Está aquí; por fin ha aparecido.

—¿Seguro que es él?

—Sí, no hay duda. Trae una pequeña maleta, de modo que intuyo que su intención es pasar aquí la noche.

—Voy para allá. Si sale no te hagas el héroe, nada de intentar detenerle tú solo.

—No, no soy ningún suicida. Además, es temprano y la gente entra y sale sin cesar.

Cortó la comunicación y cogió el arma que se acababa de quitar y que guardaba en su habitación.

—Eric, vuelvo a la calle de Cris. El sujeto ha hecho su aparición y trataremos de detenerlo a lo largo de la noche, de forma discreta. Preferentemente al amanecer, porque dudo mucho que nos abran la puerta de madrugada, y no queremos crear alarma entre los vecinos.

Este alzó la vista de la pantalla de la televisión.

—¿Piensas que dará problemas?

—Espero que no, pero nunca se sabe. Es un individuo muy peligroso, no un raterillo de tres al cuarto que se acojona cuando ve una placa. Pero por si la cosa se complica, me gustaría que estuvieras en casa de Cris esta noche. Es muy impulsiva y no sé qué puede hacer si hay tiroteo o cualquier otra complicación. Me gustaría saber que está controlada.

Eric había decidido no llamarla durante un tiempo, tomarse unas semanas para pensar y dárselas también a ella, pero tras las palabras de Moisés no dudó un segundo.

—Por supuesto; voy contigo.

Veinte minutos más tarde aparcaban en una de las calles adyacentes a la de Cris. Moisés se acercó a su compañero, que le informó de que todo continuaba sin cambios, y Eric entró en el portal, que, como casi siempre, estaba abierto.

Cris abrió la puerta del piso y su sorpresa fue mayúscula cuando en lugar de Rocío se encontró con Eric en el umbral.

—Hola, Cris.

—Vaya... eres tú.

Él ladeó la cabeza para mirarla, entró sin esperar a que lo invitara y cerró la puerta a continuación. Vestía una camiseta larga que apenas le cubría los muslos y tenía el pelo recogido con una pinza.

—¿Esperabas a otra persona?

—Pensaba que era Rocío, la vecina. Viene a menudo. —Respiró hondo—. ¿Qué te trae por aquí?

—He venido a pasar la noche contigo.

El corazón de Cris empezó a bombear adrenalina.

—¿Y qué te hace pensar que yo quiero lo mismo? Al menos podrías preguntar.

—No he dicho que vaya a tener sexo contigo, pero voy a pasar aquí la noche lo quieras o no. El operativo para detener al hombre que buscan Moisés y sus compañeros se va a terminar al fin. Está en el piso de abajo y piensan detenerlo al amanecer, con discreción si no surge ningún contratiempo. Pero si surge voy a estar aquí para protegerte.

—¿En serio? ¿Para protegerme?

—Por supuesto.

—En ese caso, siéntate. Acabo de cenar. ¿Tú has comido?

—Sí.

—Pero... ¿Te apetecen unos cacahuetes?

—Mucho. Y de paso me cuentas qué has hecho estos días. Hace mucho que no hablamos.

Cris colocó en la mesa de centro una bolsa de cacahuetes y un bol para las cáscaras.

—Dime, ¿qué tal el pie?

—Se hincha a veces.

—Es normal si pasas mucho tiempo andando. Que lo haces, ¿verdad?

—Es mi trabajo. Me incorporé pronto, ya no aguantaba más encerrada en casa.

—Pero existen los autobuses. Al menos durante un tiempo deberías usarlos. ¿Te duele?

—A ratos.

—Tendrías que haberme llamado.

—También podrías haberlo hecho tú.

—Eso es verdad.

Se quedaron en silencio por un momento, pelando cacahuetes y comiéndolos. El fantasma de la última vez que estuvieron juntos flotaba entre ellos. Al fin, Eric lo rompió.

—¿Si te hago una pregunta me responderás la verdad?

Ella asintió.

—¿Te enrollaste conmigo porque Moisés te rechazó? Si te hubiera dicho que sí, lo habrías hecho con él?

Un leve sonrojo tiñó las mejillas de Cris, comprendiendo que no podía mentirle. Que la mirada intensa e inquisidora de él sabría la verdad.

—No lo creo. Me enrollé contigo porque... porque... —desvió la mirada.

—¿Te gusto un poco?

Ella asintió, vencida.

—Me gustas un poco.

La sonrisa de Eric fue radiante. Alargó la mano y la atrajo hacia él. Sus ojos se encontraron y las bocas se buscaron sin mediar palabra.

Fue un beso largo e intenso. Recostados en el sofá, fundidos en un abrazo, se saborearon a placer. Al fin todo estaba claro, no había dudas ni remordimientos.

Se besaron durante mucho rato, sin prisas y sin urgencia, hasta que el ruido de un frenazo en la calle hizo que Cris pegara un bote y se separase con brusquedad.

—¿Qué ha sido eso?

—Un frenazo, creo.

—¿Estás seguro? ¿No será un disparo?

Eric se levantó y se asomó a la ventana.

—Todo está tranquilo en la calle. Han aparcado el coche justo delante del portal y tanto Moisés como su compañero se encuentran en el interior.

—Estoy un poco nerviosa. ¿Te ha dicho cómo van a hacerlo?

—Que llamarán a tu portero para que les abramos la puerta cuando vean el momento adecuado para entrar. Probablemente al amanecer, salvo que intente marcharse antes. Entonces irán a por todas; no piensan dejar que se les escape. Relájate.

—No puedo... solo de pensar en que los pobres abueletes de la primera planta se peguen un sobresalto... ¿Crees que debería avisarlos de que no salgan?

—No deberías hacer nada, aparte de estar sentada aquí conmigo y besarme. ¿No te parece tentador?

—¿Solo besarnos? Porque si llaman al portero y tenemos que abrir y...

Eric tiró de ella y la sentó en su regazo.

—Solo besarnos.

Se dejó tentar. Pronto había olvidado cualquier otra cosa que no fuera su boca hasta que el sonido del móvil vibrando sobre la mesa la sobresaltó de nuevo.

—¡Ahhh!

—Es tu teléfono. ¿Amanda o Moisés?

Cris se encogió de hombros y se separó para cortar el sonido.

—Es la alarma.

—¿A las doce y media de la noche? ¿Tomas alguna medicina?

—No, es... otra cosa.

—¿No me lo vas a decir?

—Se trata de la lavadora. La alarma me indica cuándo le entra el suavizante.

—¿No lo hace de forma automática?

—Sí, pero...

—Vamos, cuéntamelo —rio divertido—. Pocas cosas me van a sorprender ya de ti.

—Paro el programador para que la ropa esté más tiempo con el suavizante. Vuelvo a conectarla en media hora y luego continúo con el lavado.

—Pues ve, no quiero interferir en tus costumbres —dijo con una sonrisa y soltándola del abrazo.

—¿No vas a burlarte?

—No. Pero cuando nos vayamos a la cama asegúrate de no tener puesta la lavadora.

Cris saltó de su regazo y se dirigió a la cocina. Detuvo el programador y regresó al sofá y a Eric. Este había encendido la televisión y buscaba con el mando algo que ver.

—¿Vas a poner la tele? —preguntó algo decepcionada.

—Si vamos a parar de nuevo en media hora, será lo mejor. Además, no sé si seré capaz de permanecer toda la noche en modo «besos», sin pasar a mayores, y Moisés puede necesitar que le abramos en cualquier momento. Mejor vemos la tele, aunque, eso sí, en plan parejita. —Extendió un brazo y la invitó a refugiarse en el hueco. Cris se acurrucó contra él, alargó la mano, cogió la bolsa de los cacahuetes y la colocó sobre sus muslos.

Pasaron la noche en el sofá, abrazados y fingiendo ver la televisión, pero en realidad sintiéndose el uno al otro. Cris rechazó la proposición de Eric de irse a la cama y dejarle a él de guardia cuando se empezó a quedar adormilada contra su costado; por nada del mundo hubiera renunciado al contacto, después de que llevara días temiendo no volverle a ver.

Cuando el timbre del portero la despertó a las siete de la mañana, el corazón le dio un brinco.

—¿Ya? —preguntó sacudiéndose el sueño.

—Voy a ver. —Eric se levantó y se acercó a la puerta.

—Abre —susurró Moisés desde abajo.

El chasquido de la cerradura se escuchó en el silencio del amanecer. Cris se levantó y quiso abrir la puerta para atisbar por el hueco de la escalera, pero Eric se lo impidió, agarrándola por el brazo.

—Ni se te ocurra. Deja que hagan su trabajo.

—¿Cómo puedes estar tan tranquilo?

—No lo estoy, ni lo estaré hasta que los vea salir sanos y salvos —comentó acercándose a la ventana y llevando a Cris con él. Juntos y abrazados por la cintura aguardaron durante unos interminables quince minutos en los que el silencio fue lo único que se escuchó. Al fin tres hombres salieron del portal, uno de ellos llevaba una cazadora sobre las manos para ocultar las esposas que lo mantenían inmovilizado. Moisés le agarraba del brazo y entró con él en la parte trasera del coche, mientras su compañero se sentaba al volante y arrancaba el vehículo, que avanzó calle abajo y giró en la esquina perdiéndose de vista.

—¿Ya está? ¿Eso es todo? —preguntó Cris apartándose de la ventana y clavando en Eric unos ojos asombrados.

—Eso parece. ¿Qué esperabas? Ya te dijo Moisés que lo harían de forma discreta y sin alboroto.

—Pero...

No pudo seguir. La boca de él cerró la suya con un beso exigente. Sus brazos la rodearon y la apretaron contra su cuerpo. Ella le abrazó la cintura y respondió al beso sin dudarlo.

—Nada de peros —susurró contra sus labios—. Llevas toda la noche metiéndome mano en sueños. Ha sido un auténtico suplicio no sucumbir y mandar al diablo a Moisés y su operativo, pero ahora que todo ha acabado voy a cobrarme la revancha.

—¿En serio he hecho eso? ¿Y dije algo?

—Solo han hablado tus manos, pero han sido muy persuasivas.

La tomó en brazos y la llevó al dormitorio.

—Y espero que tu vecina no venga durante un buen rato, porque nadie le va a abrir la puerta.

—¿Tampoco podré tender la ropa? La lavadora hace tiempo que terminó —rio divertida por la expresión decidida de él.

—Tampoco. Te quiero en exclusiva para mí durante un buen rato.

—Vas a tener que darme acción, ya sabes que no me gusta estarme quieta.

La depositó en la cama.

—Acción, ¿eh? Tomo nota.

La dejó sobre la cama con cuidado y se incorporó para desnudarse, pero Cris no se lo permitió. Tiró de su camisa y lo hizo caer sobre ella.

—Si yo no tiendo la ropa, tú no te mueves de aquí.

Le rodeó la cintura con las piernas y el contacto se hizo íntimo. Las bocas se buscaron de nuevo, esta vez cargadas de pasión. Nada de besos tranquilos e íntimos como la noche anterior, la urgencia se había apoderado de ellos y eran incapaces de detener las manos. Trataban de desnudarse sin separarse ni un centímetro, con dedos torpes e inseguros. La ropa acabó revuelta sobre la cama o en el suelo, mezclada en un extraño montón de texturas y colores. Los cuerpos ardían, las bocas exploraban y las manos recorrían cada centímetro de piel. Cuando Eric metió las suyas en las braguitas de Cris, última prenda que le quedaba sobre el cuerpo, esta gimió:

—Rómpelas.

Él la contempló por un instante y no se lo hizo repetir. Enredó los dedos en la prenda y tiró con fuerza hasta desgarrarla. Volvía a besarla cuando un nuevo sonido proveniente del móvil le hizo levantar la cabeza.

—¿Otra alarma? —preguntó con el ceño fruncido—. ¿El lavavajillas quizás?

Cris rio contra su boca.

—No, es para ir a correr. Lo hago cada día. No te preocupes, después de unos minutos deja de sonar.

—Hoy no vas a ir a correr, señorita; hoy vas a cabalgar. —Se giró con un movimiento rápido y la colocó a horcajadas sobre él—. Soy todo tuyo, preciosa.

Cris, sin dejar de mirarle a los ojos, se alzó para dejarse caer sobre él. La cara de Eric, que contuvo el aliento al recibirla, la llenó de júbilo. Nunca había experimentado el poder en el acto sexual, y se dispuso a disfrutarlo. Se movió despacio al principio, probando sensaciones, sin dejar de observar al hombre que se retorcía bajo ella. Arriba y abajo, lentamente, hacia delante y hacia atrás, en círculos. Los dedos de él se crispaban sobre las sábanas y su boca emitía jadeos entrecortados. Al final Cris dejó de observarle inmersa en sus propias sensaciones, cerró los ojos y se movió sin control experimentando un placer nuevo y abrumador. Las manos de él la tomaron al fin de las caderas y le imprimió un ritmo frenético que los llevó a los dos al orgasmo en cuestión de unos pocos segundos. Jadeante, se dejó caer contra él, que la rodeó con los brazos, acunándola.

—Ay, Dios —susurró.

—Deja a Dios fuera de esta cama, Cris. Solo tú y yo.

Los latidos del corazón de ambos se fundían en un alocado golpear, mientras las manos de Eric le recorrían despacio la espalda y las nalgas. Cris se dejó hacer esperando que de un momento a otro se durmiera, pero él no parecía mostrar señales de sueño.

—¿No vas a dormirte? —preguntó levantando un poco la cabeza.

Eric alzó una ceja.
—¿Debo hacerlo? ¿Quieres librarte ya de mí?
—Claro que no, pero es lo normal en los hombres, ¿no?
—Yo aguanto bien el sueño, no sé los demás. Mi intención es quedarme toda la mañana aquí contigo y bien despierto.
La mano descendió un poco y los dedos juguetones comenzaron a acariciar de nuevo.
—¿Sin desayunar?
La ronca carcajada resonó en el oído de Cris a través del pecho de Eric.
—Después de desayunar —concedió.
—Ejem... eso no va a ser posible. Tengo que casar a una pareja a las doce y media.
—Bien, lo aceptaré, siempre y cuando me busques un hueco en tu apretada agenda cuanto antes.
—Esta noche, si quieres. —Alzó los ojos para mirarle con la inquietud pintada en el rostro—. ¿Quieres?
Él sonrió y se giró sin soltarla hasta colocarla bajo su cuerpo otra vez.
—Quiero. Y te voy a retener aquí hasta la hora justa de irte.
Los ojos de ella se abrieron de forma desmesurada.
—Solo te daré tregua para desayunar —concedió.
Cris alzó la boca y empezó a besarle.

26

Un amigo

Amanda recibió aquel sábado la llamada de un número desconocido. Por un momento temió que Cris hubiera vuelto a tener problemas, por lo que le comentara el día anterior debía celebrar una boda a última hora de la mañana. Con un poco de aprensión respondió.

—¿Sí?

—Amanda, soy Moisés.

—Vaya, qué sorpresa. Ignoraba que tuvieses mi número.

—Se lo he pedido a Eric, espero que no te moleste, pero te quería comentar una cosa. Aunque es posible que ya lo sepas. ¿Has hablado con Cris?

—Desde ayer por la tarde, no. ¿Le ocurre algo?

Moisés rio con ganas.

—Nada, salvo que ha estado muy ocupada desde entonces.

—¿Quieres decir que por fin ella y Eric…?

—Eso tengo entendido, aunque él no ha sido muy explícito. Llegó hace poco de su casa y se ha ido directamente a dormir con una sonrisa de lo más reveladora.

—¿Ha pasado allí la noche?

—Sí. Pero en realidad te llamo por otro motivo, no para decirte lo que Cris te contará en cuanto acabe su trabajo.

—¡Debería habérmelo dicho antes de irse, la muy perra! La voy a matar...

—Amanda, el operativo se ha cerrado esta mañana, hemos

detenido al sospechoso. En estos momentos está siendo interrogado en comisaría.

—Oh, vaya... por fin. —No pudo evitar que la decepción se reflejara en su voz. Una etapa acababa de finalizar y ella se quedaba un poco en tierra de nadie. Le gustaba llegar a la calle y buscar el coche para comprobar si era Moisés quien estaba en él—. ¿No deberías estar interrogándolo?

—Se ocupa mi compañero de más edad, que tiene un rango superior al mío. A mí ahora me toca descansar unos días. Te llamo para que sepas que, aunque ya no vas a ver el coche estacionado en tu calle, yo sigo aquí para lo que necesites. Este es mi teléfono privado, anótalo y siéntete libre de usarlo cuando quieras. Tanto si tienes problemas con tu jefe como si te apetece tomar un café y Cris está ocupada.

—Que lo estará...

—Es lo más probable.

—Gracias, Moisés. Te prometo que lo haré. Voy a echar de menos veros ahí estacionados —admitió—. Se había convertido en una costumbre buscar el coche cuando llegaba a casa, me divertía.

—Eso lo dices porque no tenías que pasarte encerrada dentro de él horas y horas. Pero tú has aliviado bastante nuestra tediosa espera con tus idas y venidas. El día que te ocultaste tras la furgoneta nos reímos mucho comentándolo.

—¿Me viste?

—Pues claro, estamos entrenados para observar y registrar cualquier detalle que se salga de lo normal. Y una guapa morena *andurreando* alrededor del coche a todas horas, y mirando hacia dentro con un pésimo disimulo, llama mucho la atención. Lo comentábamos en cada cambio de turno.

—¡Qué vergüenza!

—No la sientas, nos has hecho más llevadera la vigilancia.

—Pero ya acabó.

—Sí.

—¿Ha resultado muy complicada la detención?

—No. Eric nos abrió la puerta de la calle al amanecer y pillamos al sospechoso dormido y con las defensas bajas. No presentó ninguna resistencia a la hora de acompañarnos.

—¿Así de fácil? ¿No habéis corrido peligro tu compañero y tú?

—En ningún momento. La mayoría de las detenciones son así, los tiroteos y las persecuciones con coches o a carrera limpia por la calle es más de película americana que de la realidad.

—¿Cris sabía que ibais a actuar esta noche?

—Sí.

—¡La muy...! No me ha dicho ni media palabra.

Moisés se echó a reír.

—No te enfades con ella, envié a Eric para que la entretuviera. Es muy impulsiva y temía que quisiera intervenir en la operación.

—Eso ni lo dudes. Y sí que la ha entretenido para que no me llamase al instante.

—Ha debido esmerarse, sí —bromeó—. Lleva dormido desde las doce que llegó a casa. Y yo voy a hacer lo mismo. Estoy de servicio desde hace casi treinta horas y ya no puedo con mi alma.

—Me gusta escuchar eso.

—¿Que no puedo con mi alma?

—Sí. Cualquier otro estaría presumiendo de tipo duro, de poli que ha hecho una heroicidad.

—Mis compañeros y yo hemos detenido a un delincuente peligroso, pero no es ninguna heroicidad; solo hemos realizado nuestro trabajo. Y respecto a mí, no soy un tipo duro, Amanda, ni presumo de ello. Soy un hombre como los demás, que necesita comer, dormir ocho horas, y que a veces se viene abajo con las cosas que le toca ver en esta profesión.

—Pues vete a dormir y descansa, que lo tienes merecido.

—Pero antes quiero que me prometas que me llamarás si me necesitas.

—Te lo prometo. Y tú ya sabes dónde vivo cuando quieras disfrutar de una buena lasaña. La comida italiana es mi especialidad.

—Eric y yo hemos pensado en organizar una cena para celebrar los últimos acontecimientos: que el tobillo de Cris ya está curado y que el operativo de vuestra calle se ha resuelto sin problemas. Pero esta vez no os vamos a meter en la cocina, invitamos nosotros y en un buen restaurante. Vendrás, ¿verdad?

—Por supuesto. No me perdería ver cómo Cris os arruina por nada del mundo.

—Entonces, ya pondremos fecha y os avisamos. Que pases un buen día, Amanda.

—Y tú descansa.

Cortó la comunicación y se asomó a la ventana para contemplar la calle desde el precario ángulo que ofrecía la ventana de su dormitorio. Se le antojó desnuda sin el Ford azul y también ella sentía en su interior una sensación de vacío. Echaría de menos buscar la cabeza rubia de Moisés dentro del vehículo. La certeza de saberlo allí le había gustado más de lo que pensaba.

Se apartó de la ventana dispuesta a terminar la limpieza que había comenzado, pero antes escribió un *whatsapp* a Cris para que lo leyera cuando acabase la celebración:

«Cacho perra, eso se avisa. Me he tenido que enterar por Moisés de que han detenido al sospechoso y que además te has liado con Eric. Me tendrás que compensar de alguna forma si quieres que te perdone.»

Recibió la respuesta dos horas más tarde en forma de visita inesperada. Cris se presentó en su casa con aire culpable.

—Lo siento —fue lo primero que dijo cuando le abrió la puerta.

—¿Qué es lo que sientes? ¿No será haberte enrollado con Eric? Ya te dije que él no me interesa.

—Lo que siento es no haberte informado. Tengo que reconocer que ni siquiera me acordé de ti desde el momento en que él apareció en mi casa después de la cena.

—¡Tenga usted amigas para esto! ¡Pero me lo podías haber contado esta mañana!

—Me llevó él a la hacienda donde tenía que celebrar la boda, con la hora justa. Apenas tuve tiempo para desayunar como es debido. ¿Tienes algo por ahí para picar? La hacienda está aislada y no hay cerca ni un triste supermercado abierto y con las prisas no he cogido nada de comer para el camino. Estoy famélica.

Amanda rio.

—¿Un hombre ha conseguido que olvides coger comida? ¡Tres hurras por Eric! Ya sabes dónde está el frigorífico; sírvete tú misma.

—Llegaba tarde a la celebración. Me prepararé un sándwich para aguantar hasta el almuerzo.

Mientras observaba a su amiga comer con deleite lo que se había preparado, Amanda continuó el interrogatorio.

—¿Has vuelto a quedar con él?

—Esta noche.

—Me ha dicho Moisés que quieren organizar una cena para los cuatro.

—Eso es estupendo. Ahora que ya no está en la calle y no tenemos oportunidad de invitarle a cenar de vez en cuando, me preocupa que se quede solo. Me cae bien y me gustaría que compartiéramos alguna salida y rato de ocio. A ti no te importa ejercer un poco de acompañante de Moisés, ¿verdad?

—En absoluto. También a mí me cae bien.

Cris terminó su tentempié y se levantó.

—Tengo que irme. Todavía debo tender la lavadora que puse anoche; la ropa debe de estar más arrugada que un higo. Y esta noche viene Eric... tengo que planchar las bragas.

Amanda rio al ver a su amiga bromear sobre su manía.

—Vete ya y duerme un poco en vez de planchar. Te aseguro que Eric no va a fijarse en las bragas, sino en lo que hay debajo.

Con una carcajada, Cris se marchó.

27

Una visita esperada

Eric llegó a las nueve, recién duchado, fresco y con una radiante sonrisa. Cris le esperaba impaciente; desde hacía rato deambulaba por la casa incapaz de permanecer quieta. Había fregado el baño con minuciosidad, la cocina rechinaba de limpia, y hasta la parte superior de las puertas habían recibido una intensa sesión de estropajo. Cuando ya no se le ocurría qué más hacer para matar el tiempo se dio una vigorosa ducha para acabar con cualquier vestigio de sudor o suciedad y preparó la cena. Carne asada y una generosa fuente de entrantes variados.

A continuación, se arregló con esmero. Se puso un vestido corto de colores alegres y tirantes finos, con un escote muy sugerente que le resaltaba los pechos, y se paseó inquieta hasta que al fin sonó el timbre.

Eric contuvo el aliento al verla.

—¿Todo esto es para mí? —preguntó recorriéndola con la mirada más golosa que Cris había visto en un hombre. Con la misma que ella contemplaba una fuente de pasteles.

—La cena es para los dos —aclaró ella.

—No me refería a la comida. —Colocó sobre la mesa de entrada una bolsa que llevaba en la mano y la abrazó. El beso la pilló de improviso, intenso, cálido e invitador.

—Ah, ¿te refieres a mí?

—Por supuesto. A ti no pienso compartirte con nadie.

Cris se sintió halagada. Había temido el encuentro, aquella mañana todo había surgido de forma natural, pero no sabía cómo se comportaría Eric por la noche, ni qué expectativas tendría. Con su beso lo había dejado muy claro. Se separó y él le ofreció la bolsa que había depositado sobre la mesa.

—He traído el postre. Sorbete de cava, espero que te guste.

La sonrisa traviesa de Cris le hizo reír.

—¿Hay alguna comida que no te guste?

—No. Disfruto hasta con las lentejas.

—Guárdalo en el congelador un rato.

Cris obedeció y él la siguió hasta la cocina. Contuvo las ganas de abrazarla otra vez y llevarla directamente al dormitorio, pero los platos dispuestos en la encimera le hicieron saber que se había tomado muchas molestias con aquella cena. También tenía claro que, si le hacía pasar hambre, su relación no iba a durar ni una semana, y no era un rollo pasajero lo que buscaba en Cris. Soportaría la cena, el postre y hasta los frutos secos de después si era necesario. Tenía que demostrarle que le gustaba cómo era, con su apetito voraz, sus manías y su actividad incesante.

—¿Tienes hambre? —preguntó ella como si le leyera el pensamiento.

—No demasiada, pero estoy seguro de que tú sí.

—Yo siempre estoy hambrienta.

—Pues vamos a cenar entonces.

—Si no quieres, esperamos.

—Cuanto antes terminemos de comer, antes nos iremos a la cama...

Cris contuvo el aliento. La sesión de aquella mañana le había dejado ganas de repetir, pero no sabía qué deseaba él. Se alegró de saber que esperaba lo mismo. Eric añadió, con un guiño de complicidad:

—Esta vez espero que no tengas ropa que lavar o suavizante que echar, y el móvil apagado. Y ni caso a la vecina.

Se sentaron a comer a la mesa que Cris había arreglado con esmero. No era la primera vez que Eric cenaba en aquella casa y le gustó que ella la hubiera arreglado de manera especial. Las servilletas dobladas en forma de flor, un mantel de tela en vez del habitual de plástico, y los platos colocados uno encima del otro, como en las grandes celebraciones, hablaban de algo importante.

Cris se sentía ligeramente nerviosa por la mirada intensa de él, que le prometía grandes cosas para después de la cena, y comió copiosamente. A los aperitivos siguió el primer plato, después la carne, y cuando Eric vio que iba a servirse de nuevo de la fuente de asado, susurró:

—Quizás no deberías comer demasiado. Tengo la intención de darte mucho movimiento esta noche y no quisiera que te sentara mal.

—Nunca me ha sentado mal comer antes de tener relaciones sexuales.

—Es que no vamos a tener relaciones sexuales. Vamos a tener una noche de pasión desenfrenada.

Cris casi se atraganta con el sorbo de vino que estaba tomando.

—¿Tanto?

—¿No quieres?

—Sí, claro... es que yo nunca... ya es extraño para mí que suceda por la mañana y por la noche de un mismo día.

—Quiero realizar tu «danés» esta noche.

—¿Ya sabes cuál es?

—No, pero voy a adivinarlo.

—Dudo que lo consigas. —Rio imaginándoselo con el *kilt*.

Eric alzó la copa.

—Ya veremos. Por el «danés».

Cris dio por terminada la cena. Mientras Eric servía el sorbete de cava, se dio cuenta de que estaba muy nerviosa. No sabía si ofrecerle una copa después, o irse directamente a la cama. Optó por enfriar un poco la conversación preguntando por Moisés, mientras paladeaba el sorbete.

—¿Cómo está Moisés?

—Durmiendo, imagino. Lleva acumulada mucha falta de sueño. Tiene un par de días libres y quiere irse a un apartamento que tiene en la playa, pero no sé si es buena idea. Solía ir allí con Olga y estoy seguro de que en cuanto entre en él van a volver los fantasmas. Había pensado marcharme con él, pero no quiere ni oír hablar del asunto. Dice que ahora que tengo novia debo estar aquí y ocuparme de ella.

La alarma se pintó en el rostro de Cris.

—¿Novia? ¿Te refieres a mí?

—Pues claro. ¿A quién si no?

—No somos novios, ¿vale? Me gustas mucho y estoy loca por meterme contigo en la cama otra vez, pero no quiero un noviazgo.

Él vio el miedo en su rostro, pálido y desencajado, y maldijo al tipo que le había hecho tanto daño en el pasado.

—De acuerdo... nada de novios. ¿Qué somos entonces?

—Amigos con derecho, o dos personas que pasan buenos ratos juntos. Nada de compromisos ni etiquetas.

Cris aguardó temblando la reacción de Eric a sus palabras. No quería perderle cuando acababan de empezar, pero debían mantener lo que fueran a tener juntos lejos de compromisos. No quería repetir experiencias del pasado, y estaba convencida de que, a partir de ese momento, dejaría de funcionar. Por nada volvería a exponer su corazón desnudo y sin proteger. Mientras solo fueran amigos con derecho no se enamoraría, estaba segura.

—¿Esos buenos ratos van a ser solo en la cama o podremos salir a cenar, hacer alguna escapada de fin de semana y ese tipo de cosas?

—Podemos hacer esas cosas, si quieres.

—Entonces me parece bien, amigos con derecho. Organizaremos una cena con Amanda y Moisés pronto, si estás de acuerdo.

—Me apetece mucho.

Él sonrió. Se levantó de la mesa sin siquiera terminar el postre y se acercó con expresión traviesa.

—Y ahora, si ya has calmado tu hambre, voy a saciar yo la mía.

La agarró de la mano y tiró de ella hacia el dormitorio. Cris se dejó llevar conteniendo el aliento. Lo de pasión desenfrenada sonaba muy bien, no era su «danés», pero se acercaba bastante.

Cris jamás había imaginado sentir las sensaciones que experimentó durante aquella noche. Eric era un amante experto, considerado y exigente a la vez, que la encendió una y otra vez cuando ya pensaba que sería incapaz de volver a excitarse. La boca, las manos de él la hacían arder dondequiera que la tocasen. Con toda seguridad las dos viejas que vivían en el piso de abajo le retirarían el saludo de por vida después de escuchar sus gemidos y sus gritos, pero no le importaba. Había vivido la mejor noche de su vida, con diferencia.

Se durmió sobre el cuerpo fuerte de Eric ya muy de madrugada, con las manos de él sobre sus nalgas.

Cuando abrió los ojos el sol estaba alto, y los ojos azules la contemplaban embelesados.

—Buenos días.

Ella se sacudió el pelo, enredado, y le dedicó una radiante sonrisa.

—Buenos días, Eric. ¿Hace mucho que estás despierto?

—Un buen rato.

—¿Por qué no me has despertado?

—¿Para qué? ¿Tienes prisa? ¿También tienes que casar a alguien hoy?

—No, pero debes de estar desesperado sin moverte y sin hacer nada.

—Sin hacer nada, no; te estaba mirando.

—Yo no podría... No es que no me guste mirarte, pero lo de estar quieta es imposible para mí.

—Ya lo sé. Sé que en cinco minutos saltarás de la cama en busca de comida.

—Tengo hambre, esta noche hemos consumido muchas calorías.

—Muchas, sí. Ahora hay que reponer fuerzas. También yo estoy hambriento. ¿Bajo por unos churros?

—Hummm, estupenda idea.

Cris saltó de la cama y buscó en el armario una camiseta larga que ponerse. Mientras Eric también se vestía, murmuró:

—Mientras tú compras los churros yo prepararé café, tostadas y zumo. ¿Te apetece algo más?

—Para mí es suficiente —dijo saliendo del piso.

En el rellano se cruzó con la vecina.

—Buenos días.

—Hola.

Cuando entró en el ascensor, Rocío se apresuró a llamar a la puerta. Pensando que Eric habría olvidado algo, Cris abrió con expresión divertida.

—¿Qué has olvida...? Ah, eres tú.

—Yo no he olvidado nada, pero tú sí. ¿Acabo de ver a un tío de esos de anuncio saliendo de tu casa y no me has dicho nada?

—Es Eric, ha bajado por churros.

—¿Ha dormido aquí? Claro que sí, no hay más que verte la cara. ¿Entonces todo está claro con Amanda?

—Me ha asegurado que no le gusta. No podría soportar hacerle daño.

—Todo está bien entonces. Además, la vecina del número uno, la cotilla, me ha asegurado que la ha visto besándose con un hombre en un coche. Yo le he dicho que eso era imposible, que se lo ha debido de imaginar.

—Caray... a lo mejor no es tan imposible.

A la memoria de Cris llegó la imagen de Moisés cómodamente instalado en el sofá de su amiga. Pero si Amanda no le había dicho nada, sus razones tendría. No iba a presionarla, bastante tenía con el acoso de su jefe. Cris sabía cuánto le estaba afectando el asunto, aunque solo lo mencionara por encima.

—Ya me marcho, solo venía a preguntar. Te dejo con tu visitante.

En cuanto entró conectó el móvil para ver si tenía algún mensaje de Amanda, pero esta se había comportado. Lo volvió a apagar y empezó a preparar el café.

Pasaron juntos todo el día. Después de desayunar dieron un largo paseo por el centro cogidos de la mano. Como dos novios, aunque no lo fueran. Al atardecer se separaron en el portal. Eric se ofreció a invitarla a cenar en un pequeño restaurante de los alrededores, pero Cris se sentía mal por haber abandonado a su amiga todo el fin de semana. En general pasaban juntas los domingos, comían en algún sitio, iban al cine o se tiraban en el sofá a ver series. Pero Amanda, en aquella ocasión, no la había llamado ni enviado un mensaje, había respetado su fin de semana con Eric.

También este sentía remordimientos por no haberse acordado de Moisés en dos días, pero, contemplando la expresión radiante de Cris, no podía arrepentirse. De alguna forma tendrían que incluir a sus amigos en sus salidas, en el futuro.

Se despidieron con un beso y Cris subió feliz a su casa.

28

Cena

Cris se estaba arreglando con esmero. Amanda y ella iban a salir a cenar con Eric y Moisés aquel sábado. Era su primera cita desde que estaban juntos, y, aunque se habían visto varias veces en aquellas dos semanas, nunca fuera de su casa.

Su amiga se presentó a recogerla, también guapísima, con un vestido entallado y de un amarillo pálido que acentuaba sus curvas y contrastaba con la ropa oscura y holgada que usaba para trabajar.

—¡Guauuu! ¡Estás despampanante! —exclamó Cris cuando le abrió la puerta.

—Ya estoy harta de esconder los pechos por temor a las miradas libidinosas del salido de Gerardo.

La piel morena y los rizos negros sueltos sobre los hombros resaltaban el efecto del vestido.

—¿Quieres impresionar a alguien? —preguntó recordando las palabras de Rocío sobre los besos compartidos en un coche. Esa noche Cris iba a comprobar si había algo de cierto en eso, porque no les iba a quitar ojo ni a Amanda ni a Moisés.

—Quiero sentirme a gusto con mi cuerpo y con sus curvas. Y tú también estás espectacular —cambió de conversación con habilidad.

—Yo sí quiero impresionar a alguien.

—Ya lo tienes más que impresionado. Babea cuando te tiene delante.

Dos toques en el portero electrónico les indicaron que sus acompañantes las esperaban abajo.

También los chicos se habían arreglado para la ocasión. Eric lucía pantalón de vestir negro y una camisa blanca, abierta sobre el pecho. Para la cena había abandonado sus habituales vaqueros y camisetas. La piel bronceada resaltaba bajo la tela y Cris se admiró una vez más de lo guapo que era.

Moisés había optado por un pantalón azul de corte informal y una camisa y chaqueta a juego. Elegante y desenfadado, en nada se parecía al hombre que Amanda había viso en el Ford azul día tras día.

Tras saludarse, ambas amigas entraron en el coche de Eric y se dirigieron al restaurante.

—Os advierto que Cris lleva dos días sin comer esperando esta noche. ¿Habéis avisado al restaurante para que tengan suficientes existencias? —comentó Amanda para calmar el desasosiego que le había producido la mirada de Moisés recorriéndola.

—Faltaría más. No vamos a dejarla con hambre. He reservado mesa para cuatro con apetito de doce —bromeó Eric.

—No tiene gracia. Estas últimas semanas he comido menos.

—Solo cuando estamos en la cama, luego te desquitas.

Era cierto. Se olvidaba de la comida cuando estaban juntos, pero las largas y satisfactorias sesiones de sexo la dejaban hambrienta.

El restaurante era de los más modernos y elegantes de la ciudad, pero a recomendación de Eric, Moisés se había asegurado de que los platos fueran lo bastante contundentes para saciar el apetito de Cristina. Nada de pequeñas porciones con más plato que comida.

Se acomodaron a una de las mesas, Moisés se quitó la chaqueta y se sentó al lado de Amanda.

—Me alegra que esta noche no te hayas vestido de monja. Ese vestido te favorece mucho.

—Gracias. Hoy no tengo que esconderme de las miradas lascivas de nadie.

—Por supuesto que no, hoy estás entre amigos y nadie va a faltarte al respeto.

—De eso estoy segura.

Sirvieron vino y entremeses mientras encargaban la comida.

—Podemos pedir una cosa diferente cada uno y así los cuatro probamos de todo —sugirió Cris. Amanda ya estaba habituada a ese proceder. A menudo solía hacerla rabiar pidiendo el mismo plato que Cris escogía para que esta cambiase a otro. Si pudiera pediría todo lo de la carta para no dejar nada sin probar.

—De acuerdo —concedió Eric—. Pidamos todo para compartir.

Amanda miró a su amiga. Estaba resplandeciente desde que salía con Eric, o como quisieran llamarlo. Por lo que sospechaba, salir, salían poco.

Ambos rezumaban el romanticismo de una relación que empieza, los leves roces de manos a la menor ocasión, las miradas cómplices, las sonrisas compartidas. Los envidiaba, hacía mucho que ella no sentía lo mismo, pero se alegraba por ellos, sobre todo por Cris. Su amiga había sufrido lo indecible por culpa de su ex, y ya era hora de que tuviera una relación y un hombre decente en su vida.

Se dio cuenta de que Moisés también los miraba, con una sonrisa nostálgica en los labios y la tristeza aflorando a sus ojos. No tenía duda de que la escena de sus amigos con las cabezas muy juntas mirando la misma carta le había traído recuerdos del pasado.

—¿Qué te apetece? —le preguntó para alejarle los pensamientos tristes de la mente—. ¿Eres de carne, pescado, vegetariano?

—Le doy a todo —bromeó—, pero mi favorita es la comida italiana. La lasaña que preparaste la otra noche es la mejor que he comido nunca.

—Pues espera a probar los *gnocchi*. Mi abuela materna era italiana y son recetas de familia.

—¿Me los prepararás algún día?

—Cuando quieras.

—¿Cómo van las cosas con tu jefe?

—Igual, en un tira y afloja tenso; pero no hace falta que tenga problemas con él para que vengas a cenar a casa.

—De acuerdo. Cuando quieras prepararlos me avisas y allí estaré.

—Me guardáis un poco —intervino Cris—. Son espectaculares, pero los hace en contadas ocasiones.

—Puedes venir a comerlos tú también cuando los prepare. Y Eric, claro.

Se vio obligada a invitarlos, aunque en su fuero interno le hubiera gustado compartirlos solo con Moisés. Desde la noche que se besaron algo había cambiado para ella, y aunque sabía que él seguía colgado de su ex no le importaría en absoluto ofrecerse a consolarlo. Los besos suaves y tiernos que le había dado en el coche le habían mostrado a un hombre sensible, escondido en un cuerpo alto y fuerte de policía.

—Creo que no —rechazó Cris.

—¿No qué?

La mente de Amanda había divagado hacia el hombre que se sentaba a su lado, olvidando por completo la conversación.

—Que no iremos Eric y yo. Me gustan más de un día para otro.

—Como prefieras.

Les sirvieron la comida, la disfrutaron y Cris trató de contenerse un poco a la hora de repetir.

—¡Lo que hace el amor! —bromeó Amanda al ver la cara de su amiga contemplando de reojo la comida que aún quedaba en las fuentes, y aguantando las ganas de servirse más—. ¿No quieres que Eric sepa lo que comes en realidad y vas a dejar eso en la fuente?

Este la miró divertido.

—¿Que no sé lo que come? Dos raciones de churros, cuatro o cinco tostadas, café, zumo y fruta se tomó la otra mañana.

Alargó la mano y, mirando a sus amigos, preguntó:

—¿Queréis?

Moisés y Amanda negaron con la cabeza. Eric cogió el plato de Cris y le sirvió el resto de comida.

—No, si yo... no quería...

Amanda y Eric lanzaron una sonora carcajada que hizo volver la cabeza al resto de comensales.

—Come —invitó Eric y ella no se hizo rogar.

Después de la cena propusieron tomar una copa, pero Eric rechazó la oferta. Prefería ir directamente a casa de Cris y quitarle cuanto antes ese vestido que lo estaba volviendo loco. Cada vez que se inclinaba un poco y le dejaba ver el nacimiento de los pechos lamentaba el tiempo que aún les quedaba que pasar en el restaurante. Los años de semiabstinencia sexual que había vivido en los últimos tiempos, le estaban pasando factura. Además, el sexo con Cris era tan fantástico, ella disfrutaba tanto con todo lo que hacían que se sentía impaciente por seguir explorando su cuerpo y ver sus ojos brillando de deseo.

—Yo ya he bebido bastante. —Agarró la cintura de Cris en la puerta del restaurante y la apretó con suavidad—. Preferiría irme a casa. ¿Y tú, Cris?

—Yo también. Pero vosotros podéis seguir un rato más, es temprano aún.

Moisés interrogó a Amanda con la mirada. No le apetecía marcharse a su casa solo, y cuando vio que ella asentía se sintió contento.

—Me gustaría dar un paseo, he comido demasiado.

—¿Y para volver a casa?

—Existen los taxis, Eric. No te preocupes por nosotros, Amanda está en buenas manos.

—Eso ya lo sé.

Los vieron alejarse de la mano en dirección al coche, charlando y riendo.

—¡Vaya dos tórtolos están hechos! Eric se pasa el día al teléfono, cuando no está con ella.

—También Cris lo mira a menudo, y antes podían pasar horas sin que te respondiera un mensaje. En vez de teléfono llevaba un ladrillo en el bolso, porque para lo que le servía...

—Y nosotros... ¿Dónde te apetece ir?

—Me da igual, caminemos un rato, la noche está muy agradable. No tengo ganas de beber nada, pero mi casa está a un agradable paseo. Si después nos apetece podemos tomar algo por allí cerca.

Echaron a andar uno al lado del otro. La figura menuda de Amanda contrastaba con el cuerpo alto de Moisés, tanto que le costaba mantener el ritmo de las largas zancadas. Al darse cuenta, él se disculpó.

—Perdona, estoy acostumbrado a ir deprisa.

Acomodaron el paso.

—¿Algún caso nuevo e interesante?

—Nuevo, sí; interesante, no. Estamos siguiendo ahora el rastro a una red de pederastia infantil, y eso es una de las peores investigaciones que llevamos en comisaría. Cuando se presenta un caso, todos tratamos de que lo lleven otros.

—Yo creía que lo peor eran los cadáveres descompuestos y desmembrados.

—No. Eso es desagradable, no te lo voy a negar, pero para mí todo lo que tenga que ver con robarle la inocencia a un niño es el peor delito que se puede cometer. En esta ocasión no he podido librarme, y no va a ser agradable.

—Lo lamento.

—Todo trabajo tiene su parte buena y su parte mala. La buena ha sido conoceros a Cris y a ti, y me temo que ahora toca lidiar con la otra.

—Espero que no sea muy desagradable.

—Yo espero no encontrar demasiados niños afectados. Pero hablemos de otra cosa, esta noche nada de trabajo. ¿Cómo llevas la relación de Eric y Cris? Imagino que te sientes un poco sola.

Amanda se encogió de hombros.

—Ella y yo pasábamos mucho tiempo juntas, y es cierto que eso ha cambiado. Pero me alegro, Cris es una mujer muy especial que entrega no solo el corazón, sino también al alma y todo lo que tiene. Estoy segura de que Eric no se lo romperá y sabrá apreciarla en lo que vale.

—Las relaciones son complicadas, pocas duran.

—Ya lo sé, pero, aunque la de ellos acabe, Eric no le hará daño a propósito.

—Eso te lo puedo asegurar.

—¿Y tú? ¿Llevas mejor lo de tu novia?

—Ya no estoy enamorado, pero sigo un poco triste. Aunque cada vez tengo más claro que la relación no funcionaba. No podía verlo cuando estaba con ella, he necesitado poner distancia para comprenderlo. Solo es cuestión de tiempo que lo supere.

—Dicen que la mancha de la mora con otra verde se quita.

—Eso dicen, pero yo no estoy de acuerdo. Yo pienso que es el tiempo el que lo cura todo.

—Pero para eso hay que poner un poco de nuestra parte.

—Por supuesto. Y tener claro lo que se quiere y lo que no. Yo estoy triste y la echo de menos, no te lo voy a negar, pero también tengo ahora una tranquilidad que no disfrutaba antes. Sentía sobre mí una presión siempre latente por complacerla, por agradarla, a veces renunciando a ser yo mismo. Perderla ha sido como una liberación, en cierto sentido.

—¿En qué sentido?

—En el sexual sobre todo. Éramos muy diferentes en eso. Olga quería estar siempre organizando cosas nuevas, disfraces, interpretando roles. Cuando nos conocimos lo primero que me dijo fue que siempre había querido tirarse a un poli, y aunque yo no suelo llevar el uniforme, me hizo ponérmelo para echar un polvo. Así empezamos, y la relación fue llevándome cada vez más a su terreno y alejándome del mío. A mí no me gusta vestirme de nada para acostarme con una mujer, sino desnudarme y dejar salir al hombre que hay en mí. A Moisés, y nada más. Yo sueño con estar en la cama con una mujer, abrazados y hablando en la oscuridad. Y que, si quiere algo más, simplemente se dé la vuelta y busque mi boca.

—Esa es la frase más romántica que he escuchado nunca.

—¿En serio?

—Sí.

—Lamento haberte contado todo esto, no suelo hablar de mi vida privada.

—Me alegra que lo hayas hecho, ahora entiendo muchas cosas.

—¿Qué cosas?

—Tu forma de besarme en el coche. Esos labios cálidos y suaves, desprovistos de pasión.

—No creas que soy un hombre frío ni carente de pasión.

—Ya lo sé; no me habrías besado así si lo fueras. Solo eres algo más que pura testosterona, y eso es muy reconfortante. Todavía queda esperanza para la raza humana.

—Gracias por pensar eso. Me hicieron sentir mal por no tener ganas de estar haciendo el amor a todas horas.

—Eso no es hacer el amor, Moisés, eso es follar.

—Pienso lo mismo.

Habían llegado al portal de Amanda, sin darse cuenta.

—¿Quieres subir a tomar esa copa?

Él negó.

—En ese caso, buenas noches —dijo alzándose sobre los ya altos tacones y rozándole los labios con suavidad. Los de él se abrieron invitadores.

Se besaron con calma, sin tocarse más que las bocas. Un beso largo y lento, con sabor a postre y a intimidad. Luego se miraron a los ojos.

—No es buena idea, Amanda. No quisiera hacerte daño.

—Solo ha sido un beso, Moisés. A nadie le hace daño un beso tan dulce como este. Buenas noches, de nuevo. Te avisaré cuando prepare *gnocchi*.

Se perdió escaleras arriba mientras él permanecía en la cancela mirándole las piernas al subir y deseando ir tras ella y olvidar en sus brazos la soledad y el dolor. Esa noche había descubierto lo solo que había estado durante su relación con Olga. Pero Amanda no se merecía eso, por muy generosa y tentadora que hubiera sido la oferta que leyó en sus ojos, él no podía aceptarla.

29

Gerardo

Cuando su jefe llamó a Amanda al despacho treinta minutos antes de la hora de salida, supo que algo iba a ir muy mal.

Vestía como ya era habitual en las últimas semanas: un blusón azul marino con cuello a la caja y que le cubría ampliamente las caderas, así como la mitad de los brazos.

Mientras se arreglaba aquella mañana, enfundándose en él, recordó la mirada de Moisés la noche de la cena, halagüeña pero en absoluto ofensiva. No como las que tendría que soportar en cuanto traspasara la puerta del despacho de Gerardo.

—Necesito que te pongas inmediatamente con estas facturas que no han podido ser abonadas aún —dijo señalando la pantalla del ordenador.

Amanda rodeó la mesa y se situó a prudencial distancia para contemplar el listado que presentaba la pantalla. Gerardo podría habérselas mandado a su terminal sin necesidad de convocarla al despacho, pero no desaprovechaba ocasión de hacerlo.

—Estas facturas ya han sido emitidas.

—Y devueltas. Presentan algunos errores y el cliente se niega a pagar mientras no se subsanen.

—Las facturas estaban correctas, las revisé y envié yo misma.

—Compruébalo.

Se apartó un poco, y Amanda tuvo que inclinarse sobre la mesa entrando en el espacio vital de él. El olor a colonia le produjo náuseas, a cada momento temía que una de las manos viscosas y regordetas se alzaran hacia ella y la tocasen. La letra de la pantalla era pequeña, demasiado pequeña, para leerla desde lejos. Le bastó un simple vistazo para comprobar que habían sido manipuladas. Las cantidades no coincidían con las que ella había escrito.

—Hay errores, sí, pero yo estoy segura de haberlas revisado y comprobado antes de enviarlas.

—No te preocupes, todos somos humanos y nos podemos equivocar.

Amanda sabía que no había sido el caso, pero no podía probarlo.

—Basta con que te pongas con ellas y las dejes arregladas hoy mismo.

—¿Hoy? Ya es casi la hora de salir.

—Se te abonarán las horas extras y este pequeño error quedará en el olvido.

—No puedo quedarme, me pondré mañana mismo en cuanto llegue y estarán terminadas en un par de horas. Renunciaré al desayuno si es necesario.

—El cliente exige que se le envíen esta misma tarde.

—De acuerdo —admitió derrotada—. Mándelas a mi terminal, por favor, me pondré con ellas en seguida.

Regresó a la sala común y trató de agilizar el trabajo lo más posible.

Con aprensión vio cómo sus compañeros se marchaban poco a poco y la estancia se quedaba vacía. Todos menos Gerardo, que permanecía encerrado en su despacho.

Cuando ya no quedó nadie y el silencio más absoluto reinaba en las oficinas, la puerta de este se abrió. El hombre se acercó a ella con aire amigable.

—¿Cómo lo llevas? ¿Te falta mucho?

—Casi la mitad.

—Sí que eres rápida y eficiente.

—Gracias.

Tecleaba, sumaba y modificaba con una rapidez que incluso la sorprendía a ella misma. A pesar de todo sabía que no iba a marcharse a casa sin pasar un rato desagradable.

—Si quisieras podrías tener un puesto mucho mejor.

—Estoy bien aquí, gracias. Me gusta mi trabajo.

Gerardo se acercó aún más y le colocó la mano sobre el hombro. Amanda se encogió.

—El puesto de secretaria de dirección está mucho mejor pagado y es menos estresante.

—Ese puesto lo ocupa Sandra.

—Podría arreglarse.

Se giró para zafarse de la mano y se encontró con la cara del hombre muy cerca.

—No, gracias.

—Amanda, vamos a hablar claro. No debe de ser un secreto para ti que me gustas mucho. Me vuelves loco con esos pechos...

Alargó la mano y apresó uno de ellos.

—¡Déjeme! No quiero el puesto de secretaria de dirección ni ninguna otra cosa; solo que me permitan hacer mi trabajo.

De un manotazo apartó la mano que le retorcía el pezón provocándole un dolor agudo.

—¡Déjeme en paz, me hace daño!

El hombre trató de abrazarla, y la boca ávida se posó sobre la de ella tratando de separar los labios, pero Amanda logró zafarse y agarrando el bolso salió corriendo.

—Acabarás por ceder... vas a ser mía más temprano o más tarde. No tienes futuro aquí sin mí.

Corrió por los pasillos, entró en el ascensor y salió a la calle. Le costaba respirar y las lágrimas le corrían a raudales por la cara.

Cuando se aseguró de que no la seguía cogió el móvil y llamó a Moisés.

—Hola, Amanda. ¿Tenemos *gnocchi* para cenar?

—No... —gimió entre hipidos—. No. Es Gerardo... me ha retenido en la oficina y se me ha echado encima.

La voz de Moisés se tornó fría y profesional a pesar de que le costaba controlar la rabia que sentía.

—Cálmate y escúchame, es importante. ¿Te ha hecho algo?

—Tocarme, intentar...

—Amanda, ¿te ha violado?

—No... he salido corriendo, pero ha sido asqueroso.

—Lo sé, pequeña, lo sé. ¿Dónde estás?

—En la puerta de la oficina, ya en la calle.

—Coge un taxi y vete a casa, yo estaré ahí en seguida. Llama a Cris para que te acompañe, no te quedes sola.

Veinte minutos más tarde, Moisés llamaba con impaciencia en el piso de Amanda. Cris le abrió la puerta y entró como una tromba deseando comprobar por sí mismo el estado de la chica.

Ella bebía una tila que su amiga le había preparado, y dejando la taza sobre la mesa le salió al encuentro. Moisés la rodeó con los brazos y apoyó la boca en el pelo.

—Tranquila... tranquila... Ya ha hecho un movimiento... ahora podremos ir a por él. Vamos a ponerle una denuncia y va a dar con sus huesos en la cárcel, no volverá a molestarte.

Ella no quería oír hablar de denuncias ni de nada, solo quería que la abrazara y no la soltara nunca. Los brazos de él le daban una seguridad que hacía mucho tiempo no sentía.

—No quiero volver a verle en mi vida... pero no puedo perder el trabajo. Si le denuncio su tío me despedirá.

—Bueno, tú firma la denuncia y déjame a mí solucionarlo. ¿Confías en mí?

—Sí.

—Pues ya está.

La soltó y depositó sobre la mesa los documentos que le había llevado para cumplimentar la denuncia.

Cris los miraba con una leve sonrisita. Ya no le cabía ninguna duda de que era verdad que aquellos dos se habían besado en el coche. En su abrazo había una intimidad muy significativa.

—Termina la tila.

—No quiero más, está demasiado fuerte.

—Es para que te relajes.

Amanda dio otro sorbo y esbozó una mueca de asco.

—Con esto voy a caer en coma.

—En ese caso, Moisés te cuidará, ¿verdad? ¿Te quedas con ella un rato hasta que se tranquilice?

—Claro.

—Yo debo marcharme ya... Tengo que planchar una cosa muy importante.

Amanda no pudo evitar una sonrisa. Cris conseguía hacerla reír incluso en los peores momentos.

—¿Viene Eric esta noche?

—No, pero mañana sí, y todo debe estar a punto. Cuídala, ¿eh?

—Por supuesto.
—Gracias por venir —dijo Amanda cuando su amiga se hubo marchado.
—Ojalá hubiera podido teletransportarme. El camino hasta aquí ha sido eterno, menos mal que Cris estaba contigo. Pero se ha ido un poco rápido para no haber quedado con Eric, ¿no te parece? ¿Tan urgente es lo que tenía que planchar?
—Cris lo plancha todo.
—Pero esta noche tú la necesitas.
—Parece pensar que a quien necesito es a ti.
Moisés alzó la ceja, dubitativo.
—¿Ella cree que tú y yo...?
—No lo sé, no hemos hablado del tema. Pero si no fuera así, no me habría dejado sola por nada del mundo. Si hay algo sagrado para Cris es nuestra amistad.
—¿No le has dicho que nos hemos besado? Creía que las amigas íntimas os lo contabais todo.
—No todo. Tiene una gran imaginación y si le digo que nos besamos en el coche y luego en el portal se imaginaría algo que no es. Mejor no darle más importancia de la que tiene. No entendería que solo nos hayamos besado por el placer de hacerlo, sin que medie ningún tipo de sentimientos.
—Yo creo que sí lo entendería. Eric me ha contado que se resiste a aceptar que tienen una relación.
—Sí, lo sé. Lo llama su amigo con derecho, pero Cris nunca se ha acostado con sus amigos.
—Dice que incluso se niega a que se vean más de dos veces a la semana, claro que desde el viernes al domingo noche no se separan, y eso cuenta como una vez.
—Sí, así es. Repite una y otra vez que están bien así, que no necesita más, pero yo sé que se muere por pasar más tiempo con él. Ella que siempre ha pasado del móvil lo tiene siempre a la vista y no deja de mirarlo hasta que la llama. Y si se retrasa en hacerlo, vuelven a asaltarla los fantasmas de su antigua relación y piensa que quiere dejarla.
—¿Dejarla? Eric está enamoradísimo y agobiado porque ella no quiere que la relación avance.
—Debe tener paciencia.
—Tiene mucha, pero está convencido de que Cris es la mujer de su vida, y no quiere perder el tiempo. Habla de un futuro,

de boda, niños, y ni siquiera se atreve a comentárselo a ella porque teme que salga corriendo. Lo ha intentado un par de veces y ella elude el tema y se lo lleva a la cama para distraerlo.

—Necesita tiempo, díselo a Eric, que no fuerce nada.

La conversación sobre sus amigos la había relajado y Moisés lo advirtió.

—¿Estás más tranquila?

—Sí. Saber que tú vas a tomar cartas en el asunto me hace afrontarlo todo mejor. Aunque me resultará muy duro volver mañana al trabajo y encontrarme con Gerardo cara a cara. El recuerdo de sus manos asquerosas sobre mi pecho y su boca en la mía ya me produce una repugnancia que no sé si podré soportar. ¿Qué debo hacer? ¿Hablarle claro y decirle que no quiero nada con él? ¿Fingir que no ha pasado nada? Eso no creo que pueda.

Moisés alargó la mano hacia los papeles de la denuncia.

—Rellena esto y yo me lo llevaré. Mañana ve a trabajar y si no te sientes con fuerzas de afrontarlo finge que estás enferma y vete a casa. Yo me ocuparé de esto mañana mismo.

—No irás a buscarle y liarte a mamporros con él, ¿verdad?

—Es lo que me gustaría hacer, pero no. Soy de los que intentan solucionar las cosas de la forma menos violenta posible. Confía en mí.

Amanda rellenó los impresos para la denuncia, y una vez firmados Moisés los guardó en el bolsillo de su chaqueta. Luego ofreció:

—¿Quieres que te prepare algo de cenar? No soy tan buen cocinero como tú, pero seguro que puedo improvisar algo comestible.

—No tengo hambre; solo me apetece darme una larga ducha que me libre de la sensación de sus manos y después irme a dormir. Me siento sucia.

Moisés le agarró la cara entre las manos y la miró a los ojos con la rabia reflejada en los suyos.

—No te sientas sucia, Amanda; el sucio es él. Si no fuera policía te aseguro que le iba a dar una lección con mis propias manos.

—No te manches las tuyas, no merece la pena.

La atrajo hacia sí y la abrazó con ternura. Después la soltó.

—Date esa ducha si te hace sentir mejor y luego descansa. Si no quieres estar sola puedo quedarme aquí esta noche, este sofá tiene pinta de ser muy cómodo.

—No hace falta, con la tila para elefantes nerviosos que Cris me ha preparado dormiré como un angelito toda la noche. Pero gracias por el ofrecimiento.

—En ese caso, me marcho. Pero debes prometerme que vas a cenar algo, aunque sea ligero. No tienes que perder ni un gramo.

Amanda sonrió y le acompañó a la puerta.

—Si durante la noche te sientes mal y angustiada, llámame y vendré.

—Estoy bien, pero gracias.

Moisés se inclinó y la besó en el pelo antes de dar media vuelta y bajar la escalera. Era otra clase de beso el que ella necesitaba, y en cualquier otro momento no habría dudado en alzar la boca hacia él. Pero no aquella noche. No soportaría que la besara por compasión.

—Buenas noches —susurró antes de cerrar la puerta a sus espaldas. Por primera vez maldijo a aquella mujer que aún permanecía en el corazón de Moisés impidiendo que la viera a ella. No como a una amiga, sino como a la mujer que él la hacía sentir.

Al día siguiente, y con la denuncia en la mano, Moisés se dirigió a la oficina donde trabajaba Amanda. Esta le había puesto un mensaje temprano comentándole que se había presentado a su hora, pero que era su jefe quien no lo había hecho, con la excusa de unos clientes que visitar.

Él se dirigió al despacho del dueño de la empresa y solicitó ser recibido. La secretaria le negó el acceso y solo después de mostrarle la placa con gesto seco, y anunciarle con voz adusta que estaba allí por asuntos policiales, esta se decidió a anunciarle.

El director le recibió al instante. El hombre, que por su edad debería estar ya jubilado hacía años, le pareció una persona amable y capaz, y confió en llegar a un acuerdo satisfactorio para Amanda.

—Buenos días.

—Siéntese —invitó—. Mi secretaria me ha indicado que es usted policía y que está aquí por un asunto oficial.

—Así es. —Mostró la placa de nuevo y a continuación extendió sobre la mesa los papeles de la denuncia que Amanda había firmado la noche antes.

—Hemos recibido una denuncia contra un empleado suyo por acoso e intento de violación a la señorita Amanda Soto.

El rostro del hombre se tornó sombrío.

—Como comprenderá, la empresa no es responsable del comportamiento de ningún empleado, más allá del cumplimiento de su trabajo.

—La agresión se ha producido dentro de las oficinas y en horario de trabajo, y la señorita Soto es empleada de esta empresa. La demandante fue obligada a realizar horas extras y fue entonces cuando el demandado la asaltó.

Le acercó más la denuncia en la que se veía claro y legible el nombre del demandado.

—Tengo entendido que Gerardo Cruz es su sobrino.

—Sí, lo es. Pero no creo que él haya hecho algo semejante. Gerardo es un hombre cabal, buen marido y buen padre. Esa chica ha debido de inventarlo para conseguir alguna indemnización o quién sabe qué.

Moisés contuvo las ganas de golpear aquella cara que, a pesar de sus palabras, se planteaba la duda.

—No se ha inventado nada; yo he visto las huellas que la agresión ha producido en esta mujer, que, casualmente es mi novia, y el estado de nerviosismo que le ocasionó el haber tenido que salir corriendo tras el ataque de su sobrino. La señorita Soto no quería presentar denuncia, porque teme perder el trabajo, pero yo la convencí de que la cumplimentara. Aunque no la he registrado aún en comisaría... en espera de que podamos llegar a un acuerdo.

La expresión tensa del hombre se relajó.

—¿Qué quiere? ¿Dinero?

—No; Amanda solo desea conservar su trabajo y, por supuesto, dejar de ser subordinada de Gerardo Cruz. Y mejor si ni siquiera se tienen que volver a cruzar.

—Eso se puede arreglar.

—Confío en ello. En caso contrario presentaré la denuncia y me aseguraré de que su sobrino vaya a la cárcel y le asignen a un módulo donde le den el mismo tratamiento que él pensaba aplicar a mi novia.

Recalcó la palabra para que aquel hombre supiera que tenía implicaciones personales en el asunto y no lo iba a dejar pasar.

—¿Aceptaría la señorita Soto un traslado a nuestras oficinas de las afueras, con un ascenso en la categoría y un aumento de salario?

—Eso se lo tendrá que preguntar a ella. Yo ya no tengo más que hacer aquí. De momento no presentaré la denuncia, en espera de que Amanda y usted solucionen esto de forma satisfactoria para todos.

Se levantó para marcharse y, ya en la puerta y antes de salir, advirtió:

—Vigile a su sobrino; estaré atento a cualquier otro intento de acoso a empleadas por su parte. Si se repite, nadie le va a librar de la denuncia ni el correspondiente castigo.

—No se producirá, se lo aseguro.

—Más le vale.

Poco después Amanda fue requerida al despacho del dueño de la empresa. Temblando de aprensión ante un posible despido se dirigió hacia la planta superior con presteza. Nunca antes había estado en aquel despacho ni en aquella planta, dedicada a los altos directivos.

La secretaria la hizo entrar al momento y lo primero que se encontró fue con el rostro preocupado del director.

—Supongo que sabe por qué la he hecho venir.

—Tengo una idea, sí.

—Su novio, el policía, ha estado aquí hace un rato.

La palabra «novio» le hizo sentir cosquillas en el estómago.

—Hemos hablado del asunto que nos ocupa y hemos llegado a un acuerdo, si usted acepta. No presentará ninguna denuncia contra mi sobrino y a cambio usted se trasladará a las oficinas de la periferia con un aumento de sueldo y de categoría.

Amanda respiró hondo. Aquello era mejor de lo que había esperado. Se hubiera conformado con no volver a trabajar con Gerardo Cruz, pero si además la compensaban sentiría que le devolvían el respeto que aquel malnacido le había quitado con su actitud. Además, trasladarse a las afueras significaba evitar el enorme atasco al que se enfrentaba cada mañana para llegar al trabajo.

—Me parece bien. Romperé la denuncia.

—Gracias, señorita Soto. Eso mancharía el nombre de la empresa. Le ruego que acepte mis disculpas por el comportamiento de mi sobrino. Hablaré con él y me aseguraré de que algo así no vuelva a pasar.

—No tiene que disculparse por algo que no ha hecho. Solo quiero que no se vuelva a repetir con otra compañera.

—Se lo garantizo, voy a estar muy vigilante. Ahora puede tomarse el resto del día libre; su traslado es efectivo a partir de mañana, me ocuparé de que se hagan los trámites necesarios.

—Gracias de nuevo.

Amanda abandonó el despacho con una sensación de euforia. Lo que pensaba que acabaría en desastre había resultado beneficioso para ella, y se lo debía a Moisés.

En cuanto llegó a su mesa, se despidió de sus compañeros, comentando solo que había recibido un ascenso y un traslado. Rechazó la comida de despedida que le ofrecieron, temerosa de que Gerardo quisiera participar en ella, y abandonó el edificio. La sola visión de la sala de trabajo le resultaba agobiante y estaba deseando salir de allí.

Ya en la calle, llamó a Moisés.

—Gracias —dijo apenas él respondió la llamada.

—¿Ha ido bien? —preguntó con voz alegre.

—Ya sabes que sí. Me trasladan a las otras oficinas con un aumento de sueldo y categoría, y todo gracias a ti. ¿Qué has hecho?

—Solo enseñé la denuncia, que no había presentado aún, y mostré un poco al poli duro que solo saco en las ocasiones especiales. He añadido que eras mi novia, espero que no te importe, pero pensé que si creía que yo estaba implicado de alguna forma todo sería más fácil.

—Claro que no me importa. Te debo una comida. ¿Hacen unos *gnocchi* esta noche?

—No va a poder ser. Tengo doble turno de tarde y noche y mañana también. Pero me he cogido libre el fin de semana para irme a la playa, tengo un apartamento en Málaga. Necesito desconectar y relajarme un poco. Quizás Eric, Cris y tú queráis acompañarme. No me apetece ir solo.

—No sé ellos, pero yo iré encantada, y prepararé *gnocchi* para cenar.

—Hablaré con Eric.

—Y yo con Cris. Seguro que entre los dos los convencemos.

30

Un fin de semana diferente

El viernes por la tarde, nada más salir del trabajo, Cris se fue derecha a casa y se puso a empanar filetes para un regimiento. También había dejado lista antes de salir por la mañana una ensalada de patatas y un bizcocho de limón.

En un par de horas, Eric y Moisés las recogerían a ella y a Amanda para ir a pasar el fin de semana a la playa. Se sentía como una niña a la que llevan de excursión, apenas había dormido en toda la noche. Se había levantado varias veces para añadir algo a la pequeña maleta que tenía preparada con la ropa, y a la bolsa de la comida que estaba ya casi llena de pipas, kikos, avellanas, gominolas, nubes y otras chucherías. Amanda se ocuparía de preparar su famosa tortilla de patatas y los chicos aportarían las bebidas.

Eric le había comentado que su amigo estaba muy estresado con su último caso y necesitaba un poco de desconexión; lo había dicho como disculpándose por obligarla a compartir con él y con Amanda unos días que en otras circunstancias serían para ellos dos. Los fines de semana los solían pasar juntos y solos, a veces sin salir de casa de Cris, a veces casi sin salir de la cama.

Cada vez que probaban algo nuevo en el terreno sexual, y Eric era muy imaginativo, al terminar la miraba a los ojos y le preguntaba si había realizado su «danés», a lo que Cris contestaba divertida que no. Él respondía «la próxima vez será» y a ella le gustaba tanto ese interés en complacerla que se negaba a contarle su fantasía por mucho que la interrogase. Algún día le hablaría de ello, pero aún le dejaría quebrarse la cabeza un poco más.

Pero contra lo que él pensaba, a Cris no le molestaba la excursión, al contrario. Disfrutaba pensando en hacer algo diferente, y también quería darles a Moisés y Amanda la posibilidad de pasar más tiempo juntos. Cuando mencionaba ante su amiga el nombre del policía, esta cambiaba de conversación con habilidad, signo inequívoco de que, al menos para ella, era algo más que un amigo.

Acababa de colocar el *tupper* con los filetes en la ya repleta bolsa, y terminaba de vestirse con el pantalón corto que a Eric tanto le gustaba, cuando sonó el timbre de la puerta.

Él entró con su radiante sonrisa y los brazos abiertos para estrecharla en ellos. La besó con intensidad.

—Hummm, creo que vas a tener que contener tus impulsos un poco... —suspiró Cris contra su boca—. Tenemos que irnos.

—Debo aprovechar la ocasión, nos vamos a pasar dos días acompañados y no podré llevarte a la cama cada vez que me apetezca.

—Seguro que encontramos algún rato para perdernos. Es más, yo creo que esos dos nos lo agradecerán.

—¿Por...?

—Pareces tonto, Eric. ¿Por qué va a ser?

Este enarcó una ceja.

—¿Ellos...? ¿Moisés y Amanda están juntos?

—No están juntos, pero no tengo dudas de que algo hay. A lo mejor solo necesitan un fin de semana en la playa para darse cuenta de algunas cosas.

—¡Ojalá! Ya es hora de que termine de pasar página y me gustaría saber que tiene a su lado una mujer que lo aprecia en lo que vale.

Un largo toque de claxon les hizo dar un respingo.

—Eso es para nosotros, Moisés tiene el coche en doble fila. —La besó de nuevo con intensidad y se apresuró a cargar el equipaje y la bolsa de comida.

—¿Qué llevas aquí, por Dios?

—La cena. Y algunas cosas para picar.

—¿Hemos invitado a todo el bloque de Moisés?

—No me gusta que falte comida.

—Estoy seguro de que eso no va a pasar.

Una vez en la calle, guardaron todo en el maletero. Amanda ya estaba sentada en el asiento junto al conductor, con un sexi pantalón corto y una camiseta de tirantes que le resaltaba los pechos. Cris no tuvo duda de que ninguna de las dos prendas había sido elegida al azar. También ella se había vestido lo más veraniega y atractiva posible. Ante la mirada divertida de su amiga, Amanda se excusó:

—Me he acomodado aquí para dejaros a vosotros el asiento trasero y que podáis hacer manitas.

—Eso es una amiga —rio Eric—. No podemos hacerle un desprecio.

Cris rio con ganas mientras entraba en el coche. En cuanto el vehículo arrancó, él le cogió la mano y la colocó sobre su muslo, bien arriba, con un guiño malicioso.

—Los de ahí atrás —advirtió Moisés—, cuidado con lo que hacéis. Desde el retrovisor se ve todo.

—Ten cuidado tú, que vas conduciendo —replicó Eric sujetando la mano de Cris para que no la moviera.

—No hay peligro, soy un poli responsable.

—Que lleva una guapa copiloto al lado, con unos muslos de infarto. Nadie te echaría en cara que se te fueran los ojos

—Soy humano —dijo dándoles una rápida ojeada.

Amanda sonrió. Tenía buenas piernas y lo sabía. Aquel fin de semana iba dispuesta a que Moisés la viera como mujer, aunque el lunes se arrepintiese. Nada de ropa holgada ni oscura. Mostraría sus encantos hasta un límite razonable.

Cris pasó la mayor parte del trayecto comiendo chucherías que extrajo del bolso. Amanda probó un caramelo de fresa y rehusó lo demás. Eric y Moisés rechazaron el ofrecimiento.

—Algún día tengo que sentir la satisfacción de verte gorda como un sollo y que tengas que controlarte con la comida —se quejó su amiga.

—Eso le llegará cuando esté embarazada. Ahora los médicos son muy estrictos con la alimentación y controlan hasta la última caloría que las mujeres se llevan a la boca —sentenció Eric.

—¡Toca madera, toca madera!

—¿No te gustan los niños? —preguntó él, tanteándola.

—Sí, pero yo no voy a tenerlos. Seré la tía loca de los de Amanda.

—¿Por algún motivo en especial?

—Porque para eso hay que formar una familia y yo no me veo.

Eric se mordió la lengua para no decir que él deseaba formar una familia con ella. No en aquel momento, pero sí en un futuro no demasiado lejano. Tenía treinta y cuatro años y no quería ser un padre-abuelo.

—Ya cambiarás en unos años cuando el reloj biológico te empiece a hacer tictac —rio Amanda, pinchándola.

—¡Ni de coña!

Era de noche cuando llegaron al pueblo malagueño donde Moisés tenía su apartamento. Benalmádena era demasiado turístico para su gusto, pero había heredado el piso de sus padres y trataba de disfrutarlo siempre que podía fuera de la temporada veraniega. Eran sus hermanos y sobrinos quienes lo ocupaban en los meses estivales. No obstante, aquel fin de semana de mediados de julio estaba libre y había querido aprovecharlo. Confiaba en no encontrar demasiados bañistas.

—¡Me encanta, Moisés! —exclamó Cris entusiasmada, contemplando la enorme terraza amueblada con una mesa y cómodas poltronas—. Podemos cenar aquí fuera, ¿verdad?

—Por supuesto. Y desayunar, almorzar y todo lo que queráis.

Prepararon la mesa al aire libre y se acomodaron a degustar la comida que las chicas habían cocinado.

El aire era fresco, la contaminación quedaba lejos y la luna brillaba sobre el mar llenando de romanticismo la noche.

Comieron, bebieron y charlaron sin prisas, disfrutando de unos momentos mágicos que sabían especiales.

Después de una larga sobremesa recogieron los restos de la cena y prepararon las habitaciones para pasar la noche.

Moisés cedió a Eric y Cris la habitación doble, reservándose una de las pequeñas, y asignando otra con preciosas vistas a Amanda.

Era ya de madrugada cuando se fueron a dormir.

Cris se sentó en la cama y se movió un poco sobre ella.

—¿Qué haces? —preguntó Eric, divertido.

—Comprobando si suena.

—¿Algún problema si lo hace?

—Pues claro. Amanda y Moisés pueden escucharnos.

—Amanda y Moisés saben perfectamente lo que vamos a hacer, así que me importa un bledo que nos oigan.

Ella permanecía muy seria.

—El cabecero cruje.

—Cris... no pensarás ni por un momento que me voy a pasar todo el fin de semana sin hacer nada. Además, tú eres mucho más ruidosa que la cama.

—Eso no es cierto.

—Sí que lo es.

Sin previo aviso se echó sobre ella haciéndola caer hacia atrás.

—No vas a poder resistirte —dijo besándola.

—Despacito.

—¡Ni lo sueñes!

—Eric...

Él metió la mano por debajo del pantalón corto y con los dedos buscó el borde de las bragas.

—Esta noche vas a gritar como nunca. Te van a escuchar hasta en la costa de África.

—Animal.

—¡Haberte vestido de monja! Llevas provocándome con estos pantaloncitos minúsculos desde que salimos de Córdoba y ahora lo vas a pagar.

Le encantaba que le dijera esas cosas, la ponía a cien.

—Vámonos al suelo —suplicó.

—No.

Los dedos de él encontraron el punto que buscaban y Cris se olvidó de la cama, de sus amigos y del resto del mundo.

Le sacó la camiseta con manos impacientes mientras seguía tocándola, introduciendo los dedos demasiado poco, demasiado lento.

—Más deprisa —suplicó.

—Has dicho despacito. —Rio.

—¡Pero no esto!

Él obedeció. Imprimió a sus dedos el ritmo que ella marcaba, alzando las caderas hacia su mano.

Cuando se dejó caer desmadejada contra la almohada encontró los ojos de Eric llenos de risa.

—Lo dicho. Has gritado como una posesa; te han debido de oír en cincuenta kilómetros a la redonda.

—No es verdad...

—Yo diría que sí, cariño. Y ahora que ya no importa que nos sigan escuchando, continuemos —dijo desabrochándose los pantalones. Cris se dio por vencida e hizo lo mismo con los suyos.

Amanda no pudo evitar oír los gemidos de Cris al otro lado de la pared. Se alegraba por ella, al fin había encontrado su media naranja, y sabía que solo era cuestión de tiempo que lo aceptara. Como también era cuestión de tiempo que Moisés olvidase a su novia. Ya no le veía tan tenso, ni tan triste como cuando le conoció unos meses antes, o al menos eso quería pensar. Porque ese hombre serio se le estaba metiendo dentro muy rápidamente. Con apenas dos o tres besos, con un par de abrazos fraternales y con la certeza de que podía contar con él para cualquier cosa. Las confidencias que le había hecho sobre su anterior relación la hacían desear conocerle mejor. Sonrió en la oscuridad... ¡Qué caramba! Se moría por acostarse con él, por sentir esas manos sobre su cuerpo y volver a probar su boca.

Había esperado que la casa tuviera solo dos dormitorios y se hubieran visto obligados a compartir uno, como en las películas... Pero Moisés no había dudado en asignarle una habitación para ella sola, en la que estaba intentando dormir, sin conseguirlo.

Unos leves pasos en dirección a la terraza la hicieron aguzar el oído. Puesto que Cris seguía gimiendo en la habitación contigua, no tuvo dudas de quién era el caminante nocturno. No lo sintió regresar y supuso que se había quedado fuera. Sin pensárselo mucho salió a reunirse con él.

Le vio sentado en una de las tumbonas con la vista perdida en el mar, que se extendía ante la casa. Contuvo la respiración y dudó si acercarse o no, estaba tan absorto que temió no ser bien recibida. La silueta recortada contra le tenue luz de una farola lejana parecía una estatua y Amanda estaba segura de que ni siquiera pestañeaba. Supuso que inmerso en recuerdos de otras épocas mejores.

Iba a retirarse con el mismo sigilo con que había llegado cuando la voz susurrante de Moisés la detuvo.

—¿Tampoco tú puedes dormir?

—No.

—Siéntate un rato conmigo —invitó señalando otro de los sillones.
—No quiero molestarte, si deseas estar solo.
—Prefiero la compañía. La soledad no me gusta, pero supongo que deberé hacerme a la idea o buscar otro compañero de piso. Más tarde o más temprano Eric se mudará con Cris, por mucho que ella diga lo contrario.
—Seguro. Menuda la juerga que tienen montada en la habitación... —rio.
—Si es eso lo que te impide dormir, puedo cambiar de cuarto contigo; a mí no me importa escucharlos.
—A mí tampoco; no es eso.
Moisés la miró con cautela.
—¿Problemas? ¿No te va bien el nuevo trabajo?
—El trabajo es el mismo, lo que cambia es el lugar.
—Espero que tu antiguo jefe no haya vuelto a molestarte.
—No sé nada de él, su tío ha debido de advertirle.
—Mejor así. ¿Qué te impide dormir, entonces?
—Nada en especial; suelo acostarme tarde, me quedo viendo la televisión hasta las tantas. ¿Y a ti?
—No duermo bien, en general. Los cambios constantes de turnos me afectan y soy bastante noctámbulo. Ya sabes que a veces me toca vigilar durante la noche.
—Siempre me he preguntado cómo podías estar tantas horas solo en el coche y sin sucumbir al sueño.
—Te acostumbras.
Se hizo el silencio. El sonido cadencioso de las olas los arropaba, el olor a mar inundaba la noche y la respiración de ambos se hizo más pesada, densa. No se miraban, los ojos de los dos estaban fijos en la playa y en la noche, sabían que una sola palabra rompería el hechizo y la magia. Amanda se moría por alargar la mano y tocarle, rozar esos dedos que estaban apoyados sobre el brazo de la tumbona, apenas a unos centímetros de ella; tan cerca pero tan lejos. Al fin se decidió a formularle la pregunta que le quemaba en los labios desde que le había visto sentado en la oscuridad.
—Cuando he llegado estabas muy pensativo. ¿Te acordabas de ella? ¿De cosas vividas con tu novia aquí?
—No. Estaba pensando... en otras cosas. Olga ya no puebla mis pensamientos a todas horas.

—Pero sigues enamorado.

—No. Cuando alguien te hace daño el amor es lo primero que se va. Otra cosa es el cariño, la costumbre, el sentimiento de fracaso y de pérdida. Eso tarda más en marcharse, pero acabará por hacerlo. Estoy poniendo todo mi empeño, Amanda.

Se giró para mirarla con los ojos empañados de deseo. Ella alargó la mano por fin y cubrió la de él, acariciando los dedos largos y fuertes.

—No quiero esperar.

Moisés respiró hondo.

—No estoy preparado para una relación todavía.

—Yo no espero una relación, solo quiero conocer lo que hay debajo del uniforme de policía. Ese hombre tierno y sensible que se esconde bajo la capa de poli duro. Dame la oportunidad.

No esperó una respuesta. Se levantó y se acercó hasta él, se sentó sobre sus rodillas y le buscó la boca. Los brazos la rodearon y el beso se hizo intenso y apasionado. Amanda sintió bajo los muslos la respuesta de él y bebió su aliento y su gemido involuntario. Las manos de ambos se deslizaron bajo la ropa, los dedos de Moisés rozaron los pechos generosos y, alzando la camiseta, enterró la cara en ellos. Besó la carne, chupó los pezones despacio, dándole ligeros tirones con los labios y arrancando gemidos de la boca de Amanda.

—Vamos dentro... —susurró cuando al fin pudo hablar—. Quiero hacerte el amor en una cama, no aquí de cualquier manera. Con todos los honores.

Ella se levantó presurosa.

Cogidos por la cintura atravesaron los pocos metros que los separaban de la habitación de Moisés, evitando en un tácito acuerdo la que estaba junto a la de Cris y Eric, donde al fin se había instaurado la calma.

Se desnudaron despacio, las manos acariciaron, se recrearon en el cuerpo del otro, sin prisa, sin urgencia. Disfrutando de las sensaciones que provocaban. Los besos se volvieron interminables, húmedos y lujuriosos, y al fin hicieron el amor despacio, con embestidas lentas y suaves que fueron aumentando la tensión poco a poco, hasta que al fin un orgasmo simultáneo y abrasador les sobrecogió a ambos. Amanda temblaba cuando él se separó y se dejó caer en la cama, acercándola a su costado. Se acomodó en el hueco de su hombro y le besó el pecho.

—Me gusta el hombre que hay cuando el poli se quita el uniforme. Espero que se lo quite de vez en cuando, conmigo.

Él sonrió en la oscuridad.

—Puedes apostar a que sí.

Se fueron adormeciendo. Al fin el sueño acudió y los acunó, la mano de Moisés apoyada sobre uno de los senos de Amanda, cubriéndolo. La de ella, sobre el corazón de él, ese corazón que poco antes había latido por y para ella.

Mientras las sombras de la inconsciencia la cubrían, supo sin ninguna duda que acabaría por borrar la imagen de esa otra mujer de la vida de Moisés.

La mañana sorprendió a Cris en medio de sábanas enredadas y piernas entrelazadas. Una ligera sensación de pudor la embargó recordando los fuertes gemidos que no había podido controlar la noche anterior. Como tampoco podía controlar el hambre acuciante que sentía desde que se despertara.

Si hubiera estado en su casa, hacía rato que se habría levantado, desayunado y bajado a la playa a dar un largo paseo matutino; pero, sin embargo, continuaba dando vueltas en la cama aguardando a que Eric se despertase o a escuchar algún sonido en el resto de la casa.

Como ninguna de las circunstancias se producía, aprovechó un ligero movimiento de él para deslizarse fuera del lecho. La habitación que ocupara Amanda la noche anterior tenía la puerta abierta y estaba vacía, por lo que tuvo la esperanza de que su amiga se hubiera levantado y estuviera en algún lugar de la casa. Pero esta se encontraba vacía. La cocina, la terraza, estaban desiertas y sin el menor signo de haber preparado siquiera un poco de café.

Incapaz de permanecer quieta y en silencio, cogió unas manzanas y, tras cambiarse de ropa, bajó a la playa a dar un paseo, dejando una nota sobre la mesa de la cocina.

Fue dando mordiscos a la fruta mientras se alejaba a grandes zancadas; Eric siempre le recriminaba que no era capaz de pasear, que siempre iba deprisa a todos lados, pero era algo que no podía evitar.

Durante más de una hora recorrió la playa en ambos sentidos y cuando llegó de nuevo al apartamento comprobó que no se había llevado llaves. Tendría que llamar y despertar a alguien para que le abriese.

Por fortuna, Eric le facilitó la entrada con un trozo de bizcocho en la mano. Sin miramientos, se lo quitó y le dio un mordisco, ante la risa de él.

—¿Hay café? —preguntó olisqueando el aire.

—Estamos en ello.

—Acabo de darme un gratificante paseo por la playa —anunció entrando en la cocina, donde Amanda y Moisés se afanaban preparando el desayuno.

—Dirás que has hecho la maratón —bromeó su amiga—. A doscientos por hora y por la orilla, con los pies metidos en el agua, para que sea más difícil. ¿A que sí?

—Más o menos. Pero necesito quemar calorías.

—¡Que no has quemado bastantes esta noche...!

—Eso es otra cosa. Yo me refiero a ejercicio de verdad.

Moisés rio.

—Yo no sabría cómo tomarme eso, Eric.

—Con filosofía —respondió el aludido encogiéndose de hombros y sentándose a la mesa.

Después de un suculento desayuno recogieron la cocina y bajaron a la playa.

—¿Quién se viene al agua?

—Yo todavía no —rehusó Eric—. He comido demasiado y me apetece sentarme un rato a descansar.

—¿Y vosotros?

—Yo soy de bañarme poco —comentó Moisés.

—Y tú menos, ¿no? —preguntó a su amiga. Amanda raramente se metía en el agua. Esta negó con la cabeza—. Pues yo sí. Ahora vengo.

Eric la contempló risueño, el cuerpo delgado y cimbreante caminando resuelto hacia las olas y entrando con decisión. Estaba loco por aquella mujer llena de energía y entusiasmo por todo, inagotable y preciosa. Quería pasar más tiempo con ella, las dos veces por semana que Cris había impuesto le sabían a poco, porque las pasaban casi en su totalidad en la cama. Deseaba hacer otras cosas, como aquel fin de semana en la playa.

Desde la toalla, la vio saltar y hundirse una y otra vez entre las olas, nadar, mirarle y agitar la mano en su dirección, llamándole. Al fin, se levantó y se reunió con ella.

—Parece que no se han dado cuenta de que hemos pasado la noche juntos —comentó Moisés. Nada en la actitud de ninguno de ellos había sido diferente al día anterior. Él se había levantado primero, y aunque Amanda le escuchó entre sueños había permanecido remoloneando en la cama un rato más. Cuando se reunió con ellos en la cocina, ninguno de los dos hombres le dedicó más que un amable «buenos días», acompañado de una sonrisa.

—Eso parece.

—¿No quieres que lo sepan?

Amanda se encogió de hombros.

—No voy a ir pregonándolo con una pancarta, pero tampoco lo voy a ocultar, a menos que tú no quieras decirlo. Soy una mujer adulta, soltera y libre y no pienso andar con subterfugios a la hora de echar un polvo con quien me apetezca.

—Pienso lo mismo.

—Entonces, si estamos de acuerdo...

—Lo estamos —admitió él.

—Si esta noche nos apetece repetir, solo tenemos que irnos a la habitación.

—A mí me apetece. Lo de anoche fue especial, Amanda. Sentí que hacía el amor después de mucho tiempo de haber estado follando. —Después de sus palabras se arrepintió—. No estoy diciéndote que esté enamorado... no quiero que pienses...

Alargó la mano y oprimió la de él.

—Sé lo que estás diciendo. Tampoco yo estoy enamorada de ti, pero sí, lo de anoche fue especial. Y también me apetece repetir.

Retiró la mano cuando vio que Eric y Cris se acercaban a ellos, buscando las toallas para secarse.

Se sentaron un rato, y la conversación se hizo general. Después, Cris propuso de nuevo.

—¿Damos un paseo?

Todos la miraron ceñudos.

—Ya has dado uno esta mañana —comentó Eric.

—¡No pretenderéis que nos quedemos aquí sentados todo el día!

—Es la idea.

—Sí.

—Solo hasta la hora del almuerzo.

Resignada, abrió la bolsa térmica y sacó una tableta de chocolate que repartió entre los presentes. Moisés agarró un buen pedazo y lo mordió con ganas.

—Cris es así —rio Amanda—. O se mueve, o come.

—También hay refrescos...

—Gracias, con el chocolate es suficiente.

Después de dos incursiones más al agua regresaron a la casa para almorzar. Amanda preparó por fin sus famosos *gnocchi*, con los que todos se deleitaron, y después se sentaron en el sofá a ver una película.

A última hora de la tarde dieron un paseo por el pueblo y cenaron en un restaurante de la playa los típicos espetos de sardinas de la zona de Málaga. Regresaron al apartamento para tomar unas copas en la terraza, y Amanda no dejaba de observar a Moisés de reojo, esperando ver reflejada en su rostro la misma anticipación que sentía ella en las entrañas. No quería levantarse y pedirle que se fueran a la habitación, pero esperaba que sus amigos se retirasen pronto.

Al fin Eric se levantó, y mirando a Cris con un guiño divertido le propuso:

—¿No llevarás toda tu vida soñando con darte un baño, con un buen mozo, a la luz de la luna? Y lo que caiga...

—Estaría genial ese baño... y lo que caiga.

Cogidos de la mano se fueron a cambiarse de ropa, poniéndose únicamente una camiseta larga sobre la parte inferior del biquini ella y un bañador él. Apenas se marcharon, Moisés se giró hacia Amanda.

—Creía que no se iban a acostar nunca.

Ella lanzó una carcajada.

—Pensábamos lo mismo.

Él alargó la mano.

—¿Vamos?

Ella la tomó y se levantó con rapidez.

Cris y Eric llegaron a la orilla besándose. Sobre la arena habían dejado unas toallas y la ropa, así como una copia de las llaves para poder entrar en el apartamento.

No había un alma por los alrededores, y la oscuridad era total, por lo que no tuvieron problemas para desnudarse antes del baño. Los besos, la sensación de los cuerpos uno contra otro, con el agua alrededor, hacía que los sentidos disfrutasen más de cada roce, de cada caricia.

—Me vuelves loco, pelirroja.

Nunca antes la había llamado así.

—No puedo vivir sin ti. Te...

La boca de ella cortó la frase que se estaba poniendo demasiado íntima. Eric respondió al beso y la penetró sin esperar más.

—Grita aquí todo lo que quieras... deja escapar lo que tienes dentro, Cris... todo.

El largo gemido de ella le hizo esforzarse aún más en sus movimientos. Las olas lo desestabilizaban, pero a la vez aumentaban el placer de las embestidas. Cris se aferró con fuerza a sus hombros, le enroscó las piernas en la cintura al correrse y una ola acabó con ellos hundidos dentro del agua, mientras el orgasmo los alcanzaba con la misma fuerza que los había tumbado. No se separaron, aferrados uno al otro y tragando agua salieron a la superficie lo mejor que pudieron.

—Joder, casi nos ahogamos.

Jadeantes llegaron a la orilla y se dejaron caer en la arena cubriéndose con las toallas. La temperatura había bajado durante la noche unos cuantos grados.

—Dime que este ha sido tu «danés», nena..., por favor. Que tu fantasía es hacerlo en el agua y ser arrastrada por una ola.

Ella lanzó una sonora carcajada.

—Me temo que no.

—Me estoy quedando sin recursos, Cris. ¿No puedes darme una pista?

—Te diré una sola palabra que lo define. Salvaje.

—¿Más salvaje que esto? ¿Sobreviviremos?

—Espero que sí.

Después de secarse, Eric abrió los brazos y rodeó a Cris con ellos, atrapándola con la espalda contra su pecho. Aquella noche estaba dispuesto a hablarle de sus sentimientos y no iba a dejar que ella eludiese la conversación de nuevo, ni con besos, ni alejándose de su lado.

—Cris... hace un rato estuve a punto de decirte una cosa y lo interrumpiste besándome.

—Ah, ¿sí?

Él le rozó la nuca con los labios.

—Sabes que sí. Pero te lo voy a decir ahora.

La sintió tensarse entre sus brazos, tratando de liberarse, pero él no aflojó los suyos ni un centímetro.

—¿Por qué no nos limitamos a estar aquí contemplando las estrellas? Hace una noche preciosa.

—Porque yo necesito hablar de esto, decirte lo que siento. Te quiero, Cris...

Cerró los ojos. También ella, pero no lo iba a decir.

—¡Seguro que estás equivocado!

—No lo estoy. Tengo treinta y cuatro años, no soy un adolescente confundido. Lo que siento por ti no lo he sentido jamás por nadie y tengo muy claro qué quiero.

—¿Y qué quieres?

—Que dejes de considerarme tu *follamigo*, que admitas que tenemos una relación y que olvides esa estúpida norma de vernos solo dos veces por semana.

—Funciona bien así.

—No para mí. Yo quiero más, mucho más. Quiero poder ir a tu casa cada vez que tenga ganas de verte, que es casi todos los días. Que te plantees la posibilidad de vivir juntos alguna vez.

Al escuchar esas palabras se envaró y Eric tuvo que hacer un tremendo esfuerzo para evitar que saliera corriendo.

—¡Eso no! Vivir juntos no. Puedes llamarme novia si quieres, y si insistes podemos vernos un poco más, pero no quiero vivir contigo.

—¿Por qué?

—Porque entonces es cuando se acabaría... ¿No lo entiendes?

—No lo entiendo. Explícamelo —susurró sobre su oído con voz lenta y tranquilizadora.

—No puedo.

—Sí puedes. Háblame de él.

—¿De quién?

—Del cabrón que te hizo esto. Del hijo de puta que te impide disfrutar de lo que tenemos.

—Nadie me impide disfrutar de lo que tenemos, eres tú el que quiere ir más allá.

—Quiero, y lo voy a conseguir. Si pretendes lo contrario, tendrás que convencerme, y hoy es el día perfecto. No me voy a mover de aquí hasta que me hables de ello. De tus miedos, de tus recelos. Si son razonables, los aceptaré.

—Está bien. Tuve un novio antes que tú. Se llamaba Adolfo, nos conocimos muy jóvenes, nos enamoramos y en un momento de la relación nos fuimos a vivir juntos. No es fácil vivir conmigo.

—No lo es —admitió.

—¿Ves? Me estás dando la razón. No paro quieta un segundo, tengo muchas manías, como sin cesar y algún día me cambiará el metabolismo y acabaré como una foca.

—Sigue hablando de Adolfo. A ti ya te conozco, sé cómo eres.

—Fuimos felices, o al menos yo lo era. Estaba muy enamorada, pensaba que todo iba bien, pero no era así para él. Un día me dijo que se marchaba, que no podía vivir conmigo.

—Cuando terminó la carrera que tú le pagaste.

—¿Quién te ha dicho eso? No le pagué la carrera, tenía una beca, pero sí es cierto que yo mantenía la casa para que él pudiera estudiar.

—Y después se marchó.

—Sí. Amanda dice que llevaba un año acostándose con otra, que lo descubrió cuando lo dejamos y no quiso decirme nada para no hacerme más daño. Me dijo... cosas terribles cuando se fue.

—¿Qué cosas?

—No quiero recordarlas.

—Pero yo necesito oírlas, sobre todo porque me estás comparando con él.

—No te estoy comparando con él, Eric, no es eso.

—Sí lo es, y piensas que voy a dejarte cuando nos vayamos a vivir juntos. Pero no es verdad, porque ya sé que no paras quieta un minuto, que ver una película contigo es acabar con los brazos llenos de pellizcos cada vez que persiguen al bueno, que para que dejes de masticar tengo que estar besándote, cosa que no me causa ningún problema. Que te levantas de madrugada a echar el suavizante, que limpias hasta las suelas de los zapatos... ¿me he dejado algo?

—Muchas cosas.

—Bien, me encantará descubrirlas. Pero también sé que tienes un corazón que no te cabe en el pecho, que eres la persona más generosa, leal y buena que conozco. Un torbellino de pasión en la cama, una excelente cocinera, y la mujer de la que estoy enamorado.

—¿Soy todo eso?

—Y mucho más. Que espero también descubrir. Dame la oportunidad, Cris. Deja que lo nuestro avance, madure, enamórate de mí, acéptame en tu vida. Deja que te presente a mis padres, haz que conozca a tu familia.

—Tengo miedo. Te quiero demasiado para perderte...

Una sonrisa iluminó la cara de Eric, demasiado seria por la conversación que estaban manteniendo.

—Lo has dicho... lo has admitido.

—Sí —susurró.

La hizo girar y la besó. Con un beso diferente, lleno de amor. Ella aceptó y expresó en el suyo mucho más de lo que había dado hasta el momento.

—De acuerdo. Mantengamos una relación, ven a verme siempre que quieras, intercambiemos parientes, pero espera un poco antes de irnos a vivir juntos, ¿vale?

—Vale. ¿Qué te parece si aparcamos el tema hasta que descubra tu «danés»?

—Entonces nos haremos viejos antes.

—¡Que te crees tú eso! Voy a redoblar el esfuerzo y a estrujar la imaginación.

—¡No vale preguntarle a Amanda!

—¿Ella lo sabe?

—Tiene una idea.

—No recurriré a ella, se acabaría la diversión. Y ahora, que ya tenemos las cosas claras, ¿qué te parece si nos damos una ducha caliente? Aquí está haciendo ya frío.

—Me parece genial.

Cogidos de la mano regresaron al apartamento. La puerta de la habitación de Amanda estaba abierta y la cama, vacía, y en cambio la de Moisés se hallaba cerrada y del interior salían unos leves susurros.

Eric alzó las cejas y levantó el pulgar con una sonrisa.

Coincidieron en la cocina a la mañana siguiente; nadie mencionó la noche anterior, ni dio explicaciones, pero una gran sonrisa iluminaba las caras de todos.

Pasaron la mañana en la playa, como el día anterior, entre idas y venidas al agua de Cris. A media mañana convenció a Eric para que diera un largo paseo con ella, del que regresaron dos horas más tarde, acalorados, para darse de nuevo un baño. Almorzaron en un chiringuito en la playa y en el breve momento en que Amanda y Cris coincidieron en al baño esta le espetó:

—Yo lo sabía.

—¿Qué sabías?

—Lo tuyo con Moisés. Corren rumores por la calle de que te has besado con un hombre en un coche, y el calvo seguro que no era.

Amanda rio con ganas.

—Seguro que no. También correrán rumores de que me he besado en el portal.

—¿Estáis juntos?

—No. Nos acostamos juntos, de momento me basta.

—Eric y yo sí lo estamos.

—¿De verdad? Yo no me había dado cuenta.

—No te burles... me refiero a ir en serio.

—Tampoco me había dado cuenta. Vamos, Cris, aquí la única que se engañaba eras tú.

—Pues he dejado de engañarme. Estoy un poco asustada, quiere presentarme a sus padres... Yo nunca he conocido a unos padres.

—Seguro que estos están deseando casar al niño, que ya tiene unos añitos.

—No hemos hablado de matrimonio, pero sí de plantearnos vivir juntos más adelante. ¡Cuando las ranas críen pelo!

Ante la mirada inquisidora de su amiga, añadió:

—Cuando descubra mi fantasía, mi «danés» como él lo llama.

—Ahhh.

—¡Amanda! ¡Ni se te ocurra!

—No le diré nada, tranquila. Dejaré que el pobre hombre se estruje el cerebro durante años, y ya haré algo, si veo que no será capaz de cargarte por culpa de la artritis.

—Es tan divertido ver cómo se esfuerza.

Regresaron junto a los chicos.

Después de otro rato de playa recogieron el piso, hicieron las maletas y volvieron a Córdoba. El camino se les hizo demasiado corto, nadie quería terminar aquel fin de semana memorable, que marcaría un antes y un después en la vida de los cuatro. Eric y Cris se achuchaban en el asiento trasero, mientras que Amanda se preguntaba qué iba a pasar a continuación con ella y con Moisés.

Cuando un rato después se separaban en la puerta de su casa, este le preguntó:

—¿Puedo venir a cenar alguna vez?

—Siempre que quieras.

Se inclinó y le dio un beso rápido en los labios.

—Gracias —susurró.

Ante la mirada interrogativa de ella añadió:

—Por recordarme lo que era hacer el amor.

Subió a su casa con una luminosa sonrisa en la cara.

A su vez, Cris también se despedía de Eric.

—Imagino que ahora tendrás que poner una lavadora, ¿no?

—Imaginas bien.

—Con suavizante y todo.

—Con todo.

Él asintió.

—¿Nos vemos mañana entonces?

—Nos vemos mañana. —Se alzó sobre las puntas de los pies y le besó.

31

Los padres de Eric

Una vez hubo aceptado que lo que mantenía con Eric era una relación y que esta avanzaba a pasos agigantados, Cris se relajó. Empezó a disfrutar de verle aparecer a deshora, sin que hubieran quedado con antelación. Al principio, si la sorprendía sin arreglar, limpiando la casa o cocinando, corría al baño a darse una ducha, pero a medida que pasaban las semanas lo iba tomando con naturalidad y casi siempre acababa embarcándolo en lo que estuviera haciendo en ese momento, fuera colgar una lámpara, limpiar el suelo o arreglar un armario.

Su actividad era incesante, aunque sus visitas turísticas a Córdoba se hicieron cada vez más espaciadas a fin de dejar tiempo para pasarlo con Eric, y su vida ganó estabilidad. Él reclamaba su tiempo y Cris estaba encantada de dárselo

También Amanda y Moisés habían seguido viéndose, en casa de ella y de forma esporádica. Siempre esperaba que fuera él quien la visitase, no quería presionarle, consciente de que necesitaba su tiempo para cerrar definitivamente su relación anterior antes de zambullirse en una nueva. Aun así, cada vez que se veían, Amanda le sentía más cercano y más entregado. Ella se moría por decirle que estaba enamorada hasta la médula, pero estaba decidida a dejar que fuese él quien pronunciara la palabra «amor» en primer lugar, cuando llegase el momento. Mientras, disfrutaba de su cuerpo, de sus besos y de su compañía.

Aquella tarde de sábado, Cris esperaba a Eric paseando de un lado a otro del salón. Se había arreglado con esmero para ir a conocer a sus padres, algo en lo que él llevaba insistiendo un par de semanas, y los nervios la consumían. Quería causar buena impresión. Había repasado en su cabeza una y otra vez lo que debía decir, cómo debía comportarse, y esperaba no meter la pata. Se había jurado a sí misma no comer como una lima y limitarse a probar los platos que le sirvieran.

Cuando al fin él llamó al porterillo y le dijo que bajase, se dio un último vistazo en el espejo y salió, alisando con las manos alguna inexistente arruga de su ropa.

Él la esperaba en el portal, y al verla no pudo evitar llevarse la mano a la boca para contener una carcajada.

—Pero... ¿Qué demonios te has puesto? ¿De qué vas vestida?

—De futura nuera. No tengo nada adecuado y le pedí a Amanda uno de los blusones que se ponía para evitar los avances de su jefe.

Eric la contempló. Unos vaqueros hasta los tobillos y el blusón azul, largo e informe, la cubría desde el cuello hasta las muñecas.

—Cris, acabo de pasar por un termómetro y hace la friolera de cuarenta y seis grados, te vas a morir. Además, si me presento con una mujer que parece una monja arrepentida, mis padres van a pensar que he perdido la cabeza. Vuelve arriba y cámbiate, por favor.

—Nada de lo que tengo es adecuado para ir a conocer a tus padres; las faldas son demasiado cortas, salvo la del uniforme, y esa está en el tendedero, y las camisetas todas enseñan canalillo, ¿qué van a pensar?

—Que su hijo tiene un gusto exquisito y está saliendo con un bombón. Subo contigo y te echo una mano. O las dos...

—¡No, vamos a llegar tarde a casa de tus padres!

Diez minutos después volvían a bajar. Cris se estiraba la falda que le dejaba al descubierto medio muslo y se subía el escote de la camiseta de tirantes que Eric había elegido.

—Si piensan que soy una descocada, la culpa será tuya.

—Pensarán que eres preciosa y entenderán que esté loco por ti.

Tal como Eric había comentado, el calor era asfixiante aquella tarde de agosto. Apenas había nadie por la calle, el aire era espeso y costaba respirar. Cris tamborileaba con los dedos sobre las rodillas, tratando de calmar los nervios. Aquel era un paso importante en la relación y se había resistido lo indecible, pero al final él no le había dado opción y había concertado la visita sin avisarla. El día antes le había informado que cenarían con su familia aquella noche.

Los padres de Eric la recibieron con una sonrisa. La mujer, menuda y vivaracha, no la miró con lupa como había temido, sino que, tras darle dos sonoros besos en la mejilla, de los de verdad, no de los que apenas rozan la piel, la hizo pasar al interior. Cris se sorprendió al ver que también ella vestía un cómodo y escotado vestido veraniego, nada sofisticado ni formal.

El padre era una versión canosa de su hijo. Los mismos ojos azules, la misma sonrisa cálida.

—¡Bienvenida a la familia, Cris! Puedo llamarte así, ¿verdad? Hemos oído hablar tanto de ti que parece que te conozcamos desde siempre.

Alarmada miró a Eric, tratando de adivinar qué les habría contado.

—Espero que bien...

—Muy bien. Además, tiene que tener algo especial la mujer que ha conseguido atrapar a este, solterón empedernido.

Él la enlazó por la cintura y la atrajo hacia su costado.

—Para empezar, que es preciosa, ¿a que sí?

—No te lo voy a discutir, hijo.

Se zafó de su abrazo, incómoda.

—Vamos a sentarnos y a tomar una copa antes de cenar.

Sobre la mesa, delante del sofá, había dispuesta una bandeja con canapés y frutos secos. El padre de Eric les sirvió una copa de vino blanco helado.

A pesar de la sed que tenía, apenas bebió un sorbo y alargando la mano cogió una avellana. Eric apenas podía contener la risa. Dio un largo trago a su copa, cogió un puñado de frutos secos variados y se los metió en la boca del tirón. Ella ignoró el gesto y se volvió hacia la madre de Eric, que le preguntaba por su trabajo.

—Ahora en verano la actividad inmobiliaria ha bajado un poco, pero en septiembre se reanudará con fuerza, sobre todo los alquileres a estudiantes para el nuevo curso.

—Menos mal, porque te ibas a morir recorriendo las calles

con el uniforme y el calor que hace —sonrió Eric, volviendo a comer para provocarla. Cris se limitó a volver a mojarse los labios en el vino, mirando de reojo las bandejas con los aperitivos, pero sin tocarlos.

—Estos están deliciosos. —Eric cogió uno y lo metió en la boca de Cris, que lo mordisqueó despacio—. Come, mujer. Mi madre ha preparado todo esto para ti, porque le dije que tenías un apetito excelente y que disfrutas comiendo. No hay nada que le guste más a alguien que se ha pasado todo el día en la cocina que ver cómo hacen los honores a sus platos.

—Qué animal eres, hijo —amonestó su madre—. Déjala, aún está un poco cohibida, ya comerá cuando le apetezca.

—¿Cohibida? No se trata de eso, esta no es mi Cris...

—Es que quieres causarnos buena impresión, ¿no es verdad, hija?

Cris deseaba escapar de aquel salón más que nada en el mundo. Eric no la estaba ayudando en absoluto.

—¿Sabes lo que vamos a hacer? Dejemos a estos dos aquí tomando su copa y vamos nosotras a la cocina a terminar de prepararlo todo. ¿Me echas una mano?

—Claro.

Ese era un lenguaje que Cris entendía, el de mantenerse ocupada. Se levantó con alivio y siguió a la mujer hasta una cocina llena de platos.

—¿Todo esto es para nosotros cuatro o vienen más invitados? —preguntó, temerosa de una legión de familiares evaluándola. Aunque Eric no tenía hermanos, sí tíos y primos.

—Para nosotros. Eric me dijo que comías bastante y no quería arriesgarme a que te quedaras con hambre.

«Lo voy a matar.»

Su cara debió de expresar las ganas que sentía de retorcerle el cuello a su novio, porque la mujer añadió:

—No te enfades con él, solo trata de que te sientas cómoda. No entiende que es difícil para ti. También para mí lo es, ¿sabes? Eres la primera mujer que mi hijo trae a casa y tanto Ramón como yo queremos caerte bien y que te sientas bien acogida. Eric es nuestro único hijo y me aterra ser una de esas suegras cascarrabias e insoportables que dan mala fama al nombre. Siéntete libre de comer, beber y de ser tú misma, por favor. Hagas lo que hagas, no nos vas a decepcionar. Mi hijo te adora y le veo muy feliz desde que estáis juntos; eso te convierte en la nuera perfecta. Además, yo siempre quise tener una hija, después de Eric, pero no vino. Me gustaría que te sintieras como tal.

—Gracias, señora. Es verdad que esto es un poco difícil para mí... también Eric es el primer hombre que me presenta a sus padres. No quiero que se avergüence de mí.

—Isabel, y de tú, por favor. ¿Y por qué habría de avergonzarse?

—Porque como mucho.

—Y tienes la maravillosa suerte de lucir un tipo envidiable. Disfrútalo, pocas personas pueden decir lo mismo.

Destapó una fuente de jamón serrano y se la alargó a Cris.

—Coge un poco para abrir boca —invitó sirviéndose a su vez una generosa ración—. ¿Pan? Yo no tengo que guardar la línea, a Ramón le gustan mis caderas anchas y tú no lo necesitas.

Aquel trozo de pan con jamón terminó de romper el hielo entre aquellas dos mujeres, unidas por el mismo hombre. Cuando salieron de la cocina, portando bandejas repletas de comida, la tensión había desaparecido por completo.

Disfrutaron de una agradable cena, y después bajaron a un bar cercano a tomar unas copas.

Eric se sentía feliz de ver a Cris integrada en su familia, como siempre había deseado. Riendo, ligeramente achispada, algo que solo se permitía cuando estaba entre amigos y a gusto. Incluso le dio un ligero beso en la boca delante de sus padres, en un momento de la noche. Esa era su chica, y así quería que la viera su familia: alegre, divertida, hambrienta y cariñosa. La combinación perfecta para hacerle feliz.

Cuando se despidieron, y se retiraban ya a casa de Cris, esta le amonestó:

—Te debería retorcer el cuello. He estado a punto, pero tu madre abogó en tu defensa.

—Lo imagino.

—¿Lo imaginas? Entonces, ¿por qué me has puesto en evidencia delante de ellos? Yo quería ser perfecta, y que te enorgullecieras de mí.

La mano de él abandonó el volante y se posó sobre el muslo desnudo.

—Ya eres perfecta para mí y me siento muy orgulloso. Cris, yo quería que te conocieran tal como eres: comilona, encantadora, maravillosa. Que vieran en ti lo que yo veo y que me tiene enamorado, no esa mujer fría y comedida que miraba los canapés de reojo muriéndose de ganas de comerlos y sin decidirse a ello. Tampoco quería someterte a ti a la presión de fingir lo que no eres. No, cariño, es mejor así para todos. Luego lo hemos pasado genial, ¿no es verdad?

—Sí. Me gustan tus padres, Eric.

—¿Cuándo conoceré a los tuyos?

—Viven en Zuheros.

—¿Y? Supongo que habrá una carretera que llegue hasta allí.

—Sí, claro que la hay.

—Pues ve buscando fecha... ¿O eres tú la que se avergüenza de mí?

—¿Cómo podría? Eres el tío más *buenorro* que ha pisado el pueblo en décadas.

—Eso me lo demuestras en un rato.

—Estaré encantada.

—Prepárate, porque esta noche sí que acierto... Y luego tendrás que aceptar lo de poner fecha a vivir juntos.

—Ya veremos...

En aquel momento le sonó el móvil.

—Hola, Amanda.

—¿Has sobrevivido?

—Más o menos.

—¿Interrumpo algo?

—Aún no, vamos en el coche, de camino a casa. Espero que la que no haya interrumpido nada para llamarme seas tú.

—Estoy sola... Moisés hace una semana que no pasa por aquí. Ni siquiera me ha llamado estos días.

—¿Por qué no le llamas tú?

—No quiero agobiarle... si no quiere verme, no voy a insistir. Sabe dónde estoy.

Eric estaba oyendo la conversación.

—Pon el manos libres —pidió—. Amanda, no tiene que ver contigo. Está pasándolo mal con el caso que investiga ahora. Lleva unos días bastante tocado, han desarticulado una red de pederastia y dice que están sacando a la luz cosas terribles. Le afecta mucho todo lo que tenga que ver con niños. Llega a casa muy deprimido, y asqueado. Pero ignoraba que no estaba quedando contigo, pensaba que sí, que eras su paño de lágrimas.

—No, no sé nada de él desde hace bastantes días.

—¿Te parece si mañana quedamos los cuatro para ir a algún sitio? Así le animamos entre todos.

—Vale, ya vemos mañana. Me alegro de que todo haya ido bien en casa de tus padres.

—Cris se los ha metido en el bolsillo en un santiamén.

—Yo no tenía ninguna duda. Bueno, os dejo. Que disfrutéis de la noche.

—Gracias.

Apagó el móvil sin saber qué hacer, si obedecer a su instinto que le decía que fuera a ver a Moisés y aliviara su estado de ánimo, o a la prudencia y respetar su decisión de estar solo.

32

La visita de Amanda

Moisés se sirvió una copa. Era tarde, pero no podía dormir. Hacía días que le resultaba casi imposible conciliar el sueño, el recuerdo de las fotos que habían encontrado al requisar el ordenador de un detenido le perseguía. La idea de aquellos niños tan pequeños, expuestos a ojos obscenos y depravados, le había asqueado más que cualquier otra cosa que hubiera visto en su vida como policía. Ni el cadáver quemado de una prostituta, ni el cuerpo mutilado de un hombre que apareció en una zanja le habían quitado el sueño como aquellas fotos.

Era sábado y había dudado si llamar a Amanda para pasar la noche con ella, refugiar en su calidez la pesadumbre que lo embargaba por no ser capaz de evitar aquellas situaciones. Pero no la había telefoneado, no tenía derecho a llevarle la mierda que lo rodeaba, ni el desánimo y la frustración que lo acompañaban aquella noche.

La llamaría cuando estuviera mejor, ella lo entendería. Amanda siempre lo entendía todo, se había convertido en su paz y su refugio, en los brazos cálidos y la sonrisa feliz que lo acogían cada vez que llamaba a su puerta. A veces se sentía mal por lo poco que le daba, porque ella nunca pedía ni exigía, y a cambio lo daba todo en cada uno de sus encuentros.

Nunca había mencionado la palabra «relación» ni lo había presionado en ningún sentido. Le invitaba a cenar, hacían el amor y se despedían por la mañana sin preguntar siquiera cuándo volverían a verse. Dejaba que lo decidiera él.

El recuerdo de Amanda flotaba en el fondo del vaso, pero aquella noche no sería buena idea ir a verla, porque se encontraba incapaz de realizar ninguna práctica sexual, ni siquiera un beso. Tampoco ayudaría que se hubiera tomado un tranquilizante suave a media tarde, dudaba de que consiguiera salir airoso de la prueba.

Como si su recuerdo la hubiera conjurado, supo que era ella cuando sonó el timbre de la puerta. Miró el reloj, la una y media de la madrugada, una hora intempestiva para visitar a nadie.

Amanda estaba en el umbral de la casa adosada donde vivían Eric y él, vestida con un pantalón holgado y una camiseta sin mangas, en absoluto sexi ni provocativa. El pelo recogido en un moño bajo para alejarlo del cuello debido a las altas temperaturas que estaban padeciendo. Pero le pareció preciosa.

—Hola. He visto luz en el salón, por eso he llamado. Sé que te acuestas tarde.

—Pasa, aunque no soy muy buena compañía esta noche, te lo advierto.

—Lo sé, me lo ha dicho Eric.

—¿Qué te ha contado?

—Lo de tu caso, que te tiene bastante deprimido.

—Deprimido es poco. Asqueado, hundido, enfadado conmigo mismo por no ser capaz de evitarlo.

—No puedes acabar con el mal en el mundo, nadie puede.

—Ya lo sé, pero en días como hoy no consigo sentirme bien ¿Te apetece una copa? Lo siento, no puedo ofrecerte otra cosa esta noche...

—No he venido a echar un polvo, Moisés. Me va a bajar la regla y me duele la tripa, tampoco yo estoy para juergas. Solo quiero ofrecerte mi compañía y un rato de charla que alivie tu pesar. Cuando Eric me dijo que estabas destrozado recordé que en la playa me comentaste que no te gusta estar solo y, a pesar de la hora, decidí venir. Pero si no quieres compañía, me iré.

—Tienes razón, no quiero estar solo. ¿Gin-tonic?

—Por favor.

No era la primera vez que iba a su casa, ya habían cenado alguna vez allí Cris y ella, pero nunca habían estado a solas, ni había dormido en la vivienda.

Moisés le preparó la copa, y Amanda se sentó en el sofá a su lado, lo bastante lejos para no causarle incomodidad ni hacerle pensar que deseaba sexo, aunque le hubiera dicho lo contrario.

Ambos saborearon las bebidas, a sorbos pequeños, disfrutando del sabor y de la sensación de intimidad que generaba la luz tenue y la televisión en voz baja frente a ellos.

El rostro de Moisés se había ido relajando poco a poco desde que ella llegara, la ligera tensión que le surcaba la boca se había disipado y los ojos estaban más serenos, menos tormentosos.

—¿Quieres hablar de ello? De mi boca no saldrá una palabra de lo que cuentes.

—No, solo quiero estar aquí contigo, disfrutar de tu compañía... y saber que mis estados de ánimo le importan a alguien. No solo mi cuerpo ni el placer que este pueda generar.

—Pues claro que me importa, me ofende que pienses lo contrario.

Él sacudió la cabeza.

—Me apetecía verte, pero no me atrevía a ir a tu casa por si tú te creabas expectativas que esta noche no soy capaz de cumplir.

—El sexo no lo es todo en el mundo para mí. Soy capaz de disfrutar de un gin-tonic, una conversación y de una película sin que el fin sea un revolcón.

—Me alegro.

Alargó el brazo y, acercándose, le rodeó los hombros con él. Con la otra mano agarró el mando y conectó el programa de televisión a la carta que tenía contratado y ofreció:

—Elige lo que quieras ver.

Amanda echó un vistazo a la oferta y se detuvo en una de las opciones.

—Esta película hace tiempo que deseaba verla... si a ti no te importa. Es romántica.

—A pesar de lo que pueda parecer, soy un hombre romántico.

Pulsó el botón de inicio y se recostó en el sofá con Amanda acurrucada contra su costado. A esa copa siguió otra y al finalizar la película ella se levantó dispuesta a marcharse.

—¿Te vas?

Se encogió de hombros.

—No me has invitado a quedarme...

—Creí que no hacía falta, pero si lo consideras necesario...

quédate. Por favor. Si no te importa ser solo mi compañera de cama.

Ella sonrió y no lo dudó ni un momento.

Se durmieron abrazados en el gran lecho de Moisés. A pesar del calor reinante sus cuerpos se buscaron y la necesidad de sentirse cerca fue más fuerte que ningún factor meteorológico.

Amanda despertó con la erección de Moisés pegada a su trasero y sus manos rodeándole la cintura. Permaneció quieta, evitando moverse, pero él adivinó que ya no dormía. Se apretó aún más contra ella y le susurró al oído:

—¿Qué tal tu tripa?

—Mejor —mintió. El dolor de ovarios seguía allí pero no le importaba.

Moisés deslizó las manos por las braguitas, única prenda que Amanda llevaba puesta, y las bajó. Los dedos buscaron y acariciaron, mientras la boca recorría la nuca con suavidad. Las sensaciones borraron cualquier otra cosa en la mente de los dos. El trasero de Amanda se frotaba contra la entrepierna de él, que también se había librado de los bóxer, piel contra piel, mientras los dedos de Moisés seguían acariciándola.

Ella cerró los ojos y ahogó un gemido cuando la penetró desde atrás, despacio, mientras sus dedos seguían jugueteando con el clítoris.

Hicieron el amor con calma, alargando las sensaciones del momento, disfrutando del placer y de la cadencia de los dos cuerpos acoplándose, la boca de él recorriendo el cuello con los labios abiertos, exhalando tenues suspiros sobre su piel que la hacían temblar.

Después de un orgasmo larguísimo, que parecía no tener fin, se quedaron enredados uno en el otro; sin querer salir de su cuerpo, él. Sin desear que lo hiciera, ella. La frente de Moisés apoyada en los rizos oscuros, y Amanda apretó con fuerza los labios para cortar el paso al «te quiero» que pugnaba por salir de ellos.

—¿Qué planes tienes para hoy? —preguntó él cuando al fin se separaron.

—Ninguno, ¿y tú?

—Me gustaría pasar el día contigo.

Ella suspiró y se volvió para enfrentarse a sus ojos.

—Moisés, no te sientas obligado a hacerlo porque viniera anoche.

—No lo hago por eso, de verdad me apetece mucho. Desde que estuvimos en la playa solo nos hemos visto en tu casa o aquí. ¿Qué te parece si de momento bajamos a desayunar a la calle y decidimos qué hacer el resto del día?

—Me parece perfecto. Es un placer que pocas veces me puedo permitir porque siempre voy con el tiempo justo al trabajo.

Tras una ducha rápida, se vistieron y bajaron a desayunar a una cafetería cercana.

Cuando estaban terminando, el móvil de Moisés vibró dentro del bolsillo de los vaqueros. Lo cogió con aprensión, por nada del mundo quería que le fastidiaran los planes de pasar el día con Amanda, pero en su trabajo todo podía pasar. Comprobó con alivio que se trataba de Eric.

—Hola —saludó.

—¿Cómo estás?

—Mejor.

No mentía. La presencia de Amanda había borrado los fantasmas que le acosaran la tarde anterior.

—Cris y yo estamos pensando salir fuera de Córdoba a pasar el día, ¿te unes a nosotros?

—Si no molesto...

—¡No seas burro! ¿Cómo vas a molestar? También habíamos pensado proponérselo a Amanda... ¿Te parece bien si la llamamos?

—No hace falta, se encuentra aquí conmigo. Estamos desayunando. Espera que le pregunto.

Cubrió con la mano el micrófono del móvil y comentó:

—Eric nos propone pasar con ellos el día fuera de Córdoba. ¿Te apetece?

—Mucho. Desde que está ennoviada apenas veo a Cris. ¿Y a ti?

Volvió a hablar al teléfono.

—Hecho, Eric. Nos vemos en un rato.

33

Muesli

Eric se estaba retrasando aquella noche. Había acompañado a su padre a un partido de fútbol con motivo de su cumpleaños, al que Cris se había negado a asistir. Pero le había prometido que iría a verla después. Ella aprovechó para cenar con Amanda, a la que tenía bastante abandonada a causa de su relación, aunque sabía que Moisés la visitaba con cierta frecuencia.

Como en los viejos tiempos, ambas amigas habían compartido mesa y confidencias.

—Con Eric todo bien, supongo... No os dejáis de ver ni una noche —dijo divertida.

—Muy bien. Estoy muy enamorada, es un hombre maravilloso.

—Algún día te recordaré lo que pensabas de él al principio... que si un putero, que si un pervertido...

—Bueno. Su puntito pervertido sí que tiene, sobre todo cuando intenta descubrir mi fantasía, mi «danés».

—¿Aún no se la has contado?

—No.

—¿Y a qué estás esperando?

—Me divierte que trate de averiguarlo.

—Pero tú sí habrás cumplido la suya... la de las medias y los tacones de aguja.

—Tampoco.

—Pues hija, no lo entiendo.

—No ha surgido la ocasión. Y a ti, ¿cómo te va con Moisés?

—Como siempre. —Suspiró.
—Eso ha sonado un poco a decepción.
—No avanzamos. Quedamos en mi casa para cenar, nos vamos a la cama y nos despedimos por la mañana hasta la próxima. Yo estoy empezando a querer algo más que un polvo de vez en cuando.
—Siempre has querido algo más, Amanda. Te gustaba desde que era «el rubio».
—¿Es tan evidente?
—Para mí, sí. ¿Por qué no se lo dices?
—Porque todavía está enamorado de esa imbécil, por eso. Y si le pido más lo voy a perder. Lo quiero mucho, nunca he sentido esto por ningún otro hombre.
—Yo tampoco. Eric es tan especial... es el hombre de mi vida. Está insinuando que nos vayamos a vivir juntos.
—Y tú le estás dando largas, como si lo viera. No es Adolfo, te quiere de verdad.
—Ya lo sé. Bromeo con él diciéndole que el día que descubra mi «danés» hablaremos del tema, pero la verdad es que me lo estoy planteando. De todas formas, ya pasamos casi todo el tiempo juntos y conoce mis defectos.
—Y tus virtudes.
—Eso dice él, que también tengo virtudes.
—Pues claro que las tienes, y me alegra que sepa verlas.
—¿Vas a ir a la fiesta de Moisés? —preguntó cambiando de tema. Que la halagaran siempre la hacía sentir incómoda.
—¿Qué fiesta?
—Una de disfraces que hace la policía todos los años para recaudar fondos. Me lo ha contado Eric, que suele celebrarse por esta época. Él siempre ha asistido y este año iremos juntos. Es temática, hay que ir vestido de algún tipo de policía o de delincuente.
—A mi Moisés no me ha dicho nada.
—Vaya, yo pensaba que te invitaría.
—Pues no lo ha hecho.
—Lo siento, no debería habértelo comentado.
—No pasa nada, Cris. Lo que hay entre nosotros no da pie a invitaciones ni fiestas. Lo tengo asumido. ¿Y se puede saber de qué vais a ir disfrazados?
—Aún no lo sé. Eric ha propuesto que vayamos de Bonnie and Clyde, los famosos gánsteres de los años treinta.

—Eso estaría muy bien. Podrías usar el traje de chaqueta de la inmobiliaria y hacerle algunos arreglos para darle un toque *vintage*.

—Creo que en los años treinta las faldas eran un poco más largas.

—Tampoco te la va a medir nadie, mujer. En aquella época se usaban las medias con costura detrás, si mal no recuerdo.

—Y los tacones de aguja —añadió, pícara.

Ambas amigas se echaron a reír al unísono.

—Creo que voy a marcharme ya —dijo Amanda levantándose—. Tu mozo debe de estar a punto de llegar y no quiero interrumpir. Si ha salido con su padre no se recogerán muy tarde.

—Me he comprado un pijama monísimo, me lo pondré y le esperaré en la cama.

Amanda se inclinó y besó a su amiga para despedirse. Al pasar por la puerta de Rocío escuchó el sonido de la televisión aún encendida y llamó.

—Hola, Amanda. —Esta salió a abrir ya en pijama.

—¿Puedo pedirte un favor? Me apetece mucho leer una novela de esas de escoceses que tienes... ¿Me podrías recomendar alguna en la que haya un rapto? Y en la que él sea muy fiero y muy salvaje.

—Sí, claro, espera un momento.

Regresó a los pocos momentos con un libro en la mano. *La boda*, de Julie Garwood. En la portada destacaba un escocés vestido con un *kilt* y nada más.

—Sí, esta me parece genial. Y no le digas nada a Cris, voy de chica dura y de que no leo estas cosas.

—Vale, soy una tumba.

Con su trofeo en la mano, se dirigió a su casa.

Tal como había comentado con Amanda, Cris se puso su pijama nuevo y se tendió en la cama a esperar a Eric. Leyó un poco, pero él se retrasaba más de lo que había supuesto, y la impaciencia dio paso al hambre.

Eric la encontró sentada en la cama, las piernas dobladas y el pelo cayéndole sobre el pecho. Tenía un cuenco de muesli en las manos, del que daba cuenta como si no hubiera comido en años, y estaba rodeada de chucherías y galletitas. Le pareció una de las imágenes más eróticas que había visto en su vida.

—¿Qué tal con tu padre?

—No rompas el encanto, preciosa. Ahora no es momento de hablar de mi padre.

Ella vio en sus ojos la chispa del deseo, cómo se acercaba y le quitaba el cuenco de las manos y se situaba encima de ella, con las rodillas a ambos lados de sus piernas.

—Me gusta el pijama... pero ya sabes que no es más que un estorbo.

Empezó a quitárselo. No llevaba ropa interior debajo, y eso siempre lo excitaba mucho.

Cris olvidó su muesli y la sensación de hambre que había sentido un rato antes. Eric conseguía que se olvidara de la comida y hasta del resto del mundo. Cuando la tocaba no había para ella más que sus manos y su boca.

—¿Me has echado de menos? —susurró contra sus labios.

—Mucho... tanto que he tenido que hacer una incursión a la cocina.

—Demuéstrame el hambre que tienes.

—Bien...

Se debatió para salir de debajo del cuerpo fuerte y musculoso de Eric y le hizo tenderse de espaldas.

Empezó a besarle y a bajar lentamente los labios por su pecho, cubierto de ligero vello.

Al final llegó a su objetivo, ese que Eric había esperado desde el primer momento en que ella tomó el mando.

34

La visita de Olga

Otra noche más Moisés se encontraba solo en casa. Eric pasaba cada vez más tiempo con Cris; desde que decidieran hacer oficial su relación a principios de verano, y ella rompiera la regla de verse solo dos veces por semana, rara era la noche que no dormía con Cris. Las partidas de consola, las series policíacas que solían ver juntos eran cosa del pasado, y sabía que en cualquier momento podría decirle que se marchaba a vivir con ella. Si no lo había hecho ya era porque Cris aún se resistía a dejar su casa y Eric, a dejarle solo a él.

Aquella tarde, mientras se arreglaba para irse, le había prometido que la noche siguiente sería como antaño, una noche de chicos, que verían juntos la final de baloncesto que transmitirían por televisión, se tomarían unas cervezas y charlarían largo y tendido.

Cuando sonó el timbre de la puerta, a las diez y media de la noche, se estaba planteando irse a la cama, había sido un día agotador y estaba cansado. Sin embargo, le agradó la idea de una visita de Amanda, todo su cansancio se esfumó de golpe ante la idea de tenerla en sus brazos aquella noche.

Pero cuando abrió la puerta la sonrisa se borró de sus labios; Olga le contemplaba desde el umbral, vestida con una gabardina del todo incongruente con el calor que aún hacía a finales de verano.

—¡Hola, Moi! —le sonrió poniendo una pose seductora.

—¿Qué haces aquí?

—He venido a hablar contigo. ¿No me invitas a entrar?

Haciendo un esfuerzo se apartó de la puerta y le cedió el paso. Ella se acercó demasiado y tuvo que apartarse para no rozarla.

—¿Qué quieres? Di lo que sea y márchate, iba a acostarme.

—¿Tan temprano?

—Estoy cansado. —Le molestaba darle explicaciones, pero quería que se fuera cuanto antes.

—Te quiero a ti —admitió Olga acercándose de nuevo, pero Moisés dio dos pasos atrás para aumentar la distancia entre ambos.

—Un poco tarde para eso, ¿no te parece? Tuviste tu oportunidad y la dejaste ir.

—Y no he dejado de arrepentirme ni un momento. Moisés, sigo enamorada de ti, no he podido olvidarte. Haría cualquier cosa por recuperar nuestra relación.

Unos meses atrás habría dado media vida por escuchar esas mismas palabras, pero en aquel momento solo le produjeron malestar.

—Olga, ahórratelo. Fuiste tú quien quiso ponerle fin, no yo.

—Y estoy arrepentida. Me equivoqué, y vengo a pedirte perdón y a suplicarte que vuelvas conmigo. Te quiero... te necesito.

—No...

—¿Sigues enfadado? Lo entiendo... dime qué puedo hacer para solucionarlo.

—No estoy enfadado, he comprendido que no nos iba tan bien como yo pensaba.

—Claro que sí; todo iba de maravilla y yo fui tan estúpida que lo perdí. Moi, todo puede volver a ser como antes... tú y yo éramos fuego, éramos...

—Éramos, tú lo has dicho.

Olga se abrió la gabardina; no llevaba nada debajo y la visión de su cuerpo desnudo, ese cuerpo que lo había vuelto loco en el pasado, le dejó frío y solo le causó incomodidad.

—Cúbrete, Olga. No te humilles, porque no servirá de nada.

—No puedo creer que no te excites al verme. ¿No te acuerdas cómo era todo entre nosotros? Nuestros juegos eróticos, nuestra relación de pareja... Ven, acércate, tócame y recuerda...

Alargó la mano y agarrando la de él la acercó hasta su pecho, cubriéndolo por completo. Él la retiró de inmediato.

—Nosotros no tuvimos una relación de pareja, más allá del

terreno sexual. Jamás vimos una película juntos, ni salimos de excursión sin echar un polvo en medio del campo o en el coche o... dondequiera que estuviéramos.

—Y a ti te encantaba.

—Te equivocas, te encantaba a ti y yo hacía cualquier cosa por complacerte. Pero ya no.

Moisés alargó las manos y cerró la gabardina sobre aquel cuerpo perfecto, cuidado y escultural, cuya visión no le había producido la más mínima reacción física. Sus manos anhelaban los grandes pechos de Amanda que apenas podían abarcar, sus caderas generosas y la brevísima cintura, su melena rizada e incontrolable donde se hundían sus dedos mientras la besaba.

—No es verdad, déjame demostrártelo.

Se acercó con la inconfundible intención de besarle, pero las manos de Moisés la agarraron por los brazos y la detuvieron.

—Voy a decirte una cosa que tal vez entiendas mejor. Ya no te quiero, hay otra mujer en mi vida, Olga, he pasado página.

Se sintió feliz al decirlo, al admitirlo por fin.

—No me puedo creer que en solo seis meses otra mujer haya hecho que me olvides. Lo dices para castigarme.

—Pues así es; de modo que no te rebajes más ni me lo pongas más difícil a mí. Vete, y pasa página también tú.

Con un suspiro se anudó más fuerte el cinturón de la gabardina y se volvió hacia la puerta.

—No tendrás más oportunidades.

—Adiós, Olga.

Cerró la puerta a sus espaldas y se dejó caer en el sofá. Había sido tremendamente incómodo tenerla ante él desnuda y rechazarla sin herirla. Pero, por otro lado, eso le había terminado de abrir los ojos y hacerle comprender que Olga pertenecía al pasado y que Amanda era el presente. Y el futuro. Que lo que sentía por ella iba más allá de un polvo de vez en cuando. Que sus ojos castaños de mirada limpia, sus besos y su cuerpo en perpetua lucha contra los kilos se habían colado poco a poco y sin avisar en su vida y en su corazón.

De pronto sintió la necesidad de decírselo, de que supiera lo que significaba para él, lo que le hacía sentir y lo que deseaba de ella.

Miró el reloj, eran casi las once y media. Ella solía acostarse tarde, pero aun así le mandó un *whatsapp* antes de ir a verla.

«Hola, Amanda. ¿Estás despierta?»

Esta, ya en la cama, leía una novela que Cris le había prestado días atrás. Cuando escuchó el sonido del mensaje entrante, suspiró. Cris nunca entendería que los demás no tenían sus mismos horarios. Iba dispuesta a decírselo cuando vio que el mensaje era de Moisés. Se extrañó, él nunca le escribía tan tarde.

«Sí.»

«¿Puedo ir a verte o es muy tarde?»

De pronto el libro dejó de ser interesante y en su vientre se instaló la anticipación de una noche con él.

«Es una hora perfecta para que vengas a verme.»

«Gracias. Hay algo importante que necesito decirte. Estoy ahí en un momento.»

El mensaje la dejó intrigada. Venía a hablar y un sentimiento de angustia se apoderó de ella. No eran horas para hablar, cualquier cosa que quisiera decirle podía esperar a la mañana siguiente. Quizás no quería volver a verla. Quizás...

Se levantó de la cama, incapaz de resistir la inquietud que la había invadido, y se sentó en el salón a esperarle. La camisola con la que dormía era perfectamente aceptable para recibir una visita nocturna, sobre todo porque habían dormido desnudos varias veces. Sin embargo, aquella noche necesitaba estar vestida para hacer frente a lo que él tuviera que decirle, que intuía no era nada bueno.

Veinte minutos después, Moisés llamaba al portero electrónico. Aspiró hondo, levantó la cabeza y abrió, esperando con impaciencia tras la puerta que entrase.

La cara de él no le dio ninguna pista sobre lo que venía a decirle.

—Espero no haberte despertado.

—No te preocupes, no dormía. Ya sabes que me acuesto tarde.

—Por eso me arriesgué... y lo que tengo que decirte es importante. No quiero esperar hasta mañana, necesito que lo sepas esta misma noche.

Se le veía nervioso, y el nudo del estómago de Amanda se acentuó.

—¿Quieres una copa?

—No.

—Siéntate entonces.

Se dejó caer en el sofá, Moisés se sentó muy cerca.

—Hace un rato ha venido Olga a verme —comenzó a decir.

El corazón de Amanda se saltó un latido y el aire dejó de llegar a sus pulmones. Guardó silencio esperando que continuara, que firmara su sentencia de muerte.

—Quería que volviera con ella.

—Comprendo.

—No, no comprendes. Déjame terminar antes de sacar conclusiones, por favor.

Se mordió los labios para no decirle que había pocas conclusiones que sacar, que estaba claro que su novia volvía a él y que la buena de Amanda solo había sido una distracción, un paréntesis, y que debía desaparecer.

—No hace falta, Moisés. Yo... lo entiendo. Nunca has dejado de quererla. Es normal que vuelvas con ella, esto nuestro no ha pasado de ser... lo que es.

Él frunció el ceño y trató de hurgar en los ojos oscuros que le rehuían. Respiró hondo y preguntó:

—¿Lo que es? ¿Yo vengo aquí en medio de la noche porque no puedo esperar para decirte lo que siento por ti, y tú me sales con que esto «es lo que es»?

—Ahora sí que no lo entiendo. ¿No has venido a decirme que has vuelto con ella?

La voz sonó rota, y Moisés se maldijo por no haber enfocado bien lo que quería expresar. Temiendo que ella siguiera tergiversando sus palabras, optó por algo que no generaba dudas. Alargó las manos hacia la cara de Amanda y la besó. Con el alma, con todos los sentimientos recién descubiertos. Ella se mostró tímida por primera vez, apenas era capaz de devolverle el beso. El sabor salado de unas lágrimas lo hicieron separarse. Sin soltarle el rostro la obligó a mirarle. Los ojos húmedos se clavaban en él incrédulos y le limpió las lágrimas con los pulgares.

—He venido porque he descubierto que ella ya no me importa, que pertenece al pasado, que me he enamorado de ti... Eso es lo que no podía esperar a decirte mañana. Pero si esto «es lo que es» quizás debería irme a casa y empezar a olvidarte.

Los ojos le brillaban divertidos y una tenue sonrisa le curvaba la boca. Amanda se lanzó sobre él y le echó los brazos al cuello. Enterró la cara en su hombro mientras los brazos de Moisés la rodeaban con fuerza.

—Lo siento —susurró contra su pelo—. No pensé que creerías que venía a dejarte.

—¿A dejarme? Nunca dijiste que estuviéramos juntos...

—Soy un zoquete, ¿verdad? Me he enamorado sin casi darme cuenta y no he sabido expresarte lo que me hacías sentir.

—Un poco.

—Vamos a corregirlo. —Le agarró las manos y le susurró mirándola a los ojos—: Te quiero, Amanda, me he enamorado de esos preciosos ojos, de tus rizos indómitos y de tu corazón tierno y sensible. ¿Podemos dejar de ser amigos con derecho y pasar a algo más serio?

—¿Cómo de serio?

—¿Novios?

—Suena bien.

—¿Y tú, no vas a decirme nada? ¿Solo «suena bien»?

—¿Qué quieres que te diga, si yo me enamoré de ti con el primer beso? Aquel que nos dimos en el coche para servirte de tapadera. Y me ha costado muchísimo contener mis sentimientos pensando que no eran correspondidos. Que solo era para ti una forma de olvidar a Olga.

—Nunca has sido eso. Fue lo diferente que eres a ella lo que me atrajo, y lo bien que me sentía a tu lado.

—Y las tetas...

—Eso también, me encantan...

—¡No dirás lo mismo cuando empiecen a caerse!

—Yo estaré ahí para sujetarlas.

Alargó las manos y las acarició. Los dedos masajearon los pezones y Amanda ya fue incapaz de pensar e incluso de asimilar lo que le acababa de ocurrir. Se dejó caer contra el respaldo del sofá y se dispuso a disfrutar de su primera noche como novia de Moisés.

35

El libro

Moisés estaba deseando comentar con su amigo los cambios en su relación con Amanda.

La noche anterior habían hecho el amor con una pasión nueva, con una entrega que nunca antes habían puesto ninguno de los dos. La idea de que aquella mujer maravillosa iba a formar parte de su vida, de manera total y absoluta en el futuro, le llenaba de júbilo.

Hubiera deseado que fuese sábado y quedarse en la cama con ella, holgazaneando perezosos hasta media mañana, pero la terrible alarma del despertador les sorprendió al alba.

—¡¡¡Noooo...!!! —Amanda alargó la mano hasta el móvil para desconectar el molesto sonido. Moisés tendió los brazos y la estrechó entre ellos.

—Quizás deberíamos habernos dormido antes... va a ser un día duro.

—Va a ser un día maravilloso. —Le besó eufórica—. Porque es el primero de nuestra vida juntos, y da igual que me tenga que chutar la cafeína en vena.

—Me alegra escuchar eso. Ahora pienso que he sido un poco tonto por no darme cuenta antes de lo que siento por ti, y haber perdido un tiempo precioso. Pero te compensaré.

—¿Invitándome a la fiesta de disfraces de la policía?

—Pensaba invitarte de todas formas.

—¿En serio?

—Pues claro... ¿Con quién iba a ir si no?

—Solo... Como un poli duro y seguro de sí mismo.

—Algo que no soy.

—Cuando te pones el traje sí lo eres. Pero yo prefiero que te lo quites.

Una segunda alarma les interrumpió.

—Esa es la mía. Tengo que levantarme ya.

—Yo también, me temo.

Tras una ducha rápida, y sin tiempo para un mal café que les despejara, se fueron al trabajo. Justo antes de salir, Amanda le entregó un libro.

—¿*La boda*? ¿No deberíamos esperar un poco todavía?

Ella se echó a reír con ganas y le dio un beso sobre los labios. Se sentía tan feliz esa mañana que le costaba alejarse de él.

—No es para ti, sino para Eric. Dile que le eche un vistazo y que lea entre líneas.

—O sea, el que se tiene que casar es él.

—No necesariamente. Dile que no puedo decirle nada más, o Cris me mataría, pero que es una pista. Espero que la sepa interpretar.

—De acuerdo. ¿Nos vemos esta noche?

—Cuando quieras, sabes dónde vivo. —Le guiñó un ojo y se perdió calle abajo.

A media tarde, cuando Eric llegó a casa, Moisés se preparaba para salir con Amanda. Iba a llevarla a cenar para celebrar su recién iniciada relación a un sitio especial y pretendía que fuera una sorpresa. Se sentía romántico y entusiasmado por esa relación que comenzaba.

—¡Vaya! —exclamó Eric cuando lo vio ponerse la chaqueta—. ¿Asistes a algún acto importante?

—Al más importante de todos. Llevo a cenar a Amanda en nuestra primera salida oficial como novios.

Eric le palmeó la espalda con afecto.

—Bienvenido al gremio, macho.

—A ti te reservan algo más oficial todavía. —Señaló el libro sobre la mesa—. Me ha dado eso para ti.

—¿Para mí o para Cris?

—Ha dicho para ti. Ha añadido que le eches un vistazo y leas entre líneas, y que no te puede decir más.

—¿*La boda*? ¿Qué demonios significa?

—Ni idea.

Eric movió la cabeza, pensativo.

—¿Será que Cris está embarazada y nos vamos a tener que casar?

—Lo siento, no me ha aclarado nada más. Vas a tener que leer el libro, me temo.

—No es que me importe, ni casarme ni ser padre, pero me hubiera gustado que me lo dijera Cris.

—Pregúntale.

—Si Amanda me ha mandado el aviso con un libro debe tener algún motivo. Le daré una ojeada a ver si saco algo en conclusión. ¡Una novela romántica de escoceses! Yo, que ni siquiera terminé *Juego de tronos*...

—Me voy, he quedado temprano con mi chica.

—Que te diviertas... Y yo, hasta que llegue Cris... —Le dio la vuelta a la novela y leyó la sinopsis—: «Mientras viaja de Inglaterra a Escocia lady Brenna es atacada por unos fieros guerreros que la secuestran y la obligan a casarse con el jefe del clan.» También ella se ve forzada a casarse. Tiene que ser eso.

Se retrepó en el sofá y comenzó a leer. El sonido del móvil le sacó de la historia, en la que se había sumergido.

—Hola, cariño...

—Eh... Cris... ¿Cómo estás?

—Un poco cansada, pero ya voy para casa.

— ¿Te encuentras bien?

—Sí, ¿por qué no iba a estarlo?

—No sé... La otra noche estabas comiendo muesli.

Ella lanzó una carcajada.

—Hasta que tú llegaste y me hiciste comer otras cosas.

—¿Lo comías por algún motivo especial? Normalmente tomas chocolate, galletitas...

—Porque tenía hambre... y porque había pillado un tres por dos en el súper de la esquina.

—¿Tienes más hambre de la normal?

—¡Yo siempre tengo más hambre de la normal! Al menos es lo que me decís Amanda y tú.

—¿Te apetece algo concreto para cenar esta noche?

—Pues ya que lo dices, unos huevos fritos con patatas, pimientos y chorizo.

—¡Cris, eso no es sano!
—Ya lo sé, pero me apetecen.
—¡Ay, Dios, esto va a ser muy difícil!
—¿Qué va a ser difícil?
—Todo.
—Eric, estás muy raro... ¿Te pasa algo?
—No, nada. Nos vemos en un rato y ya negociamos la cena, ¿de acuerdo?
—Hasta ahora.
—Ten cuidado, ven despacito...
Cris cortó la llamada y se quedó mirando el teléfono, perpleja.
—¡Más raro que un perro verde!

Cuando se reunieron un rato más tarde, Eric la recorrió con la mirada sin dejar ni un centímetro sin observar.
—¿Has engordado un poco, Cris?
—No lo creo, pero si es así haré muy feliz a Amanda, lleva años deseando verme gorda —rio—. La ropa me entra sin problemas.
—Amanda tiene quien la haga feliz, aparte de ti. Moisés y ella ya son algo más que *follamigos*.
—¿En serio? ¡Y no me ha dicho nada, la muy perra!
—Creo que es bastante reciente.
—¡Me va a oír! —dijo cogiendo el móvil y marcando el número de su amiga.
—¿Sí, Cris?
—¡Yo debería ser la primera en saberlo!
—Tienes razón, lo siento... Pero todavía me cuesta creérmelo, no lo he asimilado. Ya te cuento mañana con más calma... —Cortó, poco dispuesta a hablar del tema delante de Moisés—. Podemos vernos para almorzar juntas.
—Está ahí.
—Sí. —Rio—. Vamos a salir a cenar fuera.
—Disfruta tú de la comida. Creo que Eric pretende ponerme a dieta... no quiere que tome huevos fritos con... ya sabes, todo eso sin lo cual los huevos fritos no saben a nada. Me ha dicho que estoy gorda.
—¿Gorda? ¿Tú?

—Esa es la palabra que ha empleado. Literalmente «has engordado». La verdad es que está muy raro hoy. Si no fuera porque es un tío pensaría que le va a bajar la regla.

—Anda, dale dos arrumacos y convéncele de que te deje comer lo que quieras... tú que puedes.

—Lo intentaré. Y vosotros, disfrutad de la cena y daos un buen postre... de los que queman calorías.

Se dio la vuelta y encontró a Eric buscando en la cocina. Sobre la encimera había zanahorias, pimientos, acelgas, cebollas y lonchas de pavo.

—¿Qué te parece si hacemos un revuelto con todo esto? Si te apetece comer huevos, hagamos caso al organismo, pero con sentido común.

—¡Un revuelto...! —La decepción pintada en la cara de Cris le hizo sentir mal, pero debía asegurarse de que se alimentara bien. Ya no se trataba solo de comer.

—Ya te tomarás tus huevos «a lo Cris» en otra ocasión, ¿de acuerdo? Ahora vamos a comer sano.

—¿No podemos cambiar el pavo por jamón ibérico al menos?

—De acuerdo.

Cris se dirigió al frigorífico y lo abrió de nuevo, sacando además del jamón una berenjena y un calabacín.

—Si vamos a comer verdura, que sea en cantidad suficiente. ¡No vas a matarme de hambre!

—Claro que no.

Eric se dispuso a preparar la cena. ¡Había ganado la primera batalla!

36

El descubrimiento

Durante dos días Cris sufrió las continuas atenciones exageradas de Eric, y su obsesión por la comida sana. Las palabras «descansa», «siéntate», «duerme ocho horas», «no te alteres» y otras parecidas se hicieron habituales; incluso cuando le hacía el amor, al finalizar le preguntaba si se encontraba bien, si la había lastimado. Empezó a preocuparse porque él siempre había respetado su forma de ser, así como su alimentación y su estresante modo de vida.

Decidida a rebelarse, cuando llegó aquella noche y antes de que él apareciese comenzó a pelar patatas y a limpiar pimientos. Muchos.

Eric abrió con la llave que hacía semanas Cris le había facilitado y se acercó a la cocina. Le rodeó la cintura con los brazos, se inclinó sobre su cuello y tras depositar un beso suave vio la encimera llena de comida.

—¿Qué cenamos esta noche? —preguntó con cautela ante la profusión de alimentos poco sanos.

—Tú, no lo sé; pero yo huevos fritos con patatas, pimientos, beicon y chorizo. ¿Algún problema? —añadió, belicosa. Estaba de ensalada y pollo hasta la coronilla.

—Cris, sé razonable. —Intentó que el tono le saliera conciliador, pero no iba a permitir que se metiera aquel chute de colesterol en su estado.

—¡No quiero ser razonable! ¡Quiero comer!

—Pero hay otros alimentos más saludables que el chorizo y el beicon.

—Pues tómalos tú. Yo hoy cenaré esto, y si no te gusta te aguantas o te vas a tu casa.

—Nena, eso es un chute de colesterol y no le viene bien al bebé.

—¿A qué bebé?

—Al nuestro.

Cris abrió mucho los ojos, y a punto estuvo de cortarse con el pelador de patatas.

—¿Vamos a tener uno?

—Sí... ¿No?

—Es posible, algún día, pero no voy a estar a dieta hasta entonces, Eric. Puede tardar años.

Él sacudió la cabeza, sorprendido.

—¿No estás embarazada?

—No, que yo sepa. ¿Qué te ha inducido a pensarlo?

—¿Ni tenemos que casarnos?

Cris soltó el pelador ante el peligro que suponía para la integridad de sus dedos y enfrentó su mirada.

—¿Se puede saber qué paranoia te has montado?

Él se pasó las manos por el pelo, alborotándoselo.

—No lo sé... la otra noche estabas comiendo muesli. No es habitual en ti. Se lo echas al yogur, pero no sueles comerlo así, tal cual. —Su instinto le decía que no le hablara a Cris del misterioso mensaje que Amanda le había dejado en forma de libro.

—Tenía tres paquetes de medio kilo en la despensa, echando solo un poco en el yogur se puede poner rancio. ¡Por favor, Eric! Si vas a montarte películas cada vez que me veas comer... Como todo el tiempo, a todas horas y todo tipo de cosas. El día que decidamos tener un hijo, te avisaré de que me quito el DIU y, por supuesto, seré yo la que se alimentará como es debido, te lo prometo. Pero esta noche... ¿Puedo comerme mis huevos «a lo Cris»?

Él asintió sonriendo.

—Pela más patatas, me uno al banquete.

La tarde siguiente volvió a coger el libro. Releyó la sinopsis tratando de adivinar las intenciones de Amanda al enviárselo. Continuó con la historia y, derrotado, se decidió a llamarla confiando en que le aclarase el misterio.

—Hola, Eric.
—En primer lugar, felicitarte por lo tuyo con Moisés. Te llevas a un gran tipo.
—Pues sí, mide como veinticinco centímetros más que yo.
—No lo decía en el sentido físico.
—Ya lo sé. Estoy muy contenta y espero hacerle a él tan feliz como me siento yo.
—Se le ve radiante. Pero no te llamo solo por eso... sino por el libro.
—Ah, el libro. —Rio—. ¿Ya lo has pillado?
—Pues... no. Cris no está embarazada y no nos tenemos que casar de prisa y corriendo. Vuelvo a estar en blanco.
—¿Pensabas...?
—La novela se llama *La boda.*
—Claro, lo obvio. Bueno, pues no tiene que ver con un embarazo ni con la boda, sino con el novio.
—El novio en un escocés más bruto que un arado.
—Bruto no, salvaje. Y no es un escocés, sino un *highlander.*
—Salvaje... en algún momento le he escuchado a Cris esa palabra, pero no recuerdo en qué contexto.
—Piensa, hombre... que lo tienes delante. Yo te lo diría, pero he prometido no hacerlo y dejar que lo adivines tú solito.
—¿Que adivine qué? Joder... ¿es eso...? ¿El «danés»?
Miró la portada de la novela, al hombre de pecho musculoso vestido con una falda de cuadros.
—Cris no pretenderá que yo me presente aquí vestido con una falda y el torso desnudo... si me pilla la policía es capaz de detenerme por loco.
Amanda se rio con ganas.
—Una falda y nada debajo, eso usaban los *highlanders*... Y en la sinopsis hay más pistas, no basta con vestirte así.
—Joder... hubiese podido morirme de viejo sin adivinarlo. Gracias, Amanda.
—De nada. Te dejo que madures la idea. Seguro que se te ocurrirá algo, tienes mucho que ganar.
Eric colgó, conectó el ordenador y entró en Google a buscar información sobre los *highlanders*: atuendos, formas de vida y todo lo que pudiera ayudarle a realizar la fantasía de Cris. Iba a currárselo mucho, porque luego ya no tendría excusa para no hablar de vivir juntos.

37

El danés

Amanda y Cris se arreglaban en casa de esta última para asistir a la fiesta benéfica de la policía. Habían decidido reunirse allí con los chicos, que también acudirían juntos.

Cris había hecho alargar la falda del traje de chaqueta que usaba como uniforme en la inmobiliaria para adecuarlo lo más posible al largo imperante en los años treinta. También había añadido un ribete a la chaqueta y el disfraz de Bonnie le había quedado perfecto. El pelo recogido en un moño bajo le daba un aire anticuado y encantador. Mientras se subía las medias negras con costura detrás y liga de encaje pensó en Eric.

—¿Vas a ponerte bragas? —le preguntó Amanda.

—Pues claro, no pretenderás que pase toda la noche en la fiesta así. Ya me las quitaré cuando vuelva antes de que Eric se me tire encima. Se pondrá bastante cachondo cuando me vea, pero confío en contenerlo lo suficiente para ir al baño y quitarme el tanga. También él tendrá bastante ropa de la que desprenderse.

Le mostró la foto que le había mandado vestido con el traje *vintage* que había alquilado.

—Mira lo guapo que está mi gánster particular.

Eric aparecía en la foto enviada por *whatsapp* con un traje a todas luces antiguo, pero que le sentaba de maravilla.

Amanda sonrió.

—No nos podemos quejar de los hombres que tenemos. Guapos a rabiar, y dos personas maravillosas, además.

—Vais a ser la pareja de la fiesta...

Amanda se estaba vistiendo de mujer policía, con un traje alquilado en una casa de disfraces. Hubiera preferido uno auténtico y le había pedido a Moisés que le solicitase uno prestado a alguna compañera, pero le había dicho que estaba terminantemente prohibido. Él se disfrazaría de preso, con el típico traje de rayas que ya no se usaba, pero que todos identificaban con un inquilino de la cárcel. Mientras se colocaba las esposas, también compradas en un *sex shop*, en el cinturón, Cris le preguntó a su amiga:

—¿Piensas esposarle esta noche?

—No. Nada de esposas ni de roles, a Moisés y a mí nos gusta hacerlo sin nada de eso. Simplemente disfrutando del cuerpo del otro.

Terminaron de darse los últimos toques. Amanda se colocó la gorra y Cris calzó los altísimos tacones de aguja, complemento final del disfraz.

—Ten cuidado con eso o acabarás con otro tobillo roto.

Las piernas se le estilizaron y el trasero se le marcó aún más contra la falda ajustada. Amanda pensó que iba a ser una dura fiesta para el pobre Clyde.

Subieron al coche y se dirigieron al salón reservado en un conocido hotel del centro de la ciudad. Por suerte contaba con aparcamiento privado, lo que les evitaría pasear disfrazados por calles y plazas.

Los chicos no habían llegado aún, aunque la habitación ya presentaba un aspecto concurrido. Se acercaron a un camarero que paseaba con bebidas y cogieron una copa de vino cada una. Cris además se dirigió a la mesa del bufet y empezó a llenar un plato.

Estaba dudando entre añadir un hojaldre relleno de espinacas o un trozo de pastel de puerros cuando Amanda la agarró del brazo, le quitó el plato de la mano y sin permitirle darse la vuelta la sacó de la habitación, empujándola hacia el baño.

—¿Qué demonios te pasa? El bufet tiene una pinta estupenda, y me muero de hambre.

—¡Quítate las bragas!

—¿Cómo? Amanda, ya hemos hablado de eso... no voy a pasarme la noche con el culo al aire.

—¡Para lo que te has puesto...! El tanga no es que te cubra mucho, pero hazme caso. Quítatelo.

—Pero...

Su amiga no continuó escuchando su negativa, sino que le alzó la falda hasta la cintura y empezó a bajar la minúscula prenda de encaje negro. Estaba agachada delante de Cris, con el tanga de esta por el tobillo, cuando se abrió la puerta del baño y entró una señora que lanzó una exclamación al verlas.

—¡Guarras, pervertidas! Ni siquiera habéis tenido la decencia de meteros en uno de los retretes... metiéndoos mano, o lo que sea, aquí en medio. Haciendo guarrerías que van en contra de la naturaleza... ¡Cómo se permite la entrada a semejante gentuza en una fiesta decente...!

Amanda giró la cabeza y enfrentó a la mujer.

—¿Quiere unirse, señora? —preguntó divertida—. A lo mejor le gusta.

—Esto es intolerable... ¡Una vergüenza! Yo... yo...

Amanda, imperturbable, terminó de sacar el tanga por los pies y se lo guardó en el bolso.

—Eso sí, si participa deberá darme las bragas. Suelo coleccionar las de todas las mujeres con las que me enrollo en los servicios públicos.

—Me voy... buscaré otro baño... ¡y pediré que pongan aquí una mujer vigilante para evitar estas guarrerías!

—Nosotras ya hemos terminado, señora, puede quedarse. Pero no se pierda el resto de la fiesta, promete ser espectacular...

Ambas salieron del servicio conteniendo la risa.

—Espero que no sea la mujer del jefe de Moisés, o el pobre mío lo va a pasar fatal —se lamentó Amanda—. El calvo ya conoce mi relación con él. Pero no he podido evitar darle a esa santurrona un poco de caña.

—No sé si te has dado cuenta de que acabas de convertirnos en las pervertidas oficiales de la fiesta benéfica de la policía... Espero que tengas una buena razón para ello.

—La tengo, la tengo... Mira, los chicos ya han llegado.

Siguió la mirada de su amiga y se le secó la boca. Las piernas le temblaron sobre los altos tacones y tuvo que hacer un esfuerzo para mantenerse firme sobre ellos. Entre los asistentes a la fiesta había una figura que destacaba por su incongruencia. Un *highlander* alto, de amplio torso apenas cubierto por el trozo de tartán que subía de una falda de cuadros rojos, verdes y negros, la miraba con unos brillantes ojos azules.

—Joder... lo ha descubierto... joder...

Amanda rio con ganas.

—Nena, el tanga apenas habría contenido el charco que se te está formando entre los pies...

Eric avanzaba hacia ellas con grandes zancadas, la falda agitándose a cada movimiento.

—Espero que afloje el paso o va a dar un espectáculo si va vestido como debe. Y a nuestra vieja le da un patatús —bromeó Amanda.

Cris estaba paralizada, la mirada prendida en la de él. La sala, la gente, habían desaparecido y solo quedaban ellos dos, y sus fantasías flotando entre ambos.

Al fin, Eric llegó hasta ella, y sin mediar palabra se la cargó al hombro sin esfuerzo y salió de la habitación con una estruendosa ovación de los presentes.

Amanda buscó con la mirada a la mujer que las había sorprendido en el baño, que contemplaba la puerta con el espanto pintado en la cara.

Cris, con el rostro pegado a la espalda de Eric, se sentía más excitada que nunca en su vida. Sentía la mano de él sobre su trasero y deseaba eliminar la tela de la falda que le impedía sentirla sobre la piel desnuda. Los labios de ella le besaron la espalda mientras la conducía hacia los ascensores. El personal de recepción los miraba atónitos

—¿Adónde me llevas?

—Al cuarto de las escobas...

—Eric... no serás capaz... bájame... todo el mundo nos está mirando.

—Me importa un bledo... es lo que tiene ser un salvaje.

Ella ahogó una risita.

Salieron del ascensor y enfilaron un largo pasillo. Entraron en una habitación y solo cuando la puerta se cerró tras ellos Eric la depositó en el suelo. La aprisionó con su cuerpo contra la pared haciéndole comprobar que como un buen *highlander* no llevaba nada debajo de la falda. La besó con ansia, mientras sus manos de deslizaban por las caderas subiendo la falda hasta la cintura. Después se separó un poco para contemplarla, las piernas largas y estilizadas sobre los tacones, la blonda negra que rodeaba los muslos y el sexo desnudo fue más de lo que pudo soportar.

—Lo siento, muchacha, soy un salvaje y no puedo contenerme.

Le abrió las piernas con las rodillas, se alzó la falda y la penetró de una embestida contra la pared.

El grito de Cris, que estaba más que preparada para recibirle, le volvió loco. Ella se aferró a su cuello, y le rodeó la cintura con las piernas, mientras Eric le sostenía el trasero con las manos y la embestía con fiereza.

—Más fuerte, Eric... más... más... —gemía Cris.

Él perdió el control que había tratado de mantener. Empujó más fuerte, más hondo, más rápido, los jadeos de ella en su oído, la boca que le mordió el hombro le llevó rápidamente al orgasmo más intenso que había sentido en su vida.

Se corrieron a la vez, entre espasmos y gritos de placer por parte de ambos. Mientras apoyaba la frente en el pelo desordenado de Cris, Eric pensó que deberían de haberles oído desde todos los rincones del hotel, incluido el salón de la fiesta. Pero le importaba un pimiento.

Le temblaban las piernas por el esfuerzo, pero se resistía a salir de ella, de ese cuerpo que aún seguía oprimiéndole en leves espasmos. Se separó de la pared y, sin bajarla, la llevó hasta una mullida alfombra de piel colocada al lado de la cama, y la tendió sobre ella. Le abrió la chaqueta, de un tirón se deshizo de su propia falda y, enterrando la cara en los pechos, empezó a moverse de nuevo, despacio esta vez.

No tardó en recuperar la erección, contemplando los preciosos ojos de Cris brillantes de placer y de satisfacción.

Hicieron el amor de nuevo, lentamente, disfrutando de las caricias y los besos esta vez. Recreándose en las sensaciones. Después, se separaron agotados y satisfechos. Eric apartó un mechón de pelo húmedo y sudoroso que había escapado del recogido que Cris lucía al principio de la noche.

—Ahora sí he acertado, ¿verdad? —susurró.

—Te lo ha dicho Amanda.

—No del todo, ella solo me lanzó una pista, que yo he seguido.

—Pero sabía lo de esta noche... que aparecerías así...

—Tampoco. Solo se lo dije a Moisés... que me ha ayudado a ponerme este trapo. Me he tenido que tirar al suelo y dar vueltas sobre él para colocarlo correctamente. Sé que podría haberme puesto una falda ya confeccionada, pero mi chica quería un *highlander* y he tratado de hacerlo lo más auténtico posible.

Cris se volvió hacia él.

—Gracias...
—Ahora, como sé que te estarás muriendo de hambre, ¿qué te parece si llamamos a Amanda para que nos suba algo de comer del bufet? Todo tenía una pinta deliciosa. ¿O prefieres bajar a comerlo allí?
—Nooo... Yo estaba empezando a llenar el plato cuando ella me obligó a ir al baño a quitarme el tanga y una señora nos sorprendió en una postura un poco... digamos, comprometida. Y después de cómo me has sacado del salón ya se habrá corrido la voz de lo desvergonzada que soy. Prefiero comer aquí.
—Ponte presentable, que voy a avisarles.
Cris se sentó y comenzó a abrocharse la chaqueta.
—¿Te ayudo a ponerte otra vez la falda?
—Tengo unos pantalones en el armario. He reservado esta habitación para vestirme, y... ¡No pensarías que de verdad iba a llevarte al cuarto de las escobas!
—No he pensado nada..., bueno en una cosa sí... en que no llevaras nada debajo de la falda.
—Yo también pensaba lo mismo de ti.
Se vistieron y Cris llamó a Amanda, dándole información detallada de lo que deseaba que pusiera en los platos.
Diez minutos más tarde, ella y Moisés entraban portando dos bandejas colmadas cada uno, llenas de comida tanto salada como dulce.
El aspecto de Cris, con el pelo revuelto, y el de Eric, mostrando un evidente mordisco en el hombro, hizo sonreír a sus amigos, imaginando la intensidad de los momentos vividos.
—Amanda... —pidió Eric cuando ya se disponían a marcharse—, ¿me puedes dejar las esposas, por favor?
Esta miró a su amiga, que se encogió de hombros.
Desprendió las esposas de la trabilla del pantalón y se las tendió a Eric. Él las cogió y cerró una sobre la muñeca de Cris y otra en la de él. Después, con la mano libre, agarró la otra de ella y, uniendo las cuatro con la cadena de las esposas, la hizo pasar por encima del tartán, tirado en el suelo.
Moisés y Amanda los miraban estupefactos.
—Ya os podéis marchar. Te devuelvo las esposas mañana.
—Te las puedes quedar, solo eran un complemento del disfraz. Pero coge las llaves, supongo que en algún momento os querréis librar de ese trasto.

—Seguro que sí.

Amanda y Moisés se marcharon y los dejaron solos. Eric abrió las esposas y liberó las manos, mirando a Cris con una expresión taimada y satisfecha en la cara.

—Ahora, disfrutemos de nuestro banquete de bodas —dijo mirando los platos que reposaban sobre la mesa.

—¿Banquete de bodas? —Alzó una ceja, suspicaz.

—Tú eres la experta en las costumbres escocesas. Por si no te has dado cuenta, te informo de que nos acabamos de casar. Handfasting, ¿te suena? La unión de manos que acabamos de realizar, ante testigos, es un rito pagano del matrimonio por el cual se nos considera casados y disponemos de un año y un día para formalizar la unión ante un oficiante autorizado.

—Algo he leído sobre eso, aunque no tenía ni idea de que lo estábamos haciendo. Pero, si no recuerdo mal, también dice que, pasado ese tiempo, si la unión no funciona se puede disolver el matrimonio.

—Eso no sucederá. Tengo un año y un día para convencerte de que quieras pasar conmigo el resto de tu vida. Para empezar, vamos a poner fecha para irnos a vivir juntos.

—¿Yaaaa?

—Me prometiste que lo hablaríamos cuando descubriera tu fantasía. Y la he descubierto.

—Con ayuda...

—Pero no me negarás que me lo he ganado... que llevo desde que te conozco a vueltas con el «danés».

—De acuerdo, te lo has ganado. Y lo de hoy ha sido maravilloso... Te quiero, *laird* Eric.

—¿Y te casarás conmigo dentro de un año y un día?

—Si te portas bien.

—Para conseguirlo lo primero será darte de comer, supongo. La mesa espera, señora.

—Hum, empiezas bien.

Epílogo

Un año y un día después

La hacienda se veía preciosa aquella soleada mañana de septiembre. Adornado con lazos escoceses rojos, verdes y negros un arco cerrado esperaba a los novios. Detrás, sillas cubiertas de fundas blancas atadas con lazos de la misma tela que engalanaba el arco formaban dos columnas, dejando un pasillo en el centro.

El novio, un imponente Eric, aguardaba junto a su madre la aparición de Cris. Iba ataviado con un traje negro, luciendo en la solapa una escarapela con los colores imperantes en la decoración. Los colores de su clan, había bromeado Cris mientras compraban la tela, la misma que había servido para confeccionar la falda de su fantasía. Falda que guardaban celosamente en el armario y que en alguna ocasión había vuelto a ponerse.

La novia llegó precedida por el sonido de las gaitas, con un precioso traje blanco con los hombros descubiertos que hizo que a Eric se le paralizara la respiración y se le alterara el pulso. El ramo de flores que portaba estaba atado con la misma cinta de colores.

Entre los invitados, Amanda y Moisés y también Rocío y Fernando. Las dos amigas sujetando sendos pañuelos con que enjugar la emoción que las embargaba.

—Está preciosa... —susurró Amanda.

—¡Qué romántico todo!

Sintiendo la emoción a flor de piel, Cris se acercó hasta Eric. Ese hombre que le había devuelto la ilusión y las ganas de enamorarse, que había sabido esperar por ella, comprenderla y aceptarla como era. Con el que llevaba viviendo casi un año, obligándolo a aceptar su ritmo endiablado de vida, sus limpiezas de madrugada y su incapacidad de disfrutar estando quieta. Un hombre al que iba a dar definitivamente el «sí, quiero», aunque de una forma tan peculiar como había sido su relación.

La oficiante se colocó frente a ellos, una compañera a la que había adiestrado para realizar la boda que deseaban.

—«Bienvenidos a esta celebración un tanto atípica, en la que se ratificarán en su matrimonio Cris y Eric, porque ellos insisten en que llevan ya un año y un día casados por el rito Handfasting o unión de manos típico de la cultura celta. No será la única palabra que no comprendáis de esta celebración, porque ambos me han pedido que celebre la boda... en danés. Os informo, para quienes no comprendáis el idioma, que el ritual será el típico de las bodas en español: quieres por esposo... prometes quererlo... etcétera. Procedamos.

Un murmullo se extendió entre los invitados, pero ellos se miraron a los ojos recordando aquella primera cita en la cafetería, y la expresión estupefacta de Eric cuando la escuchó soltar su parrafada en danés.

La oficiante comenzó a hablar:

—Cris, *du onsker til mand* Eric? *Jeg lover at elske og respektere ham i gode og dårlige tider, sundhed og underprogrammet sygdom indtil døden jer skiller?*

—*Jeg onsker* —aceptó risueña.

—Eric, *du onsker at kone* Cris? *Har du lover at elske hende og respekterer hende i gode tider og i dårlige, i sygdom og sundhed, indtil døden skiller jer ad?*

—*Jeg onsker.*

—Pues vamos a saltarnos el resto que se me ha olvidado. Habéis dicho sí, quiero, y es suficiente. Intercambiad los anillos y firmad aquí, que es lo que os declara oficialmente casados, y después, Eric, puedes besar a la novia.

Eric no se lo hizo repetir. Agarró la mano de Cris y colocó en ella el anillo que portaba el padrino, un hermano de la novia. A continuación, fue ella quien cumplió el rito.

—Al fin llega lo mejor de las bodas...

La tomó por la cintura y la dobló hacia atrás con el ímpetu de su beso. Ya era su mujer, esa chica hiperactiva, adorable y cariñosa que lo había vuelto loco desde el primer momento.

A continuación, los amigos y familiares se acercaron a saludarlos. Besos, abrazos y parabienes para un futuro en común. Un futuro que prometía no ser en absoluto aburrido. Con Cris jamás lo sería.

Amanda la estrechó con fuerza, haciendo suya la felicidad de su amiga.

—Enhorabuena, cariño. Eso de la boda en danés ha sido un puntazo... Espero que la noche de bodas también sea memorable.

—No tengo ninguna duda sobre eso —dijo mirando a su marido, que levantó una ceja enigmática—. Lo que me tiene escamada es que no sé dónde me piensa llevar de viaje de novios...

—A un sitio con el mejor bufet libre del mundo. —Rio Eric—. ¿Dónde disfrutarías más?

Amanda rio divertida. Ella lo sabía, había ayudado a Eric a buscar un hotel castillo en Escocia donde pasar la luna de miel. Un lugar idílico rodeado de historia y romanticismo, además de contar con uno de los mejores chefs de Europa. Donde Cris pudiera disfrutar al máximo de sus fantasías, de su recién estrenado marido y del placer que le proporcionaba la comida. La mejor forma de empezar su vida de casados.

Nota de la autora

La protagonista femenina de esta historia está inspirada en una persona a la que quiero mucho. No es su vida, ni su historia, que nadie de su entorno se dé por aludido; pero su divertida forma de ser, su ternura y su enorme corazón me han inspirado el personaje de Cristina.

También hay un guiño a otra persona a la que aprecio muchísimo, que en una ocasión me recriminó que por dos veces he puesto su nombre a un personaje. A una la maté y la otra era un mal bicho, dicho suavemente. Espero que con esto se sienta compensada.